Francesco Gungui

Siempre estarás tú

Montena

El papel utilizado para la impresión de este libro ha sido fabricado a partir de madera procedente de bosques y plantaciones gestionadas con los más altos estándares ambientales, garantizando una explotación de los recursos sostenible con el medio ambiente y beneficiosa para las personas.

Por este motivo, Greenpeace acredita que este libro cumple los requisitos ambientales y sociales necesarios para ser considerado un libro «amigo de los bosques». El proyecto «Libros amigos de los bosques» promueve la conservación y el uso sostenible de los bosques, en especial de los Bosques Primarios, los últimos bosques vírgenes del planeta.

Título original: *Mi piace così*
Adaptación del diseño de la cubierta: Random House Mondadori / Marta Borrell
Foto de la portada © Getty Images

Primera edición: mayo de 2011

Printed in Spain – Impreso en España

ISBN: 978-84-8441-784-2
Depósito legal: NA-991-2011

Compuesto en Fotocomposición 2000, S. A.

Impreso en Rodesa
Pol. Ind. San Miguel
Parcela E-7 y E-8
31132 Villatuerta

Encuadernado en Encuadernaciones Bronco

GT 1 7 8 4 2

Cuando veis a dos personas juntas, ¿nunca os ha dado por querer saber si son novios, hermanos, amigos u otra cosa? A mí a veces me da por ahí, por la mañana, cuando voy en metro. Clavo la mirada en una pareja y me quedo observándola hasta que uno de los dos hace o dice algo inequívoco. Un beso, una frase como «Acuérdate de llamar a mamá» o «Te quiero». Pero lo habitual es que la gente no se preocupe de dar a conocer al mundo entero por qué sale acompañada a las siete y media de la mañana.

Luca y Martina están charlando delante del bar. Ella ríe y, cuando lo hace, apoya una mano en el brazo o en el hombro de él, pero ese gesto no tiene nada de íntimo, mucha gente lo hace. Él habla con un tono serio, que en realidad es su tono bromista, y disimula hábilmente el orgullo de saberse objeto de todas las miradas. Resulta extraño verlo charlar largo y tendido con Martina; es raro para todos, también para mí.

Ahora iré a despedirme de ellos. Y lamento no poder salir de mi cuerpo para disfrutar de toda la escena desde fuera. Observar sus gestos y los míos, mirar el beso en la mejilla que daré a los dos, quedarme escuchando nuestras charlas sobre el año que comienza, el tono que daremos a cada palabra.

Pero ¿para qué? Al final seguramente no sabría más que antes. Y seguramente no hace falta saberlo todo, definir claramente las relaciones y a las personas. Aunque lo cierto es que antes esa definición existía, y era clara, inequívoca.

En el fondo solo estoy buscando averiguar cómo he llegado aquí, cómo hemos llegado, qué ha pasado, qué es lo que ha cambiado nuestras vidas. Todo ha cambiado. Y lo que va a pasar en los próximos días tal vez me aclare todo. Por ahora, lo único que puedo hacer es pensar en el tiempo que ha pasado y en el día en que mi vida cambió.

1

Dicen que lo que uno desea demasiado nunca llega, y que cuanto más te preparas para algo más se aleja de ti. Esta teoría se aplica también en sentido inverso: si ruegas con todo tu corazón que algo no pase, puedes tener la certeza de que no tardará en pasar. Y de nada vale hacerse el listo fingiendo que se quiere algo que en realidad quieres evitar a toda costa. Lo mejor que se puede hacer es no pensar. Es una lástima que yo no lo consiga…

—¿Sabes qué tienes que hacer? —me pregunta Luca a las puertas del instituto.

—Dímelo tú.

—Imagínate todas las posibilidades y prepárate para todas.

—¡Pero yo no quiero estar preparada, quiero que las cosas salgan como yo digo!

—Eso no puedes decidirlo tú.

—Verás, hay dos posibilidades: si me ha ido bien, fenomenal, mañana estaré en un tren hacia Génova, y dentro de dos días, en Cerdeña, sin mis padres, sin mi hermano, solo con mis amigas. En cambio, si me ha ido mal, me pelearé durante un mes con mis padres, y dentro de un mes estaré en un camping en Pulla.

—Vale, pues míralo así: por mal que te vayan las cosas, te pasas el verano con tus padres y dentro de diez años tendrás una anécdota más que contar a tus amigos.

—Menuda anécdota…

—Lo digo en serio. Imagínate dentro de diez años.

—Luca, tu teoría no sirve.

—Conque no, ¿eh?

Luca es mi expendedor automático de teorías. Es como una máquina de café: unas veces se queda con tus monedas y otras se le acaba el café o las cucharillas, pero lo bueno es que siempre está encendida, las veinticuatro horas del día. Diría, sin embargo, que hoy se le han terminado las cucharillas, el azúcar, el café y los vasos. Lo único que ha hecho es escupir un poco de agua hirviendo. Puede darme todas las explicaciones que quiera, pero hay una sola cosa cierta: como repita curso, será el fin.

—¿Tú crees en el destino?

Vuelve a intentarlo.

—¿Quieres decir que mi destino es repetir curso? Gracias, bonito detalle de tu parte…

—No, eso no. Lo que quiero decir es que creo que las cosas tienen un sentido por sí mismas, mientras que nosotros solo vemos el sentido que queremos darles.

—Eso suena bien, lo reconozco.

—¿Te acuerdas de aquello sobre el Paraíso?

La teoría de Luca sobre el Paraíso es la siguiente: la felicidad eterna es un camelo. El Infierno: tiempo perdido. Lo mejor es el Purgatorio, porque no es infinito. Como la vida en la tierra. Conclusión: la vida en la tierra es el Purgatorio.

—Lo recuerdo.

—Entonces, si las cosas te van mal, podrás darte otra vuelta por el Purgatorio.

—Después de todo, es el mejor de los tres.

—¡Exactamente!

—Luca, ¿crees que me harán repetir curso?

—Ali, no lo sé.

—Uf, como me hagan repetir curso vaya asco… Encima, ya no estaríamos en la misma clase…

Un grito interrumpe nuestra conversación. Todos se lanzan hacia la entrada del instituto. La doble puerta se abre despacio y los alumnos invaden el vestíbulo en masa. Las notas ya están en los tablones.

2

Por favor: no. Ya, es inútil rogar, es más, si lo hago me gafo. Tengo que fingir indiferencia. Me catapulto al vestíbulo, pero hay al menos un centenar de alumnos delante de los tablones. Unos pegan saltos y gritos de alegría, y otros agachan la cabeza. Alguno da un puñetazo contra la pared y maldice. Bien, ya estoy, dentro de poco yo también me pondré a gritar de alegría o a maldecir.

Me acerco con paso firme y trato de abrirme camino entre la multitud. Imposible, no consigo pasar.

Entonces me arrodillo y avanzo a gatas; me dan puntapiés y empujones, hasta que diviso las patas de hierro de los paneles. Ha llegado el momento de que me levante. Lo hago y me atizan un par de codazos en la cabeza. Delante de mí hay una chica rubia que no me deja ver. Intento ponerme delante. Pongo una mano en su espalda, y ella se vuelve para dejarme pasar. Nos quedamos encajadas, barriga contra barriga, mi rodilla entre sus piernas, su cabeza junto a la mía. No sé cómo despegarme, solo lo conseguiría poniéndole las manos sobre los hombros y empujándola. Con la mirada clavada en el suelo pienso en la manera de soltarme. Pero no sé qué hacer. La mente se me ha quedado en blanco. No pienso en nada, no veo nada, no siento nada. Soy una autómata con una sola meta: llegar hasta esos malditos tablones en el menor tiempo posible.

Sin pensar en lo que hago, con la cabeza gacha, embisto a la última fila que me separa de los tablones, pero en el intento mi frente choca contra la barbilla de la chica.

—¿Qué haces? ¡Ten cuidado!

—¡Perdona, perdona! —exclamo enseguida. Ella ni se digna mirarme.

Una mano que sale de la nada me agarra la muñeca y un segundo después me encuentro fuera del bullicio, justo debajo de los tablones.

—¡Luca! ¿Has visto las notas?

—No, estaba tratando de desprenderte de Martina.

—¿Martina?

Me doy la vuelta y esta vez veo claramente el rostro de Miss Culito de Oro, como ha sido proclamada en una pintada con letras enormes en el muro de enfrente del instituto. La observo un instante al tiempo que su expresión pasa repentinamente de la angustia a la alegría.

—¡Todos a Pulla! —grita ella alzando los brazos.

—Aprobada, supongo —digo descorazonada.

Luca me mira con aire inquisitorio.

—Siempre me he preguntado por qué los institutos organizan este ritual de asalto. ¿No sería mejor que lo hicieran como hacen todo lo demás?

—¿Qué quieres decir?

—Es como si se lanzasen cubos de pintura roja desde los tejados, al azar. Al que le cae pintura, repite curso. ¿Por qué sufrir? Al fin y al cabo, los cubos de pintura roja que llueven del cielo son los que establecen la diferencia: tú pasas, tú no. Tú eres feliz, tú no. Ahora vosotros dos os llenáis de espinillas. Aquel se enamora. Tú pierdes a un amigo. Tú ganas la lotería.

No era el momento para las tonterías de Luca.

—Oye, yo voy a mirar las notas. ¿Quieres que mire también las tuyas?

—No, no, yo me reservo la sorpresa para septiembre.

—Vale, Luca, adiós.

Tengo que dar con la hoja de mi clase, pero, por supuesto, se encuentra al menos a tres metros. Me deslizo por los tableros y hago saltar las docenas de manos que están repasando las listas de los nombres, hasta que por fin llego a la mía.

Es como en la entrada de un concierto: tú puedes pasar, tú no, y entretanto por detrás te empujan, y si después de haber hecho cola descubres que no te dejan entrar, has perdido todo ese tiempo para nada. El espectáculo tiene que empezar. «Por favor, que esté», pienso. Se encienden las luces. No estoy.

—Todos a Pulla —suspiro.

Repito curso.

3

Guapa no, pero tampoco un adefesio.

A ver, no soy guapa, porque no valdría para modelo de revistas ni estoy como un tren. Tres, o quizá cuatro, deben de ser las partes de mi cuerpo que hacen que no me parezca en nada a la típica presentadora de un concurso de televisión. No soy muy alta, tengo pocas tetas y debería perder algún kilo.

«Con el culo se podría hacer algo», me repite siempre mi hermano, aunque el hecho de que un crío de trece años tenga algo que opinar sobre el tema no contribuye a aumentar mi autoestima. Por último, está el problema de la nariz, que podría definirse como peculiar, pero que la mayoría define por sus características: una patatita apenas perfilada por los lados. En fin, en conjunto, como diría mi hermano, «se podría hacer algo». Ante todo, con la elección de la ropa: los vaqueros de cintura baja me sientan bien, siempre que no los lleve muy ceñidos, por el efecto embutido. Con los escotes no debo pasarme, ya que simplemente no tengo mucho que enseñar. Y, bien mirado, en verano no he de pensar en mucho más, pues mi uniforme habitual se compone de bañador, pareo y chanclas.

Miro la mochila con la que tendría que haber viajado. Aún no la he guardado, tan solo para martirizarme, para que me recuerde dónde debería estar en este momento si las cosas no hubieran salido como han salido. Mi programa era: en julio, una semana en Liguria con mis amigas, luego descanso en Milán, en casa, sola, y en agosto playa en Cerdeña, de nuevo con mis amigas.

Pero repito curso.

Así que el programa ha variado ligeramente.

Primer mes de vacaciones clavada en casa, estudiando.

Después, a Pulla con mis padres.

Fin.

Así que me he quedado en Milán, pero lógicamente no he abierto ni un solo libro, con la complicidad de Luca, con quien he pasado casi todo el tiempo. Al final miré sus notas. Y no, él no repite curso.

Dentro de menos de veinticuatro horas estaré en Pulla, en un camping, con mi familia, igual que todos los años, por cierto.

Mi emancipación veraniega tendrá que esperar un poco todavía.

Son casi las ocho. Bajo a cenar, preparada para todo, como siempre.

—Aquí la tenemos —dice mi madre, con tono sarcástico.

El hecho de que repita curso ha contaminado la comunicación familiar y ha añadido una nota de reproche a cada intercambio verbal.

—Al menos pon la mesa.

Ese «al menos» no significa que yo nunca haga nada. Es más un «ya que repites curso, al menos pon la mesa».

Mi padre está hundido en el sofá, en medio de montañas de maletas abiertas. Mi hermano no está.

—¿Has cogido los libros? —pregunta mi padre en cuanto repara en mi presencia, sin apartar la vista de la pantalla.

Habla dando rodeos: comienza con frases aparentemente neutras y espera que yo dé un paso en falso para recordarme que estas vacaciones las pasaré estudiando.

—Sí, los he cogido —respondo, pero tengo la impresión de que no me está escuchando—. ¿Dónde está Fede?

La tele se apaga.

—¡No intentes cambiar de tema! —Mi padre se levanta del sofá, se me acerca y expone su teoría sobre el problema. Suena más o menos así—: ¡Repites curso y no nos has dicho nada, nos lo has ocultado!

Este es el primer acto de su dramatización: mi padre está convencido de que me había propuesto repetir curso, como otras se proponen adelgazar o echarse novio.

—Querías vacaciones en Cerdeña, ¿no? Pues ya ves, ahora vas a pasarte un mes entero con tu madre, tu hermano y conmigo.

Este es el segundo acto: le gusta remachar que las vacaciones familiares las sufriré como un castigo. Lo que se corresponde exactamente con mi idea del asunto.

Entretanto, la cena está lista y yo sigo sin saber dónde cuernos está mi hermano. Mi padre parece que se ha calmado momentáneamente y, mientras mi madre sirve la pasta con salsa de tomate, él le comenta algo sobre el camping. Yo solo pillo palabras sueltas como «parcela», «los vecinos de la otra vez», «la rueda de repuesto», «Salvatore», «Emma», «cuando Federico». Me prometo juntarlas todas lo antes posible y empiezo a comer.

Mi madre es una auténtica negada con los fogones. La pasta está pasada, y el tomate lo ha vertido directamente del bote. De pronto deja el tenedor, pone los codos sobre la mesa y me mira, así, inmóvil.

—Mamá, me estás asustando… —digo, y levanto una barrera improvisada con la botella de agua.

Sus ojos se llenan entonces de lágrimas.

—Cariño, ¿por qué tienes que repetir? ¿Qué es lo que te pasa?

Conozco la siguiente pregunta, que es, con diferencia, la mejor de todas.

Una pregunta de manual:

—¿En qué nos hemos equivocado?

Me siento un poco como en una de esas películas en que los padres van a ver a su hijo a la cárcel para convencerlo de que confiese su delito. Pero mi delito no tiene nada de secreto, aunque he comprendido que cuando repites curso todo el mundo cree que detrás hay algo sospechoso. Las opciones que se barajan suelen ser tres. La droga es la que más triunfa, y como la mayoría de los padres no distingue un porro de una papelina de coca, la preocupación puede alcanzar extremos inimaginables. En segundo lugar está el desengaño amoroso. En tercer lugar, para los padres más orgullosos, está «cierto problema neurológico».

Nadie piensa en la posibilidad de que no hayas mirado un libro durante todo el curso, así de sencillo.

Por suerte, en ese instante me suena el móvil.

Me alejo de la mesa y respondo.

—He pensado que preferiría que no te marcharas, siempre que tus padres estén de acuerdo.

—Se lo puedo decir, a lo mejor hasta les pido unos cientos de euros para marcharme sola a algún sitio.

—Estupendo, pensaba en algo así. Aunque con unos cientos de euros podríamos irnos de acampada a un pueblo de por aquí.

—Luca, ya sabes que mañana por la mañana me tengo que ir.

«Tengo que irme», «Ya sabes»… ¿Qué palabras son esas? En el fondo es solo una clave, ¿no? Basta decidir que «me tengo que ir» significa «me marcho contigo a Jamaica», y asunto resuelto.

—Me tengo que ir —digo riendo.

—Vale, pues entonces nos vemos en el aeropuerto dentro de una hora.

—Aunque me hayas salvado la vida este mes, ahora no tengo más remedio que irme. De todos modos, quedamos esta noche.

Vuelvo a la mesa, termino rápidamente de comer y me levanto.

—Tengo que salir.

—¿Ahora? —pregunta mi madre, pero su tono lleva implícito un sí. Hasta mi padre lo sabe y, en efecto, empiezan a discutir.

—Tenemos la casa patas arriba, mañana nos marchamos y ella va a salir.

Cuando uno de tus padres empieza a hablar de ti en tercera persona, quiere decir que la has hecho buena. Me temo que hará falta mucho tiempo para reconquistar la querida y vieja segunda persona del singular.

—Venga —se limita a decir mi madre, y las quejas de mi padre no pasan de un sordo refunfuño.

4

—¡Alice! ¡Eres una cabrona! ¡Me has embelesado!

En mi vida solo hay dos personas que recurren a los insultos para hacer cumplidos o para expresar su afecto. Uno de ellos es mi tío. Cada vez que ve a mi hermano le dice: «Cuanto más tiempo pasa, más capullo te vuelves», y luego lo abraza. El otro es mi profesor de italiano.

—Nueve.

—¿Nueve?

—¡Nueve!

—Tiene que haber un error. ¿Y qué quiere decir «embelesado»?

—Búscalo en el diccionario.

Hacia finales del segundo cuatrimestre, el profesor Partis nos había encargado un tema titulado «Ítaca: define y habla de Ítaca a partir del poema de Konstantino Kavafis».

Se trata de ese tipo de trabajo que los profesores de buen corazón encargan a finales de curso para ayudar a los «cuatro y medio con buena voluntad», dicho de otro modo, para que estos saquen un digno cinco de nota media.

Cuando termina la clase el profesor me detiene.

—Alice, espera.

Me acerco a su mesa, mientras los otros salen del aula para el recreo. El profesor me mira unos instantes a los ojos y luego empieza a recitar:

—«Ten siempre a Ítaca en la memoria. Llegar allí es tu meta. Mas no apresures el viaje. Mejor que se extienda largos años; y en tu vejez arribes a la isla con cuanto hayas ganado en el camino, sin esperar que Ítaca te enriquezca. Ítaca te regaló un hermoso viaje. Sin ella el camino no hubieras emprendido. Mas ninguna otra cosa puede darte».*

Esa noche, en casa, busco en el diccionario la palabra «embelesar». A continuación releo la redacción en busca de los detalles que pueden haber embelesado a mi profesor de italiano. Trato de comprender por qué el relato de mi Ítaca lo ha emocionado, aunque este no es exactamente el significado del término usado por él. ¿Qué es lo que ha movido sus sentimientos? No lo sé y, a decir verdad, tampoco sé dónde se encuentra mi Ítaca, que es más o menos lo que escribí en el trabajo.

En la puerta del instituto no hay casi nadie. Hace un calor infernal y la ciudad está medio vacía. Todos están ya en la playa. Ato la bici a un poste y miro alrededor. Debe de andar en algún sitio, cuando me llamó ya estaba aquí. Me siento sobre un poyete de cemento frente a la entrada y espero. Tres o cuatro chicos charlan apoyados en el capó de un coche. No puedo verles la cara, pero parecen mayores que yo.

* «Ítaca», en Konstantino Kavafis, *Poesías completas*, Hiperión, Madrid, 1976, traducción de José María Álvarez, p. 46. *(N. del t.)*

Una chica de pelo largo rebusca en su bolso y un instante después la llama de un encendedor le ilumina el rostro.

Es ella, de nuevo, la de los tableros, Martina. La chica más guapa del instituto, la que gusta a todos, también a los profesores. El sueño erótico de cada alumno de primero y la fuente de envidia de todas las chicas. Universalmente considerada «una creída», lo que no impide que sea «una gilipollas forrada de pasta que sabe poner ojitos» y que esté «un poco chiflada».

Mis contactos con ella se limitan a un par de episodios, en ninguno de los cuales se ha mostrado especialmente simpática, aunque tampoco chiflada ni mucho menos tan gilipollas. En cambio, no hay duda de que es una creída. Pero yo también lo sería si fuese ella.

Ambos episodios se remontan a la *okupación*. Como es natural, Martina formaba parte del Colectivo que la había organizado y tenía además un grupo de estudio. Yo me había apuntado a la okupación y mi madre no había podido objetar nada, salvo: «Eso sí, irás todos los días y te quedarás hasta que anochezca», y «Olvídate de quedarte a dormir allí, en el instituto se quedarán a dormir los mayores».

Era el segundo día de okupación. Aquel en que se ve si quienes la han apoyado han ido o no.

Entro en el gimnasio. Martina está de pie, bajo una canasta, hojeando un libro.

A su lado, un tipo pelirrojo, melenudo, habla gesticulando animadamente. Hay unas cuarenta personas sentadas en el suelo. Entre ellas veo enseguida a Luca y me siento con él.

—¿De qué hablan? —le pregunto en voz baja.

—El amigo está hablando del neoimperialismo de las multinacionales, dice que ya no son los Estados los que controlan a los países más pobres, sino las multinacionales, porque los Estados ya no deciden nada y la democracia se basa en lo que consumimos, votamos y gastamos.

—Caray, parece interesante.

—Lo es, lo es —dice Luca con un gesto de lo más serio.

Comienzo a escuchar con atención, pero, como tendría que haberme esperado, conociendo a Luca, el menda pelirrojo está diciendo algo muy distinto. Me vuelvo hacia Luca con gesto interrogante, pero permanece impasible. Rompo a reír.

Y aquí entra en liza Martina.

—Oye, nadie os obliga a estar aquí, ahora no estamos en el instituto; si habéis venido es porque creéis en la okupación, si no, podéis marcharos a esquiar como todos los que solo la han apoyado para tener la semana blanca.

Dos semanas después me la cruzo de nuevo.

Me encuentro en el vestuario del gimnasio junto a dos chicos que están pintando un abeto rojo en la pared. Los dos están de pie sobre el banco y se ha derramado un poco de pintura en el suelo.

Ella entra en el vestuario con un trapo y una botella de alcohol. Nos saluda y acto seguido se pone a limpiar la pintura que ha caído al suelo. Los tres nos quedamos quietos mirándola, sin saber qué decir. Luego se sienta y enciende un porro. Los dos chicos continúan con lo que estaban haciendo. Ella me ve de brazos cruzados y me lo pasa.

—No fumo —digo.

—Buena chica.

Aquí termina mi profundo conocimiento de Martina. Todo lo demás que sé de ella procede de los chismes de pasillo y de las pintadas que hay en las paredes del servicio. Por los primeros sé que sus padres están divorciados y que ella vive con su madre. Por las segundas, entre otras cosas, que es una «gilipollas que se da demasiados humos», pero para mí que es pura envidia.

—¡Ali, estoy aquí! —grita una voz familiar desde la acera de enfrente.

Me doy la vuelta.

Es Luca.

Le hago una seña con la mano y espero que ate la scooter.

Luca es mi ex novio. Con él hice el amor por primera vez. Nuestra historia duró solo unos meses, pero no hemos dejado de vernos nunca. Al principio solo en el instituto, ya que estamos en la misma clase. Mejor dicho, no «estamos», «estábamos», y me temo que no es sino uno de los muchos verbos que tendré que acostumbrarme a conjugar en pasado. Después hemos vuelto a vernos también fuera del instituto. Él dice que soy su droga, o más bien su metadona, que es lo que dan a los toxicómanos para desintoxicarse, aunque termina creando una nueva dependencia.

—Toma —me dice, y me alarga una botella de cerveza.

—Llevas de todo.

—Debajo del asiento tengo hasta un avión. Tú y yo partiremos esta noche para Jamaica.

—Claro, estupendo, ¿se lo dices tú a mi padre?

—No hay tiempo. Le mandarás un telegrama desde Kingston.

—¿Y eso qué es?

—¿Kingston? ¡La capital de Jamaica!

—¿Qué vas a hacer este verano?

—Uf, aún no lo sé. Por ahora me quedo en Milán. Mi madre todavía no sabe cuándo puede coger vacaciones y alguien debe cuidar de mi hermana.

—Vaya, pero cogerá vacaciones en algún momento, ¿no?

—Confío en que sí, pero no puedo hacer planes.

—¿Por qué no vienes a verme? Aunque sea al final. No hace falta que avises. A mi madre le caes bien.

—Ojalá pueda —dice sin convicción.

—¿Y cómo abro esto? —pregunto, señalándole la cerveza.

De un bolsillo saca un mechero, lo apoya contra el cuello de la botella y hace saltar la chapa con un sonoro «pop». En ese preciso instante Martina y sus amigos pasan a nuestro lado. Un chico nos mira, imita un brindis y exclama «Chinchín», Martina sonríe y, una fracción de segundo después, ríe.

Como no podía ser menos, llega la hora de las preguntas de rigor, las serias.

—Bueno, ¿cómo estás?

—No estoy mal... A ver, me ha molestado un poco, pero no es que esté deprimida ni nada parecido... En fin, qué más da, repito curso y punto. La que está deprimida es mi madre. Está emo.

—¿Qué le pasa en la sangre?

Luca es uno de los pocos chicos que conozco que no entiende casi ninguna de esas que en los informativos llaman «expresiones juveniles»: «emo», «estar chato», «brígido», cosas así. No es que yo las considere fundamentales, pero todos las usamos. Todos, menos Luca.

—Está emo porque no encuentra una explicación, y encima le toca discutir con mi padre, pues está enfadado y según él la culpa es de mi madre, que me da demasiada libertad, motivo por el cual no estudio y tengo que repetir curso.

—Vale, bueno… ¿Cuándo te marchas? —pregunta, y durante un instante se pone terriblemente serio.

—Mañana por la mañana, ya te lo he dicho.

—No te marches.

—No me queda elección, ven tú a verme.

—No iré nunca, lo sabes.

De regreso a casa en la bici intento aminorar la velocidad, miro alrededor, demoro la vista en los edificios, en los portales, los escaparates de las tiendas cerradas. Me pregunto qué excusa podría esgrimir para no irme. Pienso en Luca. Luca es el típico chaval que se lo toma todo a broma. No es que no sea capaz de escuchar si le cuentas algo serio (que repites curso, por poner un ejemplo cercano), pero con él acabas siempre mirando el lado cómico de las cosas.

Mi padre sigue en el sofá, delante del televisor encendido, aunque ahora las maletas están cerradas y al lado de la puerta. Entro en mi cuarto y enciendo el ordenador. Abro el Messenger y veo si alguien está conectado. Nadie. Quito mi foto y pongo la de los Simpson en traje de baño. Nos vamos.

5

El coche va hasta los topes. El maletero está lleno a rebosar y en el techo mi padre ha puesto una especie de ataúd para guardar las cosas que no cabían. El viaje hasta Pulla es largo. Dejamos atrás la ciudad y nos incorporamos a la autopista de Bolonia. Deberíamos llegar a la hora de cenar. Federico se ha trasladado de la cama al asiento trasero sin darse cuenta siquiera. Él no necesita pensar en nada, todavía no tiene preocupaciones. No repite curso.

Duerme usando el peluche como almohada, contra la ventanilla del coche. El sol habrá salido hará una hora y ya siento el calor que se filtra por el cristal. Un rayo de sol da justo en la cara de Fede, y él, dormido, trata de protegerse los ojos, mascullando palabras incomprensibles. La pelea con el rayo de sol sigue unos minutos, hasta que Fede, desesperado, se gira de golpe: ahora su cabeza se balancea y tiene la boca abierta.

El espectáculo es horripilante.

Hasta hace un par de años, todo lo que hacía Federico resultaba siempre gracioso y divertido. Pero un buen día perdió los rasgos infantiles y entró en la «fase hobbit»: voz de chico, desarrollo muscular y vello, pero cabeza de niño. No me resisto, y sin despertarlo lo guío hasta que se tumba sobre mis piernas, resguardado del sol. Su alivio es evidente: se lleva las manos a la cara, se frota los ojos, luego deja caer del asiento la mano derecha y pone en mi barriga la izquierda.

Tiene los dedos manchados de pintura seca, son como manchas indelebles con las que lleva días.

A la altura de Bolonia, mi padre decide que ha llegado el momento de hacer una parada. Fede se ha pasado todo el rato durmiendo, mientras yo me repetía mentalmente las siguientes frases:

«Eres una tonta, ¿acaso no podías esforzarte un poco más?».

«Ahora tienes que encontrar la manera de pasar este mes.»

«¿Y si en el camping sigue el animador con el que te enrollaste el año pasado?»

Tras la última pregunta, mi padre ha propuesto la parada para el café, ahorrándome la tentación de revivir aquel penoso ligue de verano.

Bajamos del coche.

—Fede, ¿dónde estabas anoche? —pregunto, mientras él pugna por apartarse el pelo de delante de los ojos.

—Anoche... bah.

No es fácil obtener respuesta de mi hermano cuando se acaba de despertar, pero tengo ganas de charlar, para distraerme del viaje y del recuerdo de mi pseudoligue veraniego del año pasado. Así que persevero.

—¿Y por qué tienes los dedos manchados de pintura?

—Ah, sí, estuve en la casa de los abuelos. El abuelo me está enseñando a pintar.

No consigo salir de mi asombro y reacciono con un largo y sonoro «¿Túúúúúú?», que ofendería a cualquiera que acabara de emprender la carrera de pintor sin estar dotado para ella, pero, evidentemente, no a mi hermano.

Entretanto, hemos entrado en el autoservicio, nosotros y otras dos o trescientas mil personas que han tenido la misma idea brillante.

Mi padre se pone en la cola para pagar.

—¿Qué queréis?

—Un café —respondo.

—Una coca —dice mi hermano.

—¿No es demasiado temprano para una coca? —pregunta mi madre.

—Deja que tomen lo que les apetezca —interviene mi padre—. ¿Tú qué quieres?

Quiere un café. Venga, que salimos de esta…

Mi madre y yo empezamos a abrirnos paso entre el gentío que hay delante de la barra.

—¿Por qué el abuelo da clases de pintura a Federico?

—Tu hermano se lo pidió, le preguntó si podía enseñarle las bases, y tu abuelo, pues, imagínate, se puso tan contento como unas castañuelas.

Aquí dejo las pesquisas, porque no tengo más remedio que preguntarme cómo de contentas podrán ponerse unas castañuelas.

6

—Ay, tía, sigo borracho desde ayer. Como me hagan la prueba de alcoholemia me quitan el coche con vosotros incluidos.

—Conduzco yo, conduzco yo. Tú duerme, que esta noche cerramos la discoteca.

—Primero un café, tía, nos damos una vuelta por todo el autoservicio entre los palurdos de la zona y nos largamos pitando.

En la puerta del autoservicio hay un Coche de Jóvenes Milaneses que Acaban de Salir de Vacaciones.

Es inconfundible. Ha aparcado y enseguida se han apeado dos chicas con gafas de sol enormes y chanclas. Están alegres, ríen con fuerza y una de ellas enciende incluso un cigarrillo, lo cual para mí en ese momento equivale a una especie de declaración de independencia. Sin embargo, es evidente que lo que yo siento no es más que una envidia brutal, por la presencia de sus dos novios/amigos: uno está francamente bueno, y el otro es de la especie intelectual. Ya me lo imagino en la playa leyendo, sin quitarse la camisa.

El tío bueno coge por la cintura a una de las chicas y la empuja hacia las escaleras del autoservicio, donde observo atónita la escena, pensando en la diferencia de contenido de mi coche. La otra chica habla por el móvil y aquel que en mi imaginación es el intelectual del grupo me clava la mirada. Eso también es típico. Si hay dos chicos y uno es «el guapo», por regla general en mí se fija el otro. Me olvido por un momento de mi familia y me imagino sola, de vacaciones, libre de hacer lo que se me antoje. Me imagino que sostengo la mirada de interés del intelectual, que dejo que se me acerque y cruzo dos palabras con él, y que luego descubro que vamos de vacaciones al mismo sitio y le doy mi teléfono con un «A lo mejor nos vemos» lleno de sobreentendidos. Y cuando he terminado de imaginar y el intelectual está efectivamente a dos pasos de mí, mi hermano pronuncia las siguientes palabras:

—Ali, papá ha dicho que hagamos pipí ahora, que después no piensa parar.

El sol se está poniendo en el mar cuando el coche cruza la verja del aparcamiento. A través de las copas de los pinos se entrevé el cielo anaranjado. Mi padre baja e intercambia unas palabras con un viejo sentado en un banco. La barra roja y blanca que franquea el paso a la zona de las caravanas se levanta lentamente.

Lamento que los abuelos no estén este año. Si todo hubiese salido como esperaba, es decir, si hubiese aprobado el curso y mi abuelo no se hubiese puesto enfermo, sería él quien estuviese en este momento en el camping y no yo, para alegría de mi hermano, que lo adora. Todos los veranos, después de cenar, se pasaban horas jugando en el porche de la caravana.

—Tengo hambre —dice Fede.

—Ali, ve con tu hermano al bar y pide que os preparen algo.

—¿Y vosotros?

—Yo tengo que hacer las camas ya mismo, de lo demás nos ocuparemos mañana con calma.

—Lo «demás» son las faenas del principio de las vacaciones: limpiar la caravana, preparar el porche con mesa y sillas, barrer las agujas de pino y mil pequeñeces más que hay que hacer para que la parcela del camping se parezca todo lo posible a nuestra casa de la ciudad.

—¿Os traigo algo?

No recibo respuesta, así que me voy con Fede.

En el bar pedimos dos tostadas y dos cocas. El chico que nos atiende nos saluda como si nos conociera, pero no me acuerdo de él. Fede, en cambio, le choca los cinco.

—¿Lo conoces? —pregunto en cuanto nos alejamos.

—Tú también lo conoces, es Giovanni, ¿no te acuerdas? El año pasado ya trabajaba aquí.

Rebusco en mi mente algún recuerdo de este misterioso camarero, pero no encuentro nada. No hay ningún Giovanni en mis veranos. Ningún Giovanni en el bar de mi camping. El hecho en realidad no me alarma. No ha sido el mejor año de mi vida, y cabe que se hayan dañado algunos ficheros poco importantes al tratar de hacer un poco de limpieza de mi pasado.

7

Pasado el primer día, dedicado a la Gran Limpieza y a Las Faenas, empiezan las vacaciones propiamente dichas.

No he visto al Animador, pero es posible que aún no haya llegado. De todos los que conocí el año pasado y con los que he intercambiado mails, número de móvil y señas (nunca se sabe), prácticamente no he sabido nada de ninguno y no sé si estarán este año. Sé con seguridad que no va a venir la única chica a la que me habría gustado ver: se ha ido a Cerdeña con sus amigas.

Nuestra jornada de vacaciones habitual sigue más o menos el siguiente esquema:

1. Nos despertamos como muy tarde a las ocho y media (aunque mi padre ya está operativo desde las siete).
2. Salimos en coche, pues «nosotros no vamos a la playa del camping, sino que *buscamos* las playas».
3. Nos situamos en un lugar solitario, la sombrilla más cercana debe distar al menos cincuenta metros.
4. Comemos rigurosamente en la playa los bocadillos que ha preparado mi madre por la mañana (el bar, las raras veces en

que hemos caído en una playa en la que había uno, es considerado lugar de perdición y de gasto inconcebible).

5. Por la tarde: siesta bajo la sombrilla y, a continuación, actividades recreativas: sudoku, sopa de letras, lectura del *Corriere della Sera* y de revistas del corazón.
6. A las cinco y media desmontamos lo que se había convertido en un segundo camping y regresamos al hogar, con el fin de no tener que hacer cola en las duchas.

El primer día consigo evitar milagrosamente todo tipo de discusión familiar. No respondo a las provocaciones y permanezco pegada al libro que estoy leyendo, *La insoportable levedad del ser,* de Kundera. Me lo ha prestado Luca, diciendo: «Si luego ves que tienes algo mejor que hacer, déjalo, lee solamente el título dos o tres veces; total, es lo mejor del libro».

Así que no me pongo nerviosa cuando mi madre me persigue con un bidón de crema de protección 140. Me baño dos veces en el mar con mi hermano y respondo correctamente a una de las preguntas de un diabólico crucigrama numérico que mi padre ha leído en voz alta para ponerme a prueba: las dos guerras mundiales, los Pactos de Letrán.

Durante un momento he estado a punto de distraerme.

A las cinco, sin embargo, tengo el humor por los suelos, y mi pensamiento fijo es: un mes más así.

De vuelta en el camping me olvido de ser de las primeras en las duchas y voy directamente a la llamada Sala Chateo, un cuartito al lado de la recepción con dos ordenadores prehistóricos. Pero hay Messenger.

Luca está conectado.

Alice llama a Luca, responde, Luca, petición de ayuda inmediata.

¡Ali! ¡Hola! ¡Estoy en Kingston!

¿La capital de Jamaica?

Justo, muy bien, así que ¿estás estudiando?

(dedo corazón)

¿Qué tal?

Asquerosamente mal, gracias. Día en la playa con la familia, aislamiento total, camping medio desierto, edad media 11 años.

Caray, ya veo que te estás divirtiendo. Aquí nos morimos de calor.

Luca, yo no aguanto un mes así, tienes que decirme qué debo hacer, encuentra una solución.

... (cara pensativa)

¿Luca? ¿Estás ahí?

Espera, estoy pensando.

Bien.

Second Life.

¿Qué?

Second Life, esa es la respuesta a tus problemas.

Luca se pasa la mitad del día delante del ordenador. Todo cuanto sé me lo ha enseñado él. Uno de sus últimos descubrimientos es Second Life, una realidad virtual en la que puedes vivir una segunda vida con tu avatar: una especie de álter ego que se mueve en un mundo virtual, hace amistades, compra ropa, va a fiestas...

En la situación en la que me encuentro, francamente no veo qué ayuda podría prestarme Second Life.

¿Qué pinta Second Life? No quiero pasarme el día entero delante del ordenador.

No te has enterado, tu Second Life es otra.

Tienes que construirte una realidad distinta, hazte un plan paralelo, lee mogollón, escribe, pásate todos los días un par de horas delante del ordenador, busca un sitio adonde ir a la hora del aperitivo y trata de conocer a alguien…

No me has convencido.

Yo diría que sí, apodérate de tus vacaciones.

¿Y de dónde sale ese optimismo? No es propio de ti…

¿No me habías pedido que encontrara una solución? Pues te la he encontrado: Second Life.

Vale, esta noche me lo pensaré, ahora te dejo, ¿nos vemos mañana?

Si consigo encontrar un cibercafé en La Habana.

¿Cómo, no estabas en Jamaica?

Sí, pero me marcho, mañana estaré en Cuba. Tengo que averiguar qué es mejor, si el comunismo o el capitalismo.

Envíame una postal cuando lo hayas averiguado.

¡Por supuesto! ¿Tú mañana qué haces?

Nos vamos a buscar otra buena playa sin chiringuito.

¿De modo que tu padre no quiere que estudies?

… (bombilla)

¿Qué quieres decir?

(cara risueña) ¡Me has dado una superidea!

(cara interrogativa)

Si sale bien, luego te cuento.

De acuerdo, hasta pronto (oveja despidiéndose)

(panda despidiéndose)

(Bart enseñando el trasero)

(llama escupiendo)

8

—¿Qué haces ya levantada?

Mi padre está desorientado. Esta mañana me he levantado sola a las siete y media. He puesto la cafetera y he preparado el desayuno. El plan Second Life no ha hecho más que empezar y ya me estoy divirtiendo.

Me dan ganas de responder: «A quien madruga, Dios le ayuda», pero resultaría excesivo.

Me limito a:

—Estoy preparando un pequeño programa de estudio —que puede que sea un exceso aún peor.

Él no sabe qué replicar.

—Ajá.

Mi madre lo ha oído y sonríe, satisfecha con mis buenos propósitos, que pueden ahorrarle más discusiones con su marido.

—Hoy me preparé un programita para este mes: cojo todos los libros, fijo los temas y mañana empiezo.

En ese momento mi madre me mira con recelo. Federico, que se acaba de despertar y debe de haber oído solo la última frase, contiene una carcajada. Mi padre se aleja con la toalla y el cepillo de dientes en la mano, pero da la impresión de que se está cubriendo las espaldas, como si en cualquier momento alguien pudiera saltarle al cuello gritando: «¡Te he tomado el pelo!».

—Felicidades, hermanita. Te ha creído.

Mi hermano está encantado con la ocurrencia. Es evidente que es el más despierto de la familia. Ya sabe qué tengo pensado hacer.

—¿De qué hablas? ¿Qué es lo que se ha creído? —pregunta mi madre.

—Nada, ma, nada —contesta Fede, y entra en la caravana.

—Pero, Alice, ¿cómo lo vas a hacer, acaso piensas llevarte todos los libros a la playa?

—Eh, ya lo pensaré, pero antes de ir a la playa tengo que organizarme aquí.

Una sonora carcajada procedente de la caravana acompaña la marcha de mi madre, que se dirige hacia el baño para *hablar* con mi padre. Mi madre no es tonta. Solo necesita una buena coartada para ponerse de mi parte.

Y esta es una buena coartada.

A las nueve y treinta y cinco digo adiós al coche de mis padres, que se aleja en busca de una playa fantasmal, desierta y sin chiringuito. Mi madre se despide de mí con la expresión que tendría si su único hijo varón estuviese a punto de irse a la guerra. Yo, en cambio, me siento como si me hubiese tocado la lotería. Todavía no estoy «contenta como unas castañuelas», pero voy por buen camino. Mi padre me ha prometido que regresarán un poco antes, y ha añadido: «Eso sí, te quedas aquí estudiando, nada de irte a la playa».

Le he garantizado que por la noche podrá verificarlo con sus propios ojos, y él me ha respondido que puedo estar segura de que lo hará. Hemos cruzado alguna frase ácida más y luego nos hemos despedido.

Miro alrededor.

Es extraño.

De repente es como si el camping se hubiese vuelto más grande.

Miro hacia lo alto. Veo las ramas de los pinos que se mecen movidas por el viento. Estoy casi segura de que ayer se hallaban al menos un par de metros más abajo. Me vuelvo hacia la playa, dividida en rombos regulares por el vallado del camping. El horizonte debe de haberse desplazado durante la noche. Esta mañana el mar es inmenso. El viento me revuelve el pelo y un olor penetrante a sal me llega hasta el estómago junto con los chillidos de las gaviotas. Me llevo las manos a la cara y tengo la impresión de que mi piel está más tersa y fresca.

No comprendo bien estas sensaciones; a ver, puede que ahora me esté pasando un poco de poética, pero es justo así como me siento. Como alguien que duerme en un armario hasta que un buen día se levanta y se da cuenta de que hay además un dormitorio con una cómoda cama.

Y no he tomado drogas. No que yo sepa.

Mientras sigo absorta en esta especie de delirio, mi mirada se detiene en nuestra caravana, en la mesa de debajo del porche, en la taza de café que está junto a la pila de libros. En un instante todo vuelve a ser como antes. Los pinos regresan a su sitio, el horizonte se angosta y el olor a mar se convierte en el de las cremas solares.

—¡Alice! —grita una voz masculina detrás de mí, que ahora tapa también la última alucinación auditiva (ni rastro de gaviotas alrededor…).

El Animador ha llegado al camping.

9

Puesta a punto del plan Second Life:

Primer punto: ~~una horita de internet~~ (aplazada).

Nuevo primer punto: explicar al Animador, de manera simpática y amable, que no tengo la menor intención de enrollarme o de hacer cualquier otra cosa con él que implique contacto físico.

Él está en pie de guerra.

No será fácil.

Debe de haber pasado los últimos tres meses en un gimnasio, pues tiene unos bíceps absurdos, estilo superhéroe dopado. A cambio, ahora empieza a tener entradas, lo que me lleva a ver el gimnasio como un intento de reafirmar su ego herido por la calvicie. Ya está bronceado, debe de haber hecho una docena de sesiones de rayos UVA.

«Pero ¿cómo has podido estar con alguien así?», grita mi orgullo herido.

Hay atenuantes; tres palabras: sol, corazón y amor.

Sol: estaba de vacaciones desde hacía tres semanas, me sentía en plena forma, delgada y bronceada. Tenía un buen grupo de amigos y nos pasábamos todas las noches en la playa.

Corazón: hacía poco que había roto con Luca. Estaba libre y me apetecía tener un rollete de verano.

Amor: había estrellas, el rumor del mar y fuegos artificiales.

—¿Conque en la misma playa y en el mismo mar? —empieza el Animador, con una frase digna de un perfecto presentador de concurso televisivo hortera.

—Pues sí, pero tú tampoco has fallado, ¿eh?

—¡Pues no! Este año organizo los aquagym en la orilla y los juegos nocturnos. Espera, toma un programa.

—Oh, gracias.

—Oye, ¿estás sola?

Vaya, ya estamos, ahora tengo que pensar bien la respuesta:

—No, con mis padres… y con mi novio.

Puede que me haya pasado.

Pone los ojos como platos y se le descuelga la mandíbula hasta el pecho. Como animador que es, debe dársele bien imitar a un perro de Walt Disney.

—Ah, ¿es algo serio?

—Pues sí, a ver, no, en fin, se quedará aquí un tiempo y luego se irá con sus padres.

Y mi fantasía sigue rodando.

—¿Está en la caravana con vosotros?

—Sí… O sea, no, hemos montado un iglú detrás de la caravana.

—Y…

En ese momento lo fulmino con la mirada. ¡Y métete en tus asuntos!

—¡Vale, pues me marcho! —exclama, recuperando el optimismo.

El Animador es un gran partidario de la cultura Smile. De esos a los que al menos una vez en la vida alguien les dice: «¿Tú de qué coño te ríes?».

No bien consigo librarme de él, voy corriendo a la Sala Chateo. Los dos ordenadores están ocupados por padres de familia en evidente crisis de abstinencia de trabajo. Uno de los dos escribe y simultáneamente habla por el móvil con el manos libres. El otro lee el periódico online. Regreso a la caravana y cojo los libros y las novelas que tendría que leer. Voy al bar y los desparramo sobre una de las mesas de madera al aire libre. Saco un cuaderno de la mochila y comienzo a escribir.

Programa Second Life:

Primer punto, quitarme de encima al Animador: hecho.

Segundo punto, hora de internet: en suspenso.

Tercer punto: escribir un plan de estudio para convencer a mi padre de que me estoy esmerando.

10

Amor, que a nadie amado amar perdona

Esto nunca me lo he tragado. Porque salta a la vista que no es verdad. Solo que como lo escribió Dante, pues a callar. Dante era un egocéntrico y un paranoico. Pero algo así no se puede decir, ni en broma. No es que a mí no me guste *La Divina Comedia.* La idea es genial. Coges a todos los políticos, a los curas, a los hombres y las mujeres que conoces y, conforme a sus méritos y sus vilezas, los metes en el Paraíso para que se lo pasen pipa, o en el Infierno, para que sufran por toda la eternidad. Mientras no se demuestre lo contrario, semejante operación solo se la puede permitir Dios. En cambio, si la realiza un hombre, ¿no es pecar de soberbia?

Dante se justifica diciendo que lo inspira una mujer, de la que se había quedado colgado unos años antes, Beatrice. Aunque al final no se casó con ella, sino con una tal Gemma Donati, con la que tuvo hijos.

¿Nadie se ha preguntado jamás cómo se sentiría la señora Alighieri cuando salió *La Divina Comedia?*

Amor, que a nadie amado amar perdona

El sentido del verso es: si amas a alguien, en algún momento el otro te corresponde.

Vale, estoy dispuesta a estudiar a Dante y a descubrir su pensamiento, pero si dice estupideces evidentes, habrá que discutirlo.

Cuando empecé el instituto me colé de un chico dos años mayor que yo. Por él discutí con mis padres para que me dejaran hacer la okupación (porque él la organizaba), me puse ropa un poco más chillona, porque él era un chaval alternativo (llevaba bufanda e iba en una bici destartalada), le di una calada a un porro fingiendo que para mí era algo completamente normal y me humillé de varias formas más, con persecuciones y acechos diurnos y nocturnos. Tampoco era la única. No menos de cincuenta chicas habían perdido la cabeza por él.

Sin embargo, no se enamoró de ninguna de nosotras.

Qué raro...

Así que, volviendo al texto original:

Amor, que a ~~nadie~~ algún amado amar perdona

Ya es la una, todavía no he podido navegar por internet y mi plan de estudio para repasar el Infierno ya ha desembocado en los recuerdos del año pasado.

Recojo los libros. Paso de nuevo por la Sala Chateo, pero los dos ordenadores siguen ocupados por los dos padres de antes. En la puerta hay un rasta flaquísimo en bañador y All Star sin cordones. En el suelo hay unos carteles de colores. El rasta está pegando uno a la pared. «*Reggae party — Every day happy hour 6 p.m. all night long* y también después.»

El chico advierte que estoy leyendo el cartel y me sonríe.

—Apúntate, hay buena música, y las copas cuestan tres euros.

No soy capaz de decirle nada. Él me mira perplejo.

—... o sea, si te apetece.

—Sí, no, o sea, perdona, ¿dónde es?

—Aquí atrás, caminas un poco por la playa hacia la derecha y llegas.

Que es lo mismo que decirme que siga al Conejo Blanco, sea como sea...

El chico recoge los carteles del suelo, me sonríe y se marcha.

Ya está, se ha ido. Ni un: «Ven, cuento contigo». En las películas lo dicen siempre.

El episodio contribuye a desmoralizarme más, y ya no sé si prepararme la comida, darme una ducha fría o meterme en el mar con la mochila llena de libros colgada del cuello.

Me dirijo hacia la caravana con los brazos en jarras. No lo hago a propósito, me sale sin querer.

—¡Oye, eh, oye!

Es él.

Enseguida pongo cara serena y despreocupada.

—¿No tendrás cinta adhesiva?

11

Un chico con rastas está comiendo un plato de pasta con salsa de tomate y mozzarella en el porche de mi caravana.

En la mesa, además de los cubiertos y una botella de agua, hay un rollo de cinta adhesiva.

Pues sí, puede que haya forzado un poco el plan que me ha sugerido Luca, consistente en «intentar ver si consigo conocer a alguien». Pero también es normal, ¿no? Iba a prepararme la comida y a coger el cinta adhesiva para el Rasta. Y al final se han mezclado las dos cosas. ¿O acaso no tengo que organizarme una Second Life? Pues entonces…

—¿Así que estás aquí con tus padres?

—Sí, me toca.

—Vale, de todos modos al final haces lo que te da la gana, ¿no? Y además tienes la caravana casi en la misma playa. ¿Dónde te bañas?

—Depende, cambiamos con frecuencia, a mi padre le gusta buscar playas nuevas.

—Qué fenómeno, hace bien, aquí hay lugares flipantes, yo vengo desde hace cuatro años, es superguay, *lu mare, lu sule, lu ientu*,* como dicen los Sud Sound System.

* *Lu mare, lu sule, lu ientu:* «El mar, el sol, la gente», en dialecto pullés. *(N. del t.)*

Supongo que debería saber quiénes son los Sussound, o algo así, de modo que asiento sonriendo, como si dijera: «Pues claro, eso mismo».

—¿Tú dónde te quedas?

—En otro camping de más allá, pasado el sitio del aperitivo *reggae*, ¡no puedes perdértelo!

Así las cosas, creo pertinente decir algo para justificar mi condición de chica de vacaciones con sus padres. Luego pienso que podría soltar que tengo un hermano de trece años. Pienso que el aperitivo a las seis encaja perfectamente con mi plan Second Life. Y, por último, digo:

—Repito curso.

¡¿Qué estoy diciendo?!

Sin embargo, él no parece nada sorprendido. A ver, no le sorprende que haya salido con algo que no guarda relación con lo que estábamos hablando. Termina de masticar el último bocado de pasta y luego dice:

—Oye, pero ¿cuántos años tienes?

En ese instante oigo el ruido espantosamente familiar de un motor que se acerca a la caravana.

—¡Vete!

—¿Qué?

—Que te vayas, han regresado mis padres, como te encuentren aquí, no la cuento.

—¡Vale, vale!

El Rasta coge la cinta adhesiva y echa a correr pegado a la valla del camping, hacia el lado opuesto a aquel donde había sonado el ruido del motor.

Oigo dos puertas que se abren.

Una se cierra.

Oigo la voz de mi hermano, que se queja, y al final aparece mi madre, que sujeta tres melocotones embadurnados de arena.

—Hola, cariño —dice, pero tiene la voz alterada, debe de haber pasado algo. Su mirada se posa en la mesa, donde están los restos de la comida. Su expresión se transforma de golpe y en ese instante me doy cuenta de que la mesa está puesta para dos.

—¡Quita eso ya mismo! —susurra entre dientes.

—¡Susanna! —chilla mi padre, irritado—. ¿Puede dignarse alguien ayudarme a bajar del coche?

12

Mi padre había decidido hacer una tienda con los pareos y había ido a buscar palos de madera entre las dunas de detrás de la playa.

Evidentemente, esa mañana la sombrilla le había parecido del todo inapropiada.

Llevaban allí menos de una hora y mi hermano ya estaba en el agua con tres chicos a los que acababa de conocer. Fede siempre hace amigos. De pronto: un grito de dolor. Mi madre se levantó alarmada, soltando sobre la arena los melocotones que estaba pelando. Fueron hacia las dunas, donde encontraron a mi padre tumbado en el suelo.

Según Federico, había tropezado.

Según mi padre, un anormal había dejado un agujero oculto.

Lo cierto es que no podía caminar. Lo llevaron en brazos hasta el coche y luego fueron juntos al dispensario: tobillo torcido. Le pusieron una venda rígida y le dijeron que tenía que llevarla una semana, y que en ningún caso podía conducir.

Moraleja: durante una semana no podremos movernos del camping.

Esta noche cenamos en silencio, con la radio encendida. Mi hermano canturrea los éxitos del verano y mi madre le pregunta cómo hace para saberse todas las letras de memoria.

—Esta la ponen en la radio cada tres minutos —intervengo—, yo también me la sé.

Fede empieza a cantar en voz más alta y yo lo sigo en el estribillo. Parecemos uno de esos ridículos musicales, donde de buenas a primeras alguien se levanta de la mesa e improvisa una canción que sintetiza el sentimiento del momento.

Mi madre nos mira divertida.

La canción termina y reparo que en el suelo, al lado de la mesa, hay algo que parece la bolsa de una tienda.

—¿Qué es? —pregunto a la vez que toco la bolsa con el pie.

—Una tienda de campaña, tu padre ha decidido comprarla hoy, al volver del dispensario; podemos montarla junto a la caravana.

—¿Y para qué la queremos? —pregunto, y recuerdo enseguida el embuste que le he contado al Animador.

—Es para ti.

Eso me deja desorientada.

Miro a mi padre con gesto interrogante, pero él está concentrado en la radio. Están leyendo los titulares de las noticias.

—Ya eres mayor, así tendrás tu propio espacio y nosotros estaremos más anchos en la caravana.

A las ocho y treinta y cinco hemos terminado de cenar. Mi padre está de tan mal humor que se olvida de preguntarme por el programa de estudio. Se toma dos aspirinas y se va a la cama.

Yo me siento un poco culpable, porque sé que la idea de la tienda ha sido suya. Y sé que para él representa el esfuerzo épico de hacer algo por mí, de una manera práctica: me compra una tienda porque ya soy mayor. Y me hace sentir fatal.

Cojo la mochila y voy al bar.

Hay que empezar desde cero el plan Second Life.

Así que ¿la cosa va en serio?

¿Qué dices?

¡Ahora puedes hacer lo que te dé la gana!

Porque tú lo digas. El plan Second Life se ha jodido. Con mi padre sin poder moverse del camping, ya no puedo hacer nada.

¿Cómo que no? Ve a la playa del camping, allí seguro que conoces a alguien, y luego puedes ir al aperitivo del rasta. ¿Cómo has dicho que se llama?

No lo sé, ni siquiera nos hemos presentado. Y tampoco sé dónde queda ese sitio.

No pasa nada, mañana sales a dar un paseo por donde él te ha dicho y lo encuentras.

Claro, ¿y qué le digo a mi madre? Y además está Federico.

Lo llevas contigo. Tu padre necesitará cuidados, ¿no? Así que tu madre tendrá que ir en algún momento al camping. Y tú coges a Fede y dices que os vais a dar una vuelta, a tomar una coca.

¿Y voy al aperitivo con mi hermano?

Pues claro, Fede es majo, tú vas de enrollada y haces como que no te importa ir a tomar el aperitivo con tu hermano. Te saldrá bien.

¿Y qué pasa con lo de estudiar? Mi padre no me quitará ojo.

Pues dile que tienes mogollón de libros que leer, y de vez en cuando pasas un rato en el camping estudiando, pero vas al bar. De todas formas, tu padre no puede vigilarte.

Vale, mañana veré qué hago. Luego te cuento.

Mañana no estaré.

¿Por qué? ¿Adónde vas?

A Jerusalén por la mañana, después a Palestina. Sabrás que están siempre en guerra.

Sí, creo que he oído algo... (Lisa Simpson elevando los ojos hacia el cielo).

Quiero averiguar quién tiene razón.

Si lo descubres, dímelo, así le pasaré la noticia a la prensa. Bueno, ¿estarás o no?

No, me voy. Pasaré el fin de semana en Liguria, en la casa de unos amigos. Si me necesitas, llámame.

Lo haré, adiós. (oveja bailando)

(canguro vomitando)

(perro despidiéndose)

(vaca bailando)

13

Otra noche. Otro desayuno. Otro día de playa.

Un mes puede ser larguísimo si sabes exactamente todo lo que va a ocurrir cada día.

A las nueve de la mañana mi padre aparece con dos muletas.

Fede y yo estamos desayunando y meditando sobre el destino de las vacaciones.

—¿Lo veis? —exclama con expresión satisfecha—. ¡Mis piernas han mejorado!

Esta es otra de sus fascinantes características.

Es incluso capaz de vanagloriarse de haberse torcido un tobillo. ¡Ya puede por fin girarse con las muletas! En cambio, pobrecillos nosotros, obligados como estamos a seguir usando las viejas e insignificantes piernas…

—De todas formas, querido, no conviene que fuerces la pierna —lo regaña mi madre.

—Desde luego que no, pero así ni siquiera toco el suelo. ¡Fíjate!

Se exhibe en una especie de pirueta, para demostrar la funcionalidad de su nuevo apoyo. En ese momento Fede se hunde en los cereales, mientras que yo me pregunto qué va a depararnos el día.

—¿Hoy nos quedamos en la playa del camping?

—Sí, cariño —responde mi madre—, así no necesitamos llevarnos nada y venimos a comer a la caravana.

Lo ha dicho con un tono práctico y neutro, pero parece que a mi padre no se le ha escapado cierta satisfacción en su voz.

—Te advierto que por mí os podéis pasar todo el mes en la playa del camping. No quiero que hagáis nada por obligación.

—Oye, que yo no pretendía decir eso; veamos el lado positivo del asunto.

Pero mi padre no quiere perder la ocasión de una gresca.

—Solo digo que el médico no ha prescrito que debamos ir a otras playas.

—Y yo solo digo que no era una crítica.

—Pues lo parecía.

Fede mira a nuestros padres como si fueran una rara especie de mamíferos discapacitados.

—Voy a ponerme el bañador —digo, y entro en la caravana.

Para llegar a la playa del camping hay que salir por la verja principal. Recorremos unos cien metros por un caminito estrecho y desembocamos en el aparcamiento de pago que está justo detrás de la playa. Hay como mínimo doscientos coches, y todo lleva a pensar que la playa estará, como diría mi padre, «abarrotada de gente».

Vamos por un sendero más pequeño que atraviesa el pinar, junto con familias muy bien pertrechadas: colchonetas, barquitas de goma, enormes cubos con palas, rastrillos y figuras de todo tipo, neveras del tamaño de un baúl, mesitas plegables, sillas de plástico y hamacas. En cuanto llegamos a la playa, para nuestra sorpresa, comprobamos que la gente está bastante diseminada, tanto que no nos cuesta encontrar un sitio.

Fede se ofrece a plantar la sombrilla, mientras yo extiendo dos toallas. Por increíble que parezca, hoy pasaremos el día aquí.

—¿No deberíamos haber traído al menos agua?

—Mamá, si nos entra sed vamos al chiringuito, y de todos modos dentro de dos horas estamos de vuelta en el camping.

Mi madre, picada con mi padre después de su discusión, nos ha hecho caso en todo lo que le hemos dicho. Y Fede y yo nos hemos pasado de la raya: ni una botella de agua.

No está convencida. Mira alrededor, nerviosa.

A nuestra derecha hay una familia al completo, con abuela incluida, en mecedora, y niños en la arena haciendo castillos. Temo que en cualquier momento a la abuela le dé por sentarse en el suelo y ponerse a hacer agujeros con sus nietos.

A nuestra izquierda hay un grupito de chicos y chicas sin sombrilla. Dos están jugando a las palas.

La marea está muy baja, por eso la orilla está llena de gente que charla, juega o sencillamente pasea.

Cuando por fin parece que mi madre se ha relajado (Fede le ha cavado una especie de sillón en la arena), ocurre lo irreparable: un grupo de mujeres entradas en carnes, a las que dirige un Don Lindo bronceado con rayos UVA, en slip, entran en el agua justo delante de nosotros y, todas al unísono, se ponen a dar pataditas al aire, cual salmones en plena crisis epiléptica.

Todas están en nuestro camping y el de los rayos UVA es… el Animador.

Solo confío en que no me vea.

—¡Qué idea tan estupenda! —proclama mi madre y se levanta intrigada.

—¡Señora, únase a nosotros! —grita el Animador sin dejar de dar saltitos.

Mi madre ríe empachada, pero se ve que únicamente está esperando que el Animador le insista un poco.

—¡Y traiga también a su amiga! ¡Anda… Alice! Excelente, tenemos dos nuevas participantes: Alice y su hermana mayor, que se llama…

—Susanna —dice en voz baja mi madre, pero las risas se han sobrepuesto a su nombre.

La broma de la hermana mayor les ha encantado a todas.

14

Ocho y media: despertar muscular.

Nueve y media: yoga.

Diez y media: acuagym en la playa.

Seis y media de la tarde: aperitivo creativo en la piscina.

—¿Qué estás escribiendo? —pregunto a mi madre, mientras termino de recoger la mesa. Esta noche me toca fregar los platos.

—Estoy haciendo un pequeño plan de actividades en el camping.

Mi padre no puede decir nada, porque aún están peleados. Él sigue gruñendo.

Mi madre me ha robado la idea: mañana empieza su plan Second Life.

Cojo el barreño con los platos y las cacerolas y me encamino hacia los baños.

Según Luca, hay algo muy zen en el acto de lavar las cacerolas. Dice que todo depende de la perspectiva. Si friegas pensando que mañana te seguirán siendo útiles, tratarás de hacerlo deprisa, puede que bien, pero deprisa. En cambio, si piensas que estás haciendo algo completamente inútil, tu actitud es otra: cuando eres capaz de hacer cosas completamente inútiles, te relajas. Sería el principio del jardín zen, cuidas y rastrillas aunque sabes que nunca crecerá nada.

Decido poner en práctica su filosofía y comienzo a frotar las cacerolas, imaginándome que nunca más volveré a utilizarlas, que después las tiraré y que estoy haciendo un trabajo que no sirve para nada. A mi lado hay otras personas haciendo lo mismo. Algunas de ellas charlan, un par canturrean y una escucha música con los cascos puestos.

Yo sigo concentrada: un trabajo inútil, un trabajo inútil…

Termino de fregar los platos. Son las nueve. Debo de haber tardado unos veinte minutos. Por tanto, no más de lo habitual, creo. No sabría decir si me he relajado, de momento me siento exactamente igual que antes.

Lo meto todo en el barreño y vuelvo a la caravana. Mi madre sigue escribiendo su plan de vacaciones, mientras que mi padre está de pie con una muleta y tratando de abrir la bolsa de mi tienda con el pie. A duras penas me contengo del impulso de aplaudirlo y me transformo en el Dalai Lama.

—Pa, todavía no te he dado las gracias por haber pensado en mí.

Fede me mira y se mete dos dedos en la boca, y en ese instante me doy cuenta de que mi frase es terriblemente empalagosa.

—Bueno, pues eso, gracias —digo con sequedad, para zanjar la conversación.

—De nada.

—Ya la montaré yo mañana.

—¿Sí?

—A ver, ¿cómo vas a montarla tú con las muletas?

Fede mi mira y mueve la cabeza.

Tengo que hablar con Luca, ya que cuando me habló de esa cosa zen que tiene fregar los cacharros debería haberme advertido de que también tiene efectos secundarios y de que si te relajas más de la cuenta corres el riesgo de decir cosas atrozmente sinceras y fuera de lugar.

Me dirijo a paso rápido a la Sala Chateo. Me conecto al Messenger. Pero Luca no está. En ese instante me acuerdo de que se ha ido a Liguria, me lo había escrito. Cuando estoy a punto de cerrar la conexión, veo la foto de una amiga, bronceada, delante de una especie de torre de piedra.

Chiara, ¿dónde estás?

Hola, Ali. (cara risueña) Estoy en un cibercafé.

Sí, pero ¿la foto?

Es una nuraga, aquí hay mogollón. Hemos hecho una excursión al interior con unos chicos de Roma que conocimos en la playa. Ali, no sabes cuánto lamento que no hayas venido a Cerdeña con nosotros.

Yo también lo lamento... (cara llorando)

Pero ¿dónde te habías metido? Te he mandado 2 sms y no me has respondido (cara ofendida)

No he recibido nada... (cara interrogante) ¡Uf...! ¿Qué decías?

Que cómo estás, que qué haces, que quería saber de ti, que cómo va todo por allí.

(cara bostezando)

Anda, en serio, ¿qué tal? ¿Ya te has dado el lote con todos los del camping? (caritas morreándose)

(dedo medio)

No, venga, en serio, ¿hay novedades?

El Animador me está tirando los tejos.

¿El del año pasado?

El mismo.

¿No era un pringado?

Este año lo es aún más.

¡Qué más da! Es verano, tienes un rollete con él y luego te olvidas.

Pero se ha vuelto un cachas de gimnasio y se broncea con rayos UVA...

¿Y qué pasa por eso? ¡Ni que fueras a casarte con él!

Le están saliendo entradas y da el curso de aquagym a las viejas.

Vale, no me digas más.

Pero he conocido a un rasta...

(cara con rastas y gorrito jamaicano)

15

—Federico, ¿puedes preguntarle a tu padre qué planes tiene para mañana?

—Pa, mamá quiere saber qué planes tienes para mañana.

—Dile que todavía no lo sé.

—Ma, dice que todavía no lo sabe.

—¿Y cuándo piensa decidirse?

—Pa, ¿cuándo te decides?

—Dile que no lo sé.

—Dice que me tienes que dar cincuenta euros.

A mi hermano le encantan las discusiones indirectas, entre otras cosas porque son las más suaves. Cuando podemos permitirnos el lujo de elegir una estrategia para discutir, significa que en el fondo no estamos tan enfadados. El hecho es que mi hermano se divierte como un enano tomándoles el pelo.

—Alice, ¿puedes preguntarle a mi madre si me puedo levantar de la mesa?

—Venga, Fede.

—Mamá, ¿puedes pedirle a Alice que me responda?

—¡Venga, levántate, ve donde quieras!

Con la autoridad familiar en apuros, tenemos casi total libertad de hacer lo que nos dé la gana.

Y así empieza el Plan Escaqueo:

levantarse a las diez;

en la playa a las once, once y media;

para la comida nos arreglamos (Fede y yo nos quedamos en la playa);

cena familiar, eso sí, pero después cada cual es libre de ir a donde le parezca, lo cual no es gran cosa, dado que aquí no hay nada que hacer, pero al menos puedo pegarme al ordenador y quedarme hasta que me apetezca.

Mi madre está lanzada con el aquagym, el yoga en la piscina y los «juegos nocturnos» que organizan los animadores.

En dos días ha conocido a medio camping y ahora cuando llegamos a la playa todo el mundo la saluda. Yo, en cambio, después de la comida surrealista con el Rasta, no he vuelto a tener ocasión de hacer vida social. Pero está bien así. Aunque no he hecho Nuevas Amistades, sigo orbitando alrededor del bar de la playa del camping. Esa es la verdadera revolución. Y Fede y yo hemos decidido pasarnos: no solo peregrinamos al menos tres veces al día hasta el bar para tomar una coca, un helado o un café frío, sino que además ponemos la sombrilla a apenas diez metros del bar para escuchar en la radio los éxitos del verano. Sin duda, esta última decisión constituye una parte fundamental del Plan Escaqueo y es la que nos da más satisfacción.

De noche paso dos horas en la Sala Chateo, charlo con Luca y ahora también con Chiara, que quiere conocer mis progresos sentimentales, «Oye, ¿te has enrollado o no?», «¿Y el Rasta?». Al Rasta no lo he vuelto a ver, y a decir verdad no estoy tan segura de querer verlo de nuevo después de haberlo echado como a un ladrón.

Mi programa de estudio no ha empezado y tampoco formaba parte de mi plan Second Life. Solo servía para que mis padres no me dieran la lata. Total, de todas formas repito curso y el año que viene tendré que volver a hacerlo todo desde el principio. ¿De qué me sirve estudiar? Ya, ya, sé perfectamente que hay quien, como mi madre, podría decir que «precisamente porque repito tengo que estudiar más». Sin embargo, lo que yo necesito es relajarme, olvidarme de este año. Y, ya que lo estoy consiguiendo, las cosas están bien así.

Casi he terminado *La insoportable levedad del ser,* el libro de Luca (en este momento está viajando en el Transiberiano, y dice que los vagones están sucios). No está en el programa de estudio, así que nadie me preguntará por el sentido de la huida del protagonista ni por el significado de esta o aquella escena. Lo leo y punto. Cuando lo haya acabado puedo incluso olvidarme de él. Esta es Second Life, ¿no? Una realidad en la que puedes hacer y ser lo que quieras. Pero si lo haces en internet no tiene consecuencias. ¿Qué pasaría si me pusiera a hacer todo lo que me apetece, cuanto deseo de verdad? Probablemente se montaría un gran follón.

Solo hay que fijarse en lo que le está pasando a mi madre. Veamos, no cabe duda de que su repentina vida social es en realidad una sofisticada forma de venganza contra mi padre. Sin embargo, ha dejado de ser la Señora Camping para convertirse en pocos días en Miss Club Med: además de participar en todas las actividades que organizan los animadores, además de haber conocido a medio camping, ahora, después de la cena, se va a tomar un *limoncello* a la caravana de esta o de aquella señora «encantadora». Puede que su vida le haya parecido siempre poca cosa; se dice así, ¿no? Puede que no hubiese querido ser únicamente ama de casa, que no hubiese querido ocuparse solo de sus hijos y que le hubiese gustado tener un marido que la sacara de fiesta. Pero ¿qué habría podido hacer? ¿Despedirse de todos nosotros y Seguir Su Camino?

En el tercer día del Plan Escaqueo ocurren tres catástrofes, por este orden:

1. Fede entabla amistad con un grupito de chiquillos de su edad;
2. mi padre va a que le quiten la venda del tobillo y le dicen que en dos días estará bien;
3. mi madre me dice que el Animador le ha preguntado si no le molesta que yo duerma con mi novio en el iglú, justo al lado de la caravana.

16

—Este sitio vale —dice mi padre, de pie, sujetando la sombrilla, en medio de una zona llena de rocas que sobresalen del suelo—. ¿Lo veis?, con caminar doscientos metros ya no hay nadie, incluso en la playa del camping.

La entrada al mar la impide una franja de escollos recubiertos de algas pestilentes y compactas. Pero no voy a ser yo quien le haga notar este inconveniente de su plan estratégico.

Se acabó el chollo. El tobillo de mi padre ya está curado. Mi madre no se ha animado a Seguir Su Camino, aunque no tiene la menor intención de renunciar a sus actividades, al aquagym y al *limoncello* en las caravanas de los vecinos. No sé qué piensa hacer, pero me da que tiene un plan B. Parece extrañamente tranquila.

A cambio, ha dejado de hablarme.

—Hice la vista gorda con la mesa puesta para dos —me dijo anoche—, pero no soy tonta.

—Mamá, te advierto que estás desencaminada…

—Francamente, no lo creo.

—Mamá, por favor, no te equivoques.

—¿Por qué iba a equivocarme?

—¿No estarás pensando lo que me imagino?

—¿Y por qué no lo iba a pensar? Me ha dicho el animador que le has contado que te quedas con tu novio en el iglú, y yo te sorprendo delante de la caravana con la mesa puesta para dos. No sé, dime tú qué debería pensar.

—Deberías pensar que el animador es un memo y que…

—¿Y que…?

Tocada.

Mi madre, en plan Jessica Fletcher, ha juntado las piezas de un mosaico inexistente. Lo malo es que su versión de los hechos es perfectamente verosímil, así que he tenido que pasar el mal trago, o sea, no le he dicho que tiene razón, pero tampoco he podido demostrar lo contrario.

El hecho es que ya no me habla, y de rebote se ha pasado al otro bando. Como está enfadada conmigo, ya no lo está con mi padre. No solo eso, ahora, igual que mi padre, se siente muy dolida conmigo. Gracias a mí, mis padres han hecho las paces.

Esta mañana, en el desayuno, las partes mencionadas han firmado el compromiso histórico. A pesar de la curación del tobillo, y debido a la prudencia aconsejada por el médico, iremos a la playa del camping, pero buscaremos un sitio bastante solitario. Por tanto, por la mañana nos moveremos aparatosamente, con nevera y todo lo demás, y volveremos a la caravana a las cinco y media, para no tener que hacer cola en las duchas. De esta manera mi madre, si así lo desea, podrá participar en las actividades organizadas por los animadores.

—¡Qué peste! —dice Fede y se tapa la nariz.

Mi padre trata de plantar la sombrilla, pero el suelo no cede.

—Federico, búscame unas piedras para sujetarla.

Mi hermano se aleja desconsolado.

Yo saco el libro y me siento en una roca a leer, pensando en realizar una acción completamente neutra. Me equivoco.

—Muy cómoda —dice mi padre, respaldado por la expresión de reproche de mi madre.

—Pero…

No quiero gresca, no esta mañana. Así que dejo el libro, me levanto sin decir palabra y voy hacia la montaña de bolsas, bolsones y sillas plegables, esperando instrucciones.

—¿Has traído algo para estudiar? —pregunta mi madre, con voz hostil.

—He traído lectura —respondo, sin buscar excusas.

—¿Para el instituto?

Qué plasta. Ahora va a meterse ella también. Es demasiado. Pase lo de discutir a diario con mi padre, pero qué agobio como también se meta ella.

—No, qué ocurrencia.

—Pues, ya que lees, lo menos que puedes hacer es leer los libros que *tienes* que leer.

Lo sé, podría inventarme cualquier excusa. Podría haber dicho que era un libro para el instituto, mejor dicho, que me lo había recomendado el profesor de italiano, que me había dicho que primero leyera ese libro. Pero no quiero mentir. No quiero inventarme una Second Life y no quiero huir para Seguir Mi Camino.

—Leo este libro porque me mola.

Así las cosas, interviene mi padre:

—Diría que durante este curso ya has hecho bastante lo que *te mola.*

Entrctanto, Federico ha vuelto y nos observa en silencio, con tres piedras en la mano. Si las cosas se pusieran feas, podría fácilmente abatirnos a pedradas. Todos estamos de pie, en una playa asquerosa llena de rocas, que apesta a pescado podrido.

—Alice, tienes que tomarte el instituto en serio. El instituto es tu futuro.

—Yo no te mantengo otro año en el instituto.

—Como vuelvas a repetir, tendrás que ponerte a trabajar.

—Yo no podía permitirme que me suspendieran ni una sola asignatura.

Ya no sé ni quién habla, me da igual. Es el patatín y patatán de siempre, son las mismas palabras. Que si tu futuro es lo más importante, que si tienes que hacer esto, que si tienes que comprender aquello… Pero ¿por qué? ¿Por qué tengo que estudiar? ¿Por qué tengo que tener un título? ¿Por qué tengo que tener un buen futuro? ¿Por qué tengo que leer libros que no me molan? Si al menos hubiese un motivo… pero no existe ningún motivo. Las cosas se hacen porque sí. Esa es la respuesta. Muchas veces me ha valido, muchas veces la he dado por buena. Pero esta vez no, hoy no. No aguanto más.

17

Ando rápido por la playa. El pareo se me resbala por la cintura. Lo dejo caer y no lo recojo. Avanzo cabizbaja, el pelo me tapa la cara, así que nadie nota que estoy llorando. Oigo la música que procede del bar del camping, el jaleo, los gritos de los niños que juegan en el agua. Pero no veo nada, lo único que hago es caminar. Me siento tonta y patosa. Como no me atrevo a correr, camino deprisa, igual que un ganso asustado. Dejo atrás el bar y el camping y sigo sin levantar la vista del suelo. A ratos, las olas me mojan los pies. Tampoco llevo las chanclas y sin pareo tengo la sensación de ir en bragas y sostén, no en bañador. Me siento ridícula. La música ya suena lejana. La ancha playa que hay frente al camping se estrecha en embudo y voy por una orilla llena de piedras y bolas de algas marrones. Sigo andando sin mirar atrás. La orilla se ensancha, desaparecen las piedras y llego a una zona de arena blanda. La arena es blanca y fina y se me queda pegada a los pies. Camino más despacio, respiro hondo, cierro y abro los ojos. A pocos metros de mí, tumbada en la playa, hay una gaviota.

Me acerco. Tiene el pico medio hundido en la arena, un ala encogida debajo del pecho y la otra extendida hacia un lado. Tiene los ojos muy abiertos y aterrorizados. Me arrodillo a pocos metros de ella y la contemplo. Trata de abrir el pico y lo cierra en la arena. Sacude una pata y segundos después consigue darse impulso. Se levanta del suelo y se arrastra con el ala, avanza no más de medio metro hacia la orilla. Vuelve a intentarlo. Sacude de nuevo el ala y esta vez acaba con el pico en medio de una ola. La ola siguiente la coge de lleno y la resaca la arrastra consigo. Una ola, otra más y la gaviota ya está en el mar. La observo mientras se aleja, flota de lado, el pico asomándole apenas del agua. Hasta que de golpe desaparece.

Me pongo a llorar como una niña. Lloro sin vergüenza, dejando que los sollozos me agiten el pecho. Lloro con la cabeza bien alta, con la cara hacia el horizonte. Es una mezcla de dolor y de lástima, una lástima infinita. Es como si estuviera viendo de nuevo el pico de la gaviota metiéndose en la arena, su desesperado esfuerzo por llegar a la orilla arrastrándose con un ala, y todo eso para morir. Y la enormidad de semejante gesto hace que me sienta tonta e inútil. Hasta que, de golpe, dejo de llorar. Me levanto y reanudo mi camino. No quiero regresar al camping. No puedo.

Llego a una pequeña ensenada rodeada de una tupida vegetación. Veo alguna sombrilla aquí y allá, pero no hay mucha gente. Al otro lado de la ensenada hay una caseta de madera con un tejado de cañas de bambú y varias mesas alrededor.

—¿Me podrías dar una coca?

Un chico con la cabeza rapada y un gran tatuaje tribal en un hombro me mira y me sonríe.

—Qué pregunta, chica, yo no soy quién para prohibirte nada —dice con un acento pullés muy marcado—. ¿Estás aquí de camping?

—Sí.

—¡¿Y nunca has venido al chiringuito?! —pregunta fingiendo indignación.

—¿Qué es el chiringuito? —pregunto esbozando una sonrisa.

—Oye, te aviso que si quieres ofender… Pues esto, el Nueve semanas y media.

—¿Nueve qué?

—Nueve semanas y media, el tiempo mínimo que hay que pasar en Pulla para reponerse. ¿Cuánto llevas aquí?

—… una semana.

—Vaya, todavía te queda… ¿Cómo es que nunca te he visto?

—Estoy un poco más allá —respondo señalando el lado por el que he llegado.

—Ajá, conque estás en la competencia. Bueno, tienes que venir por aquí alguna vez. Esto es guay, hay poca gente, y tenemos el chiringuito, la ensenada, el pinar para quien quiere estar apartado, de todo.

Me siento en la única mesa libre, un poco lejos de la orilla pero bien protegida por una sombrilla de hojas.

Observo a la gente que me rodea. Todos son jóvenes, nadie pasa de los treinta años. También hay unos cuantos perros que corretean entre las mesas y a los que sus dueños no dejan de llamar.

La música está alta. Parece la banda sonora de este lugar. Escucho la canción con más atención; sin embargo, aunque es italiana, no consigo entender las palabras.

Paso así una hora, quizá dos. Las mesas se llenan de platitos y manteles pequeños. Una chica va de un lado a otro con una gran bandeja de madera.

18

—¿Ya has pedido? —me pregunta una voz con marcado acento milanés.

Levanto los ojos del libro y la veo.

—¡Martina!

Miro ese rostro que para mí es inconfundible, mientras ella pone la típica expresión de quien acaba de ver una cara conocida que sin embargo no consigue asociar con un nombre y se pregunta si tendría que recordarlo.

Decido sacarla del apuro.

—Vamos al mismo instituto.

Me mira con gesto aún más perplejo. Tal vez me ha confundido con otra y ahora tiene que situarme.

—Ah, ya caigo… tú eres la que no fuma.

—Sí, Alice.

—Alice —repite y asiente dos o tres veces en silencio.

Parece casi decepcionada por el descubrimiento. La chica que acaba de encontrar en el bareto donde está trabajando es Alice, o lo que es lo mismo: nadie.

—¿Estás de camping aquí? —pregunta.

—Sí, en el de más allá, en la misma playa.

—¿Nunca habías venido al Nueve semanas y media?

—No... o sea, no lo conocía. ¿Curras aquí?

—Sí.

—Yo estoy con mis padres —digo con un tono ostentosamente cabreado, esperando al tiempo que esta deprimente conversación termine cuanto antes y preguntándome qué necesidad tiene de trabajar alguien como Martina, pues todos sabemos que está forrada.

—Bueno, eso es normal, ¿no? —contesta con voz neutra, aunque sin aclarar si es normal para mí, porque soy menor que ella, o si es normal porque ella también está aquí con su familia.

No añado nada, y ella permanece unos instantes mirándome con la típica cara, no por ello menos sorprendida, que se pone en estos casos. Una cara que, sin embargo, y dadas las circunstancias, aparentemente no tiene nada que ver con nuestro encuentro. Parece decir: «Fíjate tú qué cosa... Alice».

Alguien grita su nombre desde el otro lado de la barra. Creo que es el chico tatuado.

—Me tengo que ir —dice y con la cabeza señala las mesas abarrotadas.

—Vale, adiós.

Ni ella ni yo decimos nada como «Ya nos veremos por aquí». Nuestros caminos se separan sin grandes alharacas. Pero ¿qué me esperaba?

Antes de marcharme, paso por la barra del chiringuito para pagar la coca.

—Martina me ha dicho que no te cobre. Y tengo que obedecerle —dice el tatuado.

—Vale… pues gracias.

En la pared de encima de la caja registradora veo un cartel que me resulta curiosamente familiar:

«REGGAE PARTY – EVERY DAY HAPPY HOUR 6 P.M. ALL NIGHT LONG Y TAMBIÉN DESPUÉS».

19

Reacción de mis padres: ninguna.

Me temo que la he cagado bien y que por tanto no podré enfrentarme a esto con una discusión y una pelotera. Me he pasado de la raya, los he preocupado mogollón. Ni siquiera me miran.

Tras dejar el chiringuito fui hacia el camping, pero me detuve a mitad de camino, en el punto en que la playa es muy estrecha y no hay nadie. Me metí en el mar y me puse a nadar a braza. Cuando me di la vuelta, podía ver un buen trozo de costa: el chiringuito a mi derecha, el camping a mi izquierda. Era de esas vistas que te hacen pensar que quieren decirte algo. A veces me pasa: a lo mejor escucho una frase o una canción por casualidad, o leo un libro, y es como si trataran de decirme algo. Sin embargo, en esta ocasión el paisaje no parecía dispuesto a revelarme ningún mensaje. Así que regresé a la orilla, me tumbé al sol y, con la cabeza completamente vacía, me quedé dormida.

En el fondo me da que mi padre está enfadado porque he vuelto después de la hora que él ha fijado, antes de que se formen colas en las duchas. Ese es el agravio, no que me haya largado. Sea como sea, cuando regreso a las seis ellos no reaccionan, aunque sí noto un suspiro de alivio en el pecho de mi madre y que mi padre desfrunce la frente.

Están enojados, pero no son memos.

Luca, ¿estás ahí? (cerdo llorando)

Pasan unos minutos antes de que Luca responda.

¡Ali! ¿Qué pasa? ¿Por qué esa carita?

Me he largado.

¡¿Cómo que te has largado?! ¿Y ahora dónde estás?

No, ahora estoy en el camping, me he largado hoy antes de la comida y mis padres ya no me hablan.

Venga, explícate.

Le explico el follón: mi madre molesta porque cree que me he llevado a un chico a la tienda, la alianza contra mí y la escena en la playa.

Ya entiendo.

¿Qué entiendes?

Los has descolocado. Ahora creen que ya no te pueden controlar. Solo tienes que esperar. En cuanto se les pase, te hablarán seriamente, pero tú mantente firme.

No me ayudas mucho...

Confía en mí. Espera.

¿Y...?

Y nada. Tú ahora solo tienes que hacerte la tonta.

No sé por qué, pero esta vez sus palabras no me consuelan. Me parece acelerado, como si no tuviese ganas de hablar.

Le cuento el todo encuentro con Martina, pero él no da señales de vida.

(carita interrogante)

¿Qué quieres decir?

Luca, ¿qué pasa?

Nada... un día malo. Nada más. Perdona, pero tengo que irme.

Pues adiós.

Adiós.

Me meto en el iglú, pero no sin antes dejarme ver por mi hermano, que sigue en el porche con el iPod. Así será él quien tenga que responder a la pregunta: «¿Y qué es de Alice?».

Cierro la mosquitera y extiendo el saco de dormir. No es la primera vez que Luca se comporta de forma rara. Siempre está alegre y de broma, pero a veces se aísla, levanta un muro entre él y los demás. Y no puede hacerse nada. Entonces sé que durante unos días no nos hablaremos, porque las cosas son así. Hasta que en un momento dado reaparece como si no hubiera pasado nada. Es lo único que se puede hacer, esperar. Aunque, de manera egoísta, debo decir que ha elegido el peor momento para que le dé la vena rara.

Al despertarme, el sol ya está alto. Enciendo el móvil y veo la hora. Las diez. Debo de haber dormido once horas. No hay nadie. Abro la nevera que hay fuera de la caravana y saco la leche. Luego me pongo un café y me siento a la mesa. Encuentro una nota escrita por mi hermano: «Ali, nos hemos ido a la playa con el coche, nos vemos por la noche». Hay también un dibujo: un coche repleto de maletas y tirado por una gallina. Bah...

20

Sigo desayunando y hojeando el periódico, con la mayor calma del mundo, cuando oigo un crujido en la caravana. Dejo la taza de café y me quedo inmóvil, escuchando. Silencio. Luego, de repente, oigo otro ruido, como si alguien rascase la pared. Miro la caravana. La puerta está abierta. De nuevo, unos minutos de silencio. Me pongo de pie, sin saber si acercarme a ver. ¿Qué cuernos puede ser? ¿Un jabalí? ¿Una rata? ¿Un gato? Vuelvo a oír el crujido, esta vez seguido de un repiqueteo (¿patitas con largas uñas?). Empiezo a inquietarme. Hace unas semanas vi una película en la que salía un tipo que había matado a un hombre y que un buen día abría el armario de su cuarto y se encontraba dentro un monstruo negro y peludo. Estaba inmóvil, pero temblaba y le castañeteaban los dientes. En la oscuridad del armario solo podían verse las encías rosadas y los dientes blanquísimos. Lo cierto es que después se descubre que aquel no es un monstruo cualquiera, sino el sentimiento de culpa del fulano por el homicidio. No sé por qué me he acordado de eso. Yo no he matado a nadie. He causado una pelotera familiar y «repito curso», pero eso no me parece suficiente para que se materialice un Monstruo Sentimiento de Culpa.

Voy a ver que hay dentro de la caravana.

La puerta, evidentemente dotada de un sarcasmo que no le suponía, chirría ligeramente movida por el viento.

Entro.

Sigo oyendo un ligero raspamiento contra la madera. Llega del fondo de la caravana, donde están la cama de mi hermano y un armario. Me acerco y veo que la puerta del armario está entornada. Un golpe de viento y suena un portazo. Pego un grito y me giro. Al girarme otra vez hacia el armario, la hoja está cerrada.

Ya basta. Lo que no puede haber ahí es un degenerado, a menos que sea un enano contorsionista. Agarro el tirador y abro de un tirón.

Dos ojitos amarillos me miran entre las sábanas limpias. No son los ojos de un gato. Son mucho más pequeños. Doy un paso atrás y el animal baja la balda de un salto y se escurre entre mis piernas, probablemente buscando la salida. Pero la puerta de la caravana está cerrada.

El animal se queda inmóvil, de espaldas, y por fin tengo tiempo de observarlo. Tiene más o menos el tamaño de una ardilla, solo que es negro, y, si no me equivoco, las ardillas son marrones. Tiene una cola larga y peluda, así que no es una rata. No es un gato, de eso no cabe duda, ni siquiera se le ven las patas.

Mi sentimiento de culpa acaba de materializarse en la caravana de mis padres.

Me arrodillo.

—Eh, pssst… —lo llamo.

El animalito se vuelve y me mira.

No es feo, o fea.

Hasta podría sacarlo de paseo. Me imagino la escena con mis amigos: «¿Y quién es ese?». «¿Ese? Ah, es mi sentimiento de culpa. Verás, resulta que repito curso.»

—Pssst… Animalito, ven aquí.

Estiro la mano hacia su hocico. Él/ella me clava los ojos. Luego se acerca lentamente. Está a un palmo de mi mano. Lo miro mejor y veo que lleva al cuello un pequeño collar del que cuelga una chapita. Deduzco que se trata de un animal doméstico, tal vez propiedad de un alienígena de tránsito.

El animalillo ha llegado a la palma de mi mano. La olfatea, primero con desconfianza y luego con vehemencia. Apoya dos patitas en la muñeca y me la lame con su lengua áspera. Con la otra mano le acaricio la cabeza. Me deja hacer. Lo cojo en brazos. Ya está, somos amigos.

Ahora solo tengo que averiguar qué diablos es y cómo ha venido a parar a mi caravana.

Miro la chapita que lleva al cuello. En ella se lee «DOC. MARLEY».

Bien, mi sentimiento de culpa por lo menos tiene nombre. Hay además un número de teléfono. Es un señor sentimiento de culpa, con chapita y móvil.

Salgo de la caravana con el Doctor Marley y, como no podía ser menos, me topo con el Animador.

—¡Alice! ¡Hola!

—Hola…

—Nunca te vemos en nuestras actividades, deberías venir con tu madre, nos estamos divirtiendo como locos.

No ha reparado en el animal que llevo en brazos. Puede que piense que es una toalla.

—Tienes razón, mi madre está lanzadísima.

—¿Dónde están ahora?

—Se han ido a la playa.

—¿Y tú no vas?

—Yo…

—Ah, ya caigo, te quedas aquí con tu chico. A propósito, ¿dónde está? Aún no me lo has presentado.

Mientras me veo sometida al consabido tercer grado, el Doctor Marley endereza de repente la cabeza.

El Animador lanza un grito, como una niña de cinco años, y yo me pregunto de nuevo cómo he podido estar con un tipo así.

—Tranquilízate, tranquilízate, es…

—¿Qué diablos es?

Buena pregunta, me digo.

—Es un zorrito enano —respondo, con la seguridad de un zoólogo.

—¿Y tú qué haces con un zorrito enano?

—Es de mi chico.

—Ah.

Las comisuras de la boca se le desploman. El Animador se ha transformado nuevamente en Pluto. Pero sé perfectamente que solo es cosa de unos segundos, antes de que recupere su habitual buen humor.

—Este sábado es el concurso de baile. Vendrás, ¿verdad? ¡Tu madre no fallará!

21

—¿Diga?

Una voz femenina me responde sobre un guirigay de fondo.

—Diga —contesto.

—¿Roby, eres tú? Espera, que estoy liada. Te llamo después.

Cuelga.

La voz al otro lado de la línea me recuerda a alguien. Tengo la impresión de haberla oído alguna vez. De todos modos, la dueña del Doctor Marley no debe de estar muy preocupada por él cuando cuelga el teléfono sin siquiera saber con quién está hablando. El Doctor Marley me mira con cara interrogante. Vuelvo a marcar y esta vez no me responde nadie. Y ahora, ¿qué hago?

Mi primera decisión consiste en averiguar a qué especie pertenece el Doctor Marley. Y la única manera de descubrirlo es buscar en Google. Voy directamente a la Sala Chateo, con el animal bien envuelto en una toalla.

Tecleo: «Zorrito enano».

«Zarpas poco robustas y no muy largas, con patas redondeadas y pequeñas. El lomo es corto. Los ojos son oscuros y largos; las orejas, muy juntas entre sí y pequeñas. Lleva la cola enroscada sobre uno de los costados del lomo.»

La descripción parece casi exacta, salvo porque el Doctor Marley no tiene la cola en absoluto enroscada. Pero sigo leyendo y descubro que el zorrito enano es en realidad un perro.

Tecleo: «Hámster selvático».

Aparece enseguida la foto de un hámster, así que no puede ser él.

Busco al tuntún, escribiendo las que, según mis escasos conocimientos, deberían ser las palabras clave.

«Zorrito doméstico»

«Animales domésticos absurdos»

«Ratón de compañía + zorrito»

Luego busco directamente las imágenes. Hay de todo y no tardo mucho en dar con fotos pornográficas. En un momento dado busco también «sentimiento de culpa». Entro en la primera página que encuentro y descubro que un tal Mowrer afirma que está relacionado con conductas prohibidas. A mí el Estado italiano me ha hecho repetir curso con todas las de la ley. De modo que el mío no puede ser un sentimiento de culpa, cuando menos conforme al criterio del tal Mowrer.

Durante todo este rato el Doctor Marley no ha hecho más que ponerse más y más nervioso. A lo mejor tiene hambre, o sed.

De pronto aparece una imagen con un morrito negro y dos ojitos amarillos. Es la fotocopia del Doctor Marley. ¡Lo he encontrado!

Hago clic.

«El hurón es un animal doméstico, no es un roedor, sino un carnívoro. Si no lo has visto nunca, se encuentra entre el perro y el gato, pero es más pequeño. Este simpático animal es amistoso y juguetón como un perro, pero su comportamiento doméstico se parece al del gato.»

—¡Conque eres un hurón! —exclamo como una tonta, y levanto al Doctor Marley por encima de mi cabeza.

Tengo que saberlo todo sobre él.

Tecleo: «hurón comida».

Y descubro que «El hurón doméstico debe ser alimentado con comida seca para hurones...».

Desde luego. Supongo que en el súper del camping cuentan con un amplio surtido de productos alimenticios para hurones domésticos. Por suerte, un poco más adelante leo que «a falta de la comida especial para hurones, le podéis dar una buena comida para gatos».

Envuelvo al hurón en el pareo y voy corriendo al súper.

El Doctor Marley ha comido y bebido. Evidentemente no es tan escrupuloso como afirman los fanáticos del hurón de la página que he visitado. Cuando le he pedido a la dependienta que me diera la mejor comida para gatos que tenía, me ha mirado con desprecio. Habrá pensado que soy una de esas mujeres que dan solomillo a sus mascotas. Su desprecio era tan evidente, que no se me ha ocurrido nada mejor que decirle que:

—No es para mí.

Ella se ha echado a reír y yo me he dado cuenta de la estupidez que me había salido de la boca.

Ya es más de la una.

Intento llamar de nuevo a la dueña del hurón.

—Diga —responde una voz alterada.

—Oiga, he encontrado su hurón —contesto de un tirón.

—¿El doctor Marley?

—Sí, sí, así se llama, eso es lo que pone en la chapita.

—Ah, coño, así que ¿ha vuelto a escaparse?

—Pues sí.

—Pero ¿tú quién eres? Ay, perdón, quería preguntarte dónde estás y…

—Estoy en Salento, en el camping Ensenada Azul…

—Ajá, vale, bien, estoy cerca, solo que… ahora no puedo moverme.

—¿Y qué hago con él?

—¿No podrías traérnoslo tú? O sea, yo de verdad que ahora no me puedo mover.

—Esto… yo…

—Perdona, perdona, no puedo entretenerme más. Si puedes, tráelo, estamos en el Nueve Semanas y Media, el chiringuito, si no… si no… uf.

—¿Martina?

—Sí, soy yo.

22

—¡Doctor Marley! ¡El mamonazo de tu amo te ha vuelto a perder!

Martina viene a mi encuentro sonriente y con los brazos levantados. Por sus palabras deduzco que el hurón no es suyo. Supongo que puede ser de su chico. En cuanto llega a mi lado, lo coge de mis brazos sin dignarse mirarme. Yo, ingenuamente, me esperaba un oportuno «gracias».

—Hola —digo, mientras le dejo el hurón.

—Es la tercera vez que se escapa, porque Daniele es un descerebrado, la próxima vez se mata. Pero ¿dónde lo has encontrado?

—En el camping, ha entrado en mi caravana.

Martina, mientras mira fijamente al hurón, asiente. Parece contenta.

De mi «gracias», ni sombra.

En ese instante empieza a sonar un tema musical y de las mesas que hay delante del chiringuito se elevan silbidos y grititos de aprobación. Ambas nos miramos. A juzgar por el balanceo rítmico de las cabezas de los clientes, yo debo de ser la única que no conoce la canción. El tipo tatuado hace como si fuese el dj y mueve las manos hacia un público imaginario. A continuación da un salto por la barra y se nos acerca bailando y gritando algo como «po-po-po-po».

—¡Conque tú has encontrado nuestra mascota!

Asiento.

—¡Gracias! ¿Cómo podremos corresponderte? Seremos tus eternos servidores. ¡Nuestra vida te pertenece! O mejor, quédate con la de Martina y, cuando la agotes, te daré la mía.

Tardo unos segundos en romper a reír.

—Tú tienes que ser Daniele —digo con toda la desenvoltura de la que soy capaz.

—Aciertas, tendría —responde y me mira serio.

—O sea... entonces —balbuceo atónita.

—Tendría, pero no lo soy, lo siento, adiós —dice y se va al chiringuito.

—Él es Roby —explica Martina—. Es así.

—¡Sentaos, rápido! —grita Roby desde el chiringuito—, ¡y recordad que el sitio de Jah está reservado!

Me vuelvo hacia Martina con gesto interrogante, pero ella ya se encamina hacia las mesas.

—¿Quién es Jah? —pregunto, una vez sentada a una mesa.

—El dios rasta. Aquí todos son un poco rastas. ¿Te mola el reggae?

—No sé mucho, pero Bob Marley me mola.

—¿Bob Marley? —dice ella con una sonrisa irónica.

—Sí.

—¿Tú en qué sección estás?

—En la G.

—¿Conoces a Fabietto?

—Fabietto... No, no está en mi clase.

—Ah, puede que sea mayor. Viene aquí en verano. O sea, medio Milán viene aquí en verano.

—Esto es bonito.

—Sí, el chiringuito es una pasada. Te prendas de él y ya no te quieres ir nunca.

La conversación sigue a trompicones unos minutos más. Ninguna de las dos sabe qué decir, de modo que nos limitamos a hacer constataciones vagas sobre el chiringuito, sobre Pulla y sobre el Mar Más Bonito de Italia.

Cuando intento sacar el tema de Milán, la expresión de la cara de Martina se ensombrece.

Por lo que parece, para ella todos los milaneses son unos pijos, y Milán, una ciudad asquerosa. Habla de su ciudad como si le hubiera hecho algo, algo personal. Se ensaña sobre todo con los milaneses que están de vacaciones, porque están en todas partes y puedes reconocerlos a una legua de distancia.

—Bueno, nosotras también estamos aquí… —suelto.

—Tú estás en un camping, ¿no es cierto?

—Sí.

—Pues entonces no eres una pija. Si lo fueras estarías con tus amigas en un superchalet con piscina de otro pijo ricachón.

No, no pienso contarle que eso era justo lo que iba a hacer si no repitiera curso.

—Pues no, estoy aquí con mis padres, de vacaciones familiares completas.

Roby regresa a nuestra mesa con dos ensaladas.

En los grandes cuencos de madera hay de todo, menos lechuga. Roby dice que es la especialidad de la casa, la ensalada rasta: aguacate, nueces, naranja, hinojo, almendras, palmitos. Parece apetitosa. Lástima que no nos haya traído tenedores, sino dos palillos chinos.

—¿No tienes que currar? —le pregunto, mientras trato de preparar un pincho con los palillos.

Ella termina de masticar un bocado.

—No, hoy no curro, o sea, no curro todos los días; eso sí, todos los días estoy aquí, ¿y tú?

Me doy cuenta de que ese «tú» no es una verdadera pregunta, sino solamente su intento de hacerme participar más en la conversación; aun así, no sé bien qué responder.

—Yo, bueno, solo estoy de vacaciones.

—Vale —contesta, y asiente tres o cuatro veces.

Sigue comiendo en silencio durante unos minutos, a continuación eleva la mirada hacia el mar y con gesto exageradamente soñador dice:

—Pero de lo que no cabe duda es de que esto es una maravilla.

A su extasiada afirmación sigue un largo rato de silencio, durante el cual procuro pensar en algo que decir. Sin embargo, ella se me adelanta.

—¿Haces teatro? —pregunta de repente.

Hice teatro unos meses, en el grupo del instituto. Hasta que lo dejé porque todos estaban demasiado iluminados.

—Lo hacía, luego lo dejé.

—Siempre he admirado a los que hacen teatro, son lanzados, aprenden a usar su cuerpo, o sea, a ocupar el espacio. Sí, la gente que hace teatro va más erguida, es diferente, Daniele hace teatro.

Siento cada vez más curiosidad por conocer al tal Daniele, dueño de un hurón doméstico y que hace teatro.

Me habla de Daniele y de una obra en la que ha participado, en la que había personajes transversales, así los ha llamado: los actores se intercambiaban papeles y recuerdos a lo largo de la obra. Yo la escucho intrigada, fascinada por sus palabras. Lo que más me desconcierta es la seguridad con que se explica. Yo soy incapaz de decir más de dos o tres frases seguidas. Siempre temo aburrir. Ella habla, habla, habla.

—Pero ¿tú con quién estás aquí? —pregunto cuando el tema teatro está agotado.

Es una pregunta que ya le he hecho, lo sé, pero ahora que tiene tiempo de responder estoy segura de que no escatimará detalles.

—Pues con mi madre y su novio, en una casa que tenemos aquí. En cambio, tú estás en una caravana, ¿no es así?

—La verdad es que estoy en una tienda, en un iglú, al lado de la caravana de mis padres.

—Ajá, bien —dice al tiempo que hace un gesto afirmativo con la cabeza.

Estoy incómoda. No sé qué decir. Martina, la chica más guay del instituto, me invita a comer en la playa, y yo soy incapaz de sacar un tema para parecer un poco interesante, uno que le permita contar alguna vez algo así como «Oye, ¿te acuerdas de Alice? ¡Pues si supieras lo maja que es!».

Mientras ella pasa a contarme todas las cosas raras que ha hecho el Doctor Marley, todas en fiestones con mogollón de gente borracha, yo sigo devanándome los sesos en busca de un tema. Sin embargo, cuanto atañe a mi pasado inmediato está inevitablemente unido al curso cateado, en tanto que mi presente, en fin, pues que no tiene nada de cautivador.

Terminamos de comer y Martina dice que va a por dos cafés con hielo. Me quedo sola unos minutos. Los chicos que están sentados cerca de nosotras me miran como si sobrara una silla en la mesa.

Cuando regresa, lanzo el misil.

—¿Has leído *La insoportable levedad del ser?* Yo acabo de terminarlo.

Mira por encima de mi hombro y grita:

—¡Daniele!

23

Estamos sentados sobre un largo peñasco rojo que sobresale en medio del mar. Martina fuma un cigarrillo y Daniele juega con el hurón. Cuando me ha visto, ha gritado algo como: «¡Mi salvadora!», antes de coger al hurón, que estaba acurrucado debajo de una mesa. Martina ha estado riendo varios minutos mientras Daniele acariciaba al animal. Después nos ha presentado.

—¡Pero si la conozco, es la de la cinta adhesiva! —ha exclamado.

Martina me ha mirado con atención, quizá por primera vez, y temo que yo incluso he bajado la cabeza.

—El otro día estaba en el camping, el que queda al otro lado, para pegar los carteles del aperitivo, y se me acabó la cinta adhesiva. Entonces me topé con ella y me la prestó.

Martina escuchaba el relato de Daniele y yo solo me preguntaba cuándo contaría el momento en que lo había echado para que mis padres no me pillaran con él.

—Oye, ahora caigo en que no te la he devuelto, pero la tengo en algún sitio, luego te la doy.

Martina ha asentido con cara de incredulidad, como si dijera que nunca volvería a ver esa cinta.

—También me invitó a comer, pasta con salsa de tomate y *mozzarella*.

Así las cosas, he pensado: «Ya estamos».

—¡El eterno gorrón! —ha exclamado Martina, riendo.

La conversación ha terminado ahí. El Rasta no ha mencionado la llegada de mis padres ni su huida por patas, a lo mejor se había olvidado. Y yo a lo mejor he ganado unos puntos con Martina por haber invitado a comer a su amigo Daniele.

Después me han dejado sola con el hurón para irse a no sé qué sitio. A los diez minutos han regresado con una sonrisa tonta pintada en el rostro y los ojos brillantes.

Sentada en el peñasco al sol, observo a Daniele y Martina y trato de descubrir qué relación puede haber entre los dos. No se han besado, tampoco se tocan mucho, no se cogen la mano, pero eso no significa nada. Daniele parece el novio perfecto para Martina: no es un tiarrón, pero tampoco está mal, es especial, cautivador, vivaracho. Parece la versión masculina y con rastas de Martina.

Daniele quiere que le cuente con pelos y señales cómo he encontrado al Doctor Marley. Tengo así mi momento de gloria, ayudada por el hecho de que cada cosa que hace el hurón parece una fuente infinita de carcajadas.

Cuento cómo lo he encontrado en la caravana, y Daniele me escucha con una sonrisa de oreja a oreja. Martina esta vez también presta atención. Es una sensación agradable. Por un momento me siento Alguien de Vacaciones Con Los Amigos, como aquellas chicas del coche que vi en el autoservicio. Estoy en la playa con la más guay del instituto y con un rasta, y además estamos al lado de un chiringuito. Y, por si eso no bastara, tenemos un hurón que se llama Doctor Marley.

Entonces me lanzo. Hablo de esa película absurda del Monstruo Sentimiento de Culpa y de cómo al principio pensaba que el hurón era mi sentimiento de culpa materializado. Martina y Daniele rompen a reír. Quieren conocer todos los detalles de la historia. Les cuento que el Animador se había presentado en la caravana y que le había dicho que era un zorrito enano, y ellos se retuercen de risa.

—Pero ¿por qué se llama Doctor Marley? —pregunto, una vez agotado mi manantial de anécdotas.

Acabo de hacer, a buen seguro, la pregunta más divertida de todas. Pues Daniele está a punto de ahogarse con las carcajadas y Martina trata de contenerse, pero le queda una sonrisa tonta impresa en la cara.

En ese instante comprendo lo que pasa.

No me he convertido de buenas a primeras en la chica más divertida de Italia.

Pese a que ahora podría aparentarlo.

Mi pregunta queda sin respuesta. Daniele se acerca al borde del peñasco sin dejar de reír y se lanza al agua. Martina lo observa mientras nada hacia un escollo poco lejano con la disciplina de un profesional. Un estilo crowl impecable, nada que objetar, aunque en mi imaginario no es muy propio de un rasta.

—¿Eh? —le grita Daniele a Martina—. ¿No vienes?

Ella se vuelve y me mira, pero no dice nada.

24

El mundo viene a decirte «piensa en tu salud», y hay quien piensa en lo que no piensas tú.

Puede que Ligabue tenga razón. De nada vale preocuparse por las cosas, hacerse mil preguntas, tratar de entender a las personas. Siempre corres el riesgo de equivocarte, de entender mal. Así que es preferible centrarse en los asuntos prácticos. Ya se encargará otro de lo demás.

Decido acabar con las hostilidades, por las buenas, sin explicaciones, excusas, razones ni discusiones. Acabar con ellas y punto. Y confío en que el Liga tenga razón y que otro se encargue de lo demás.

Llego al camping justo a tiempo.

Cuando acabo de dejar el pareo en una silla, veo aparecer a mi hermano. He venido corriendo por la playa, no quería llegar después que ellos. Esta vez tengo la firme intención de poner fin a todas las hostilidades.

—¡Hola! —digo alegre.

—Me piro con mis amigos —responde enseguida Federico. Tengo la impresión de que ya ha comprendido mis propósitos y de que quiere desaparecer lo antes posible. Mejor así, mejor que esté sola.

—Hola, Alice —dice mi madre, quien al no llamarme por mi diminutivo deja claro que el ambiente sigue estando bien tenso.

Aparece luego mi padre, con la sombrilla bajo el brazo.

—Ah —exclama, casi sorprendido de verme ahí.

—Hola, pa, ¿qué tal estaba el mar?

Me mira.

—Bien —contesta mi madre—, un poco movido.

Vale, mis padres no parecen dispuestos a capitular, pero yo no pienso dar mi brazo a torcer, aunque tenga que recurrir a medios desleales.

—He estado estudiando —miento descaradamente—, he hecho el plan de repaso de las asignaturas y he empezado con italiano.

Mi padre apoya la sombrilla contra la caravana y se sienta. Durante un instante he temido que estuviese por darse media vuelta y marcharse.

—Aquí en el camping se estudia bien, hace fresco y además no hay nadie. Hay mogollón de silencio.

No creo que pueda seguir así mucho rato. Esto es una súplica en toda regla. Les estoy rogando que hagamos las paces, cierto es que con una mentira, pero «por el bien de todos».

—Eso sí, mañana quiero bañarme, iré con vosotros.

De repente se me hace un nudo en la garganta y temo que en cualquier momento los ojos se me pongan rojos. Sin embargo, esta vez no puedo ceder. No quiero.

—Vale, voy un ratito al ordenador para revisar mi correo, luego pasaré por el supermercado; si necesitáis algo, puedo comprarlo yo.

—No, gracias, ya hemos hecho la compra —dice mi madre—, había un mercadillo de fruta y verdura muy chulo.

Mi padre asiente y empieza a sacar berenjenas negras y brillantes de una bolsa, como para exhibir las pruebas.

Para mí es suficiente, estoy satisfecha, en serio. Con esa información superflua (el mercadillo), mi madre me ha dado a entender que piensa seguir hablándome. Al enseñar las berenjenas, mi padre ha manifestado su intención de colaborar en el armisticio.

No puedo permitirme más riñas ni peloteras. Quiero volver al chiringuito, quiero estar de nuevo con Daniele y Martina. Quiero pasar el tiempo en una playa donde la edad media no sea de ocho años. Quiero comer una ensalada de aguacate y nueces. Y para eso antes tengo que arreglar las cosas con mis padres. ¿Soy una oportunista? Tal vez, pero de paso hemos hecho las paces, y no veo qué puede tener de malo mi egoísmo si gracias a él se consigue un buen clima familiar.

Una vez en la Sala Chateo, me conecto al Messenger y reviso enseguida los mails.

Me ha escrito Chiara, preguntándome cómo me va con el Rasta.

Me explayo en un mail-informe de los acontecimientos, en el que le hablo de Martina, de Daniele, o sea, el Rasta, y del día en la playa del chiringuito. Es el tipo de cosas que vuelven loca a Chiara. Historias y cotilleos de primera mano. Hechos concretos. Mientras escribo, al fondo de la pantalla aparece el aviso: «Luca acaba de entrar». Sigo escribiendo mi correo. Si quiere decirme algo, ya escribirá, cuando vea que estoy conectada.

Termino de escribirle a Chiara y pulso «ENVIAR».

Luca no da señales de vida.

Cierro la página de internet y aparece una panorámica anaranjada con un texto en el centro escrito en letras verdes, que reza: «¡GRAN CONCURSO DE BAILE ENSENADA AZUL, NO FALTÉIS!».

25

—¿Ali, por qué me miras fijamente? —pregunta Fede, y se quita un auricular.

Vaya, lo que me faltaba. Me he vuelto como mi madre. Solo las madres miran fijamente a los hijos sin motivo aparente.

Lo estaba observando, con los cascos del iPod en las orejas, la cara larga y la mirada perdida en el vacío. Me preguntaba qué pasaría por la cabeza de un chaval de trece años que está en la playa con su familia. Como se hace a veces con los perros, cuando ponen una expresión que de verdad parece fruto de un pensamiento. Pues sí, miraba a mi hermano adolescente como a un simpático perrito al que «solo le falta hablar». Tal vez no sea feliz, tal vez se ha enamorado de una chica del camping, tal vez ya ha empezado a hacerse Preguntas, como ¿quién-soy-qué-hago-aquí-existen-los-extraterrestres?

Me acerco gateando hasta su toalla y me siento a su lado. Debo regresar cuanto antes a mi cuerpo de hermana mayor. Las hermanas mayores no miran fijamente, preguntan.

—¿Qué te pasa?

Él me mira como si estuviese loca.

—Nada.

—¿Te estás aburriendo?

Mira alrededor, probablemente para ver si hay algún objeto contundente que pueda tirarme a la cabeza si las cosas se ponen chungas.

—¿Quieres que nos bañemos? —pregunta, al no haber encontrado armas.

—No, bueno, si tú quieres, sí... Es que me pareces triste.

—¿Por qué?

—¿Querías quedarte con tus amigos en el camping?

Reflexiona un poco, como si le hubiese hecho la pregunta más tonta de los últimos diez o quince años.

—Que no... Bueno, estamos aquí, ¿por qué tendría que irme al camping? Estamos aquí... ¿no?

De pronto me siento idiota. Federico es todavía un niño. No sabe qué le apetece hacer, ni siquiera se lo pregunta.

—Venga, vamos a bañarnos —digo.

—Vale.

El día transcurre tranquilo, en ese clima de paz que suele seguir a los grandes follones, o lo que es lo mismo: todos son formales y desmedidamente amables, para todo hay un «gracias» y un «por favor», especialmente para aquello que no exige más que un «pásame» o un «dame». Este comportamiento, sin embargo, no deja de tener algo de peleón: todos queremos demostrar que somos irreprochables. Bien es verdad que, por un lado, nos portamos bien para no discutir más. Pero, por otro, no hacemos otra cosa que preparar el terreno para una nueva discusión, en la que podremos echar en cara al otro nuestra conducta.

Por la noche la armonía familiar queda oficialmente restablecida. Durante la cena hablamos con normalidad, y el único momento de tensión se produce cuando mi padre me pregunta cómo llevo el estudio. Apenas me da tiempo de notar un destello de terror en la mirada de mi madre, que desaparece en cuanto respondo con un vago:

—Bien, me he organizado un poco.

—Cuando quieras puedes quedarte aquí a estudiar —dice mi madre, y se entiende perfectamente que es una frase preparada y sometida a la autorización paterna.

—Sí, si vosotros estáis conformes, mañana me quedo aquí —afirmo con expresión completamente neutra y voz firme y carente de matices de entusiasmo.

Mi padre asiente y mi madre declara enseguida cerrado el tema, empezando sin más a recoger la mesa.

—Mañana por la noche es el concurso de baile en la playa. ¿Vas a venir, Alice?

—Claro —respondo, al tiempo que desbloqueo la parálisis facial y trato de sonreír.

—Bien.

Cojo el barreño con los platos sucios y me dirijo hacia los fregaderos. Es mi turno.

Llevo unos minutos fregando, cuando una mano coge un plato que acabo de poner a escurrir. Me vuelvo de golpe y veo el rostro tenso de mi madre. Noto que tiene la vista en el suelo para no mirarme a los ojos.

26

—¿Te drogas? ¿Te has enamorado?

Estoy convencida de que mi madre no cree en absoluto que me drogue. Lo más probable es que haya querido descartar una de las peores causas de mi comportamiento (y de que repita curso. No hay asunto que me afecte sobre el que no se cierna la sombra del cate).

Ha decidido que «ya es hora de que hablemos con tranquilidad».

Me dice que han estado muy angustiados y que no sabían qué hacer. Pero que ahora han visto que «quiero esmerarme» y han decidido confiar en mí. Que estudiar es lo mejor que puedo hacer para llevar bien el próximo curso y que comprende perfectamente que repetir ya es bastante castigo y que también necesito divertirme.

—Cariño, te puedes divertir, yo quiero que te lo pases bien.

En ese instante ya no puedo contenerme.

—¿Y qué hago para pasármelo bien, mamá?

Reacciona casi ofendida. Solo después de unos segundos advierto que es consecuencia de su esfuerzo por contener las lágrimas.

—Solo quiero que seas feliz. No quiero verte así, ¿qué es lo que te pasa?

—Me pasa que este verano debía ser mi primer verano sola y…

—Y resulta que estás con nosotros —susurra con lágrimas en los ojos.

—Mamá, yo no pretendo nada, ya sé que repito curso.

Entonces me abraza.

—Venga, vámonos a otro sitio —dice y me coge de la mano.

Cinco minutos después estamos en el bar del camping, sentadas a una mesa. Ambas con un *limoncello*.

—Bien, pues ahora procuraré echarte una mano, también con papá, pero tú tienes que contármelo todo desde el principio.

—Mamá, ¿me estás chantajeando?

—Sí, diría que sí…

—Vale, ¿qué quieres saber?

—La historia del chico en el iglú. Y sin mentiras…

—Mamá, era una trola que le conté al animador, en serio, no hay ningún chico.

Así, le cuento todo, incluido el ligue del verano anterior con el Animador. Ella me escucha, primero con mirada seria, luego ríe. Parece aliviada y decepcionada al mismo tiempo. Aliviada porque no me he llevado un chico a la tienda, decepcionada porque quizá, y lamentablemente, el gran careo madre-hija no pase de aquí.

—Mamá —digo entonces, lista para pronunciar la pregunta ritual—: ¿Me juras que no vas a enfadarte?

Le hablo del día que me largué de la playa, del chiringuito, de Daniele y Martina. Ella me escucha sin despegar el vaso de *limoncello* de los labios, temiéndose tal vez que llegue lo peor en cualquier momento.

Luego pide otro.

Hablamos largo y tendido, como no lo hemos hecho jamás.

Al principio resultaba raro, no tenía idea de lo que me podría decir. Al tercer *limoncello* se pone a reír, y al cuarto de nuevo a llorar, pero son lágrimas diferentes. Ya está medio borracha.

Cuando nos levantamos de la mesa tiene una expresión nueva, una cara que no le he visto nunca: tranquila, relajada, divertida, pero no solo eso. No está enfadada porque me haya ido a otra playa con gente a la que ella no conoce, porque le haya ocultado lo del chiringuito, la historia del hurón y la comida con Martina. Cada músculo de su cara parece decir «Ya lo entiendo todo». Cosa que en cualquier otro momento me habría irritado, pero esta vez no.

—Oye —dice al final—, confío en ti.

La miro y espero las notas al margen de esta frase.

—Mañana te quedas aquí, yo se lo diré a papá.

Cuando regresamos a la caravana, Fede está jugando a las cartas en el porche con un tipo de pelo canoso. Durante un instante tengo la impresión de ver a mi abuelo, como si estuviésemos en uno de los veranos pasados. Pero no, en realidad se trata de mi padre, y entonces me percato de que su cabeza se ha vuelto mucho más blanca de lo que la recordaba. Sobre la mesa tienen un montón de moneditas de cinco céntimos. Están jugando con dinero.

—¿Quién gana? —pregunto, mientras me siento a la mesa con ellos.

—¡Yo! —exclama mi hermano, feliz, luego se pone a cantar a mi padre, que es hincha del Inter—: «¡No te rindas nunca, no te rindas nunca!»

Salgo entonces de mi cuerpo y trepo a un árbol que está justo encima de la caravana, para contemplar la escena desde arriba. Mi familia, pienso, no está mal. Sé que mañana por la mañana mi padre estará huraño e irritable y que mi hermano no dirá una palabra durante todo el día. Mi madre contará una pequeña mentira para encubrirme y puede que eso, en un futuro no lejano, provoque otras movidas y otras discusiones. Pero en este momento todo parece perfecto. Queda solo esa frase, que todavía me zumba en la cabeza, «Confío en ti», y antes de dormirme ya estoy segura de que se volverá contra mí.

27

«Confío en ti» + «Mañana te quedas aquí» + (primero te he contado cómo me largué) = Tengo permiso para ir a la playa del chiringuito.

Implícitamente, mi madre me ha autorizado a ir, con uno de sus más logrados «permisos en clave con advertencia». Diciéndome, en esencia: «Ve, a tu padre no le diré nada, pero recuerda que estoy confiando en ti, no me decepciones».

Se trata de una traducción un tanto aproximada, y estoy segura de que preferiría que me pasara el día en otra playa haciendo el tonto.

Decido que solo daré una vuelta por el chiringuito para tomar un café helado. Ni siquiera me llevaré el bañador, así no tendré la tentación de darme un baño. Con la mente aplacada por esta decisión, me encamino serena hacia el Nueve semanas y media.

Es mediodía cuando llego a la playa.

Mientras me acerco al chiringuito, trato de examinar la situación. Martina no está. Todavía es pronto y a las mesas hay apenas tres o cuatro personas. Justo cuando voy a sentarme a la sombra con un café helado y mi nuevo libro hasta que llegue alguien, por detrás de la barra sale Daniele, con un cruasán y un vaso. Deben de considerarlo como de casa y por eso se sirve solo. Mira alrededor con la cara de despiste de quien se acaba de despertar y trata de averiguar en qué planeta se encuentra.

De pronto me ve.

—¡Conque ahí estás! —exclama con voz pastosa, como si hubiésemos quedado.

—Hola —digo y voy a su encuentro.

El Doctor Marley está enroscado sobre su hombro. Parece un enorme rasta peinado.

—Tienes que hacerme compañía. Si desayuno solo, luego lo paso fatal todo el día.

No es precisamente una proposición halagadora.

—¿Qué tomas?

—Un café helado.

—¡Ale! ¿Me traes un café helado con el capuchino? —grita hacia la barra.

Nos sentamos a una mesa a la sombra.

Daniele debe de ser de esas personas de despertar difícil. En los primeros minutos no dice una sola palabra. Yo paladeo el café y él come el cruasán a la vez que respira ruidosamente por la nariz. No sé qué decir, me siento incómoda. Quizá no tendría que haberme sentado con él. Tendría que haber dicho algo así como «Voy a darme un baño y luego estaré contigo», aunque para eso tendría que haberle echado mucha imaginación, pues he venido sin bañador. Como necesito un pasatiempo, me pongo a juguetear con el hurón, aunque no sé bien cómo se juguetea con un hurón.

En eso, más o menos a medio capuchino, Daniele pone cara de satisfacción. Seguramente se le ha encendido alguna neurona.

—Todavía tengo que devolverte la cinta adhesiva.

—¿Qué?

—La cinta adhesiva, todavía no te la he devuelto.

—Ah, vale.

En pocos segundos acaba el capuchino, luego me pide por señas que espere y un minuto después regresa con un café.

—Ya estoy entonado —dice tras beberlo.

Sonrío.

—Así que ¿te has convertido en una buena clienta?

—Esto es bonito… —digo, y pienso: «¡Ahora di otra cosa, di otra cosa!»—. ¿Cómo está el Doctor Marley?

Ya, podría haberme esforzado un poco más, sin duda.

Por suerte, en ese instante empieza a sonar la música, y estoy casi segura de que es el Marley auténtico, o sea, Bob.

—Perfecto —dice él y entorna los ojos—, estos son mis buenos días.

Mi pregunta cae en el vacío. En contrapartida, Daniele se pone a canturrear.

—¿Sabes lo que dice? —pregunta, y señala los altavoces.

Hago un gesto negativo con la cabeza.

—Dice: no te preocupes por nada, que todas esas pequeñas cosas se arreglarán.

Entonces me atrevo.

—¿Es Bob Marley?

—¿Tú te preocupas por las cosas? —pregunta, fingiendo que está alarmado.

—No, no, para nada —contesto, siguiéndole el juego.

—Ah, bien. De todas formas, nunca te he visto en Milán. ¿Dónde te habías metido?

Su pregunta, algo camuflada como broma, suena como un cauto cumplido.

—Me parece que estamos en peñas distintas.

—¿Cuánto tiempo te vas a quedar? —pregunta de sopetón.

—Más o menos otras tres semanas.

—Bien, bien, entonces eres de los nuestros, pero tienes que venir también de noche, es chachi. ¿Vendrás esta noche?

Esta propuesta suena un poco a invitación. No quiero que se me suban los humos a la cabeza, pero no cabe duda de que quiere caerme simpático.

Le respondo que no puedo, sin dar más explicaciones, o lo que es lo mismo, no le digo que tengo que ir a un concurso de baile en el camping, y él me dice enseguida que también puedo ir la noche siguiente.

Esta sí que es una invitación, lo es de verdad.

Echo a volar mi imaginación y pienso que nunca he besado a nadie con rastas.

Aparece justo entonces una sombra sobre la mesa.

—¡Hola! —brama una voz chillona detrás de mí.

28

Se llama Mariangela, pero se hace llamar Mary. Es rubia teñida, flaca y menuda, pero gasta como mínimo la talla 100 de sujetador. Superacicalada: pulseras tintineantes, pendientes, collares, bolso, pareo chic con perlitas (no de los que se extienden en la arena), bikini con top sin tirantes y chanclas con lentejuelas. Es pullesa pero adora Milán, dice que es la ciudad más guay del mundo. Acaba de aprobar la selectividad y el año próximo estudiará en el Instituto Universitario de Lenguas Modernas de Milán, que, reitera, mola más que cualquier otra ciudad. Según parece, los de allí somos afortunados porque hay de todo: locales, multisalas, el Salón del Mueble, la Semana de la Moda y mogollón de fiestas. Además, en Milán puedes ser quien quieras y encontrar a gente como tú. En Lecce, en cambio, no hay nada, es un pueblo grande, y cuando sales a la calle todo el mundo te conoce. Mary quiere darse un baño enseguida porque hace un calor que te mueres y después tumbarse al sol hasta ponerse negra como el carbón. Ha traído lectura: dos revistas del corazón. Y hoy comienza su dieta estricta, que consiste en saltarse la comida.

Mientras me cuenta toda su vida y se embadurna todo el cuerpo con aceite solar, protección cero, de coco, Daniele se levanta, dice que va por algo de beber para el hurón y se aleja. Una chispa se prende en los ojos de la recién llegada. Mueve la silla y la junta a la mía.

—Está macizo, ¿verdad?

La pregunta me coge desprevenida.

—Venga, venga, venga, cuéntamelo todo antes de que vuelva.

Río y bajo la vista.

—Creo que no hay nada que contar...

—¿Cómo besa?

—Todavía no nos hemos besado... o sea, tampoco tenemos motivos para besarnos.

Me mira tan fijamente como lo hace mi madre cuando quiere darme a entender que ya me ha calado. Yo me vuelvo hacia la barra, esperando que ocurra algo que me libre del interrogatorio. En ese momento veo a Martina. Está charlando con Daniele mientras se ata la riñonera a la espalda, ya dispuesta a empezar a trabajar.

—Lo conozco desde hace mogollón de tiempo. He visto cómo te mira. Me parece que le gustas.

No quiero poner todas mis cartas sobre la mesa, entre otras cosas porque aún no sé qué clase de relación hay entre él y Martina, pero tampoco quiero caer antipática. Tengo que decir algo.

—Pues sí, es muy guapo, pero ¿no tiene novia?

Mary, entusiasmada, se aferra a mi pregunta y me describe con detalle la situación sentimental de Daniele. Estuvo la tira de tiempo con una chica, pero lo dejaron el verano pasado. Él lo pasó fatal y no ha tenido más rollos serios.

—Es el momento ideal, está libre y con ganas de pasárselo bien —explica, dando por hecho que yo también estoy «libre y con ganas de pasármelo bien».

La conversación ha tomado un cariz extraño. Ahora parece que soy yo quien busca reunir información para lanzarme al ataque.

—¡Ahora tienes que contarme todo sobre ti! —exclama y se palmea los muslos en una especie de arranque de impaciencia.

Por suerte, en ese instante regresa Daniele, con Doctor Marley al hombro.

—¿Os venís a bañar?

—¡Claro! —chilla Mary.

—Voy con vosotros, pero no a bañarme —respondo.

—¿Por qué? —pregunta Mary.

—No tengo bañador, no pensaba venir aquí y…

Dejo en el aire la frase, como si hubiese una conclusión obvia que no necesita ser dicha. Ninguno de los dos replica.

Mientras caminamos hacia lo que Daniele llama «el sitio de siempre», Mary hojea las revistas que ha traído. La apremia leer el horóscopo, porque lo hace siempre. Daniele se ríe por lo bajo y me lanza una mirada cómplice, divertida. Estoy intrigada por saber cómo un rasta con un hurón puede ser amigo de una horterilla pullesa que lee revistas del corazón.

29

Mary extiende la toalla y se echa sobre la roca. Su baño ha durado más o menos medio minuto, pues no le interesa nadar, sino broncearse. En cambio, Daniele permanece en el agua chapoteando como un niño. Se zambulle, sale a la superficie, se agarra a los escollos con aire concentradísimo, vuelve a zambullirse y acto seguido aparece con varios trofeos: piedras, conchas, un puñado de arena «mucho más clara»; en un momento dado sale incluso con un cangrejo muerto. Me recuerda a la gaviota que vi hace unos días, y durante un instante tengo la visión de su cuerpo arrastrado por la corriente. Sacudo la cabeza y trato de ahuyentar la imagen, pero al hacerlo atraigo la atención de Mary.

—¿Qué pasa? —pregunta y se sienta.

—No, nada, estaba… pensando.

Mis pensamientos no parecen interesarle demasiado. Rebusca en su bolso y saca un bote de aceite solar. Se remanga todo lo que puede la braga del bikini para reducir al mínimo la superficie de piel no expuesta al sol, y comienza a untarse el aceite.

—En cuanto llegue Daniele, os leeré el horóscopo.

—Vale.

—¿Martina y tú sois amigas?

—Sí —respondo instintivamente—, bueno, no exactamente, nos conocemos del instituto, la he encontrado aquí por casualidad.

—¿No os veis en Milán?

—Estamos en peñas distintas.

—¿Y ella cómo es en Milán?

—No lo sé… ¿normal?

—¿Tiene novio? —pregunta, pero se corrige enseguida—. O sea, alguien como Martina tendrá mil, pero tú seguramente te sabrás algún chisme, venga, suéltalo. ¡Ella nunca cuenta nada!

—Sé que lo tenía, pero ahora no sé.

Y es verdad, eso es cuanto sé.

Mary asiente y aprieta los labios. Es evidente que no estoy dándole muchas alegrías: no quiero intentar nada con Daniele, no tengo noticias frescas sobre Martina, no le cuento nada de la Ciudad Más Guay Del Mundo. Si llegara a descubrir que en el bolso llevo un libro y no una revista, probablemente sería el final de nuestra breve amistad.

Es de nuevo Daniele quien interrumpe el interrogatorio. Sale del agua con las rastas chorreantes y se apoya con los brazos en un escollo, como si estuviese en el borde de una piscina.

—¿No ibas a leernos el horóscopo?

Mary se incorpora con una sonrisa radiante y con las revistas ya en la mano.

—Bien, empezamos por mí.

Lee rápidamente, musitando para sí. Quiere saber lo que dice, antes de leer en voz alta.

—No, da asco —dice y cierra la revista de golpe—, voy a leer otro.

Daniele rompe a reír y me mira.

—Cuando a Mary no le gusta su horóscopo, lee el de otro signo.

—Pues claro; total, da lo mismo. Bien... cáncer.

—Yo soy cáncer —dice Daniele.

—Ya lo sé, pero lo voy a leer como si fuera mío. Bien: Venus está en vuestro signo, ahora en aspecto positivo con Urano, patatín, patatán, el amor ocupa el primer lugar. Un encuentro importante e imprevisto podría cambiar radicalmente vuestras costumbres, patatín, patatán. No dejéis de hacer caso a los signos de un destino tan favorable. Patatín, patatán... ¡Qué guay!

Daniele se echa a reír de nuevo, y esta vez yo también.

—Dame eso, dame eso, ahora me toca leer a mí —dice Daniele estirando la mano—. ¿Tú de qué signo eres?

—¡Lo sabes, soy Leo! —responde enseguida Mary.

—Claro que lo sé, se lo he preguntado a Alice.

Le digo mi signo. Él sale del agua y se sienta con las piernas cruzadas.

—Estás mojando toda la revista con esa especie de mocho que tienes en la cabeza.

Daniele finge no oír las palabras de Mary y comienza a leer.

—Veamos... el verano empezó ya hace un tiempo, pero acabáis de poneros en marcha... ha llegado la hora de recuperar el tiempo perdido y dejar atrás los problemas y las preocupaciones... no os preocupéis, pues...

—Todas esas pequeñas cosas se arreglarán —termino su frase y río, halagada. Porque es evidente que se lo ha inventado todo.

Mary me mira como si fuese un X-man.

—¿Cómo lo sabías?

En ese momento llega Martina.

—¡Madre mía, qué calor! ¿Quién se baña?

—Nosotros nos acabamos de bañar —contesta Mary.

La mirada de Martina se posa en mí.

—No tengo bañador —digo.

—¿Cómo que no tienes bañador?

—No pensaba venir a la playa y…

—Entiendo, pero te lo puedo prestar yo, tengo uno aquí en el chiringuito.

—No, no hace falta, en serio.

—¿Y qué piensas hacer, pasarte el día entero al sol? Venga, te lo presto, no pasa nada.

Me lleva a una cabañita de madera detrás del chiringuito. Dentro hay un par de tumbonas, algunas sombrillas, una mesa, un armario y una puerta en la que se lee «Lavabo». Abre la hoja del armario y saca un bañador.

—Este debería valerte.

—¿De verdad que me lo puedes prestar?

—Por supuesto, descuida, tengo cientos de bañadores.

No me cabía duda de eso.

Me quedo inmóvil, con el bañador en la mano.

—Ah, ahí está el lavabo —dice Martina y señala la puerta.

Entro en el lavabo y me cambio todo lo rápido que puedo, para no hacerla esperar. Me pongo primero la parte de arriba, que evidentemente me queda un poco ancha, pero resuelvo el inconveniente ajustando los tirantes de la espalda. Luego me pongo la parte de abajo, que en cambio me queda muy ceñida. A su manera, hasta el bañador ha conseguido decirme que tengo las tetas pequeñas y el culo grande.

30

Federico dice que los que trabajan en el camping son presos modelo. No sé dónde lo ha oído, pero lo repite constantemente. Le hace mucha gracia. En mi familia aún no hemos conseguido averiguar qué significa, aunque la hipótesis más aceptada suena así: la vida en el camping es una vida comunitaria con muchas incomodidades, igual que en la cárcel. En el camping, sin embargo, se está mejor que en la cárcel. Por consiguiente, el camping sería una cárcel para presos modelo. Hemos buscado confirmar esta teoría, pero él siempre dice: «No es exactamente así».

Mientras hago cola para la ducha, me interrogo por enésima vez sobre el enigma de mi hermano. Son apenas las seis y media, pero, como dice mi padre, ya me he pasado de la hora límite. Delante de mí hay tres personas con la toalla en la mano y semblante cabreado. De uno de los megáfonos del camping sale una música chirriante a volumen muy bajo, como si alguien hubiese dejado la radio encendida por equivocación. De golpe el volumen sube y empieza a tronar el superhit del verano. Dos niñas, también en la cola, se ponen a bailar, reproduciendo con precisión los pasos de un baile en pareja que seguramente ya han ensayado. Una mujer canturrea. Cuando termina la canción, suena una señal acústica estilo anuncio ferroviario, seguida de un sonoro: «Buenas noches a todos». Para mi desgracia, sé perfectamente quién habla, y también qué se dispone a decir. «Como todos sabréis, esta noche tendrá lugar en la playa el gran concurso de baile para todos los veraneantes del camping Ensenada Azul. ¡Bailes y canciones regionales, los éxitos del verano y miles de premios para todos! ¡No faltéis! ¡Mayores y pequeños, a bailar! Una ocasión para que nos veamos, incluso con los amigos que hace tiempo no se dejan ver el pelo, ¿verdad, Alice?»

Sigue una risita.

Cuando termina el mensaje percibo claramente que las ganas de vivir brotan de mi cuerpo y que se lanzan al mar. Miro alrededor para ver si alguien me ha reconocido. No, nadie. Será una velada complicada, muy complicada.

Cuando por fin consigo entrar en la ducha, son las siete. El agua caliente se ha terminado y de la fría solo sale un hilo. Decido que no merece la pena ni intentar lavarme el pelo.

Salgo de la cabina con la toalla enrollada alrededor del pecho y por supuesto ya no hay nadie, así que me digo que me hubiese dado igual venir media hora después, porque de todos modos habría acabado ahora. Me cepillo rápidamente el pelo delante del espejo y me dirijo hacia mi destino: el gran concurso de baile. Tengo que desviarme, pues el Animador se interpone en mi camino, y en mi intento de sortear el obstáculo rayos UVA llego nada menos que a la Sala Chateo.

Y por añadidura no hay nadie.

Nunca he hecho mucho caso a las coincidencias. Sin embargo, a veces ciertas combinaciones de hechos parecen indicarte lo que debes hacer.

Ducha tarde + Animador que intenta cruzarse en tu camino hacia la caravana = desviación involuntaria hacia la Sala Chateo + ordenadores libres = revisión de correo.

La ironía de mi destino es con mucho superior a estos razonamientos tontos... No me ha escrito nadie. Tampoco hay anuncios idiotas o un poco de spam. Nada.

Luca está conectado, como de costumbre, pero supongo que esta vez también estará decidido a pasar de mí.

Estoy demasiado hecha polvo para seguir con esta especie de silencio de la prensa, pero también soy lo bastante orgullosa para no saludarlo. Así que decido diplomáticamente concederle un tiempo y entretanto me pongo a navegar un poco. Puede que la ironía de mi destino me tenga reservado algo del mágico mundo de la red... Opto, pues, por ir a su encuentro y navego a rueda libre.

1. la página de los éxitos del verano (y leo todo el texto de la última canción de Avril Lavigne y finalmente descubro lo que dice);
2. la página de inicio del diario *La Repubblica* (y leo un artículo sobre un atentado en Siria, reivindicado por un grupo terrorista que es citado como si tal cosa y que a mí me parece que no he oído nunca);
3. escribo en google: «salento + fiestas» (pero me arrepiento enseguida porque descubro una infinidad de fiestas repartidas por todo Salento, en las que no voy a estar, pues tengo que ir al baile del camping).

Luca sigue pasando de mí.

El umbral de mi orgullo se va reduciendo poco a poco.

Podría dejar caer un simple «hola» para ver cómo reacciona.

Escribo: «Hola».

Pero aparece también el pingüino saludando, que había puesto en automático.

Y me sale un saludo mucho más simpático del que quería. Tengo la tentación de escribir enseguida una nota (solo quería escribir «hola», el pingüino simpático es un error), pero no me da tiempo porque Luca responde.

Hola.

Es evidente que a Luca no le cuesta nada dosificar su simpatía. Esta vez elige la dosis mínima: un «hola» en letras con punto final.

De acuerdo...

¿Qué tal?

En esta ocasión no aparecen pingüinos ni otros animales absurdos. Sin embargo, Luca no responde. No enseguida, deja pasar unos veinte segundos, y aunque comprendo que no puedo poner el grito en el cielo porque un amigo tarde unos segundos en responder, lo cierto es que Luca suele ser rapidísimo.

Bien.

Ya me estoy arrepintiendo de haberle escrito. ¿Qué significa «bien»? Pasa de mí desde hace una semana y ahora me dice que «bien». Tendría que mandarlo a hacer puñetas. Lo sé. Pero esta noche me siento muy sola y desmoralizada. Como no hable con alguien me volveré loca.

Hace tiempo que no sé nada de ti.

Sí, lo siento.

Bueno, ¿qué tal?

Bien, ya te lo he dicho. Tranquilo.

Pausa.

Hace calor, un calor de mierda aquí en Milán.

¿Ya no vas a Liguria, a la casa de tus amigos?

Mi madre tiene que trabajar una semana más y yo tengo que cuidar a mi hermana.

Lo siento.

Pausa.

¿Dónde estás?

Pausa.

En mi habitación.

¿En la habitación oval?

Pausa.

Vale, no tiene ganas de bromear.

Pasa casi un minuto y luego escribe de nuevo. Parece que lo atormenta algo. Responde mal o no responde, pero se esfuerza.

¿Qué tal ahí en Pulla?

Lo de siempre. Ahora con una especie de concurso de baile en la playa al que debo ir con mi madre... un espanto.

Pues no vayas.

No me queda más remedio, es un asunto de equilibrio familiar.

Ninguna respuesta.

Total, las cosas siguen más o menos igual. Procuro pasármelo bien, ahora voy a la playa en la que están Martina y otra tía, pero en fin...

Una tragedia.

Vaya, no, tampoco es una tragedia.

Estoy por seguir escribiendo, cuando me asalta la duda de que sus palabras sean sarcásticas. Lamentablemente, el Messenger tiene este inconveniente, carece del tono de alarma. Cuando alguien escribe con sarcasmo debería encenderse una lucecita verde al lado de la palabra. En cambio, ahora no sé si cabrearme de verdad o seguir escribiendo.

Silencio. Pasa un minuto.

Bueno, de todas formas...

Ya no sé ni qué más escribir.

De todas formas, buscaba un poco de consuelo. Te pido mil disculpas si te he molestado.

Esta vez no tarda nada en responder. Y estalla.

Claro, mil disculpas. Necesitas consuelo, necesitas que te consuelen porque estás en la playa y no te lo estás pasando bien, eres la única que tiene que aguantar rollos patateros, pero ¡intenta escuchar alguna vez a los demás! No eres la primera que repite curso, no eres la primera que no se va de vacaciones con sus amigas. Y yo me lo tomo a guasa, porque no soy como tú, y te cuento que estoy en Kingston, o en Jerusalén, pero no hace falta ser un genio para comprender que no me puedo mover de donde estoy, que mi madre tiene que trabajar todo el verano y que yo tengo que ocuparme de mi hermana y que no puedo ni ir a la piscina sin ella. Y ni siquiera esto es una tragedia, coño. La gente que muere es una tragedia, y nosotros comemos y dormimos y tenemos el dinero que necesitamos. ¡Y ya no aguanto más estas quejas de pequeño burgués, mimada de mierda!

Fin de la conexión.

31

«Pequeño, burgués, mimada de mierda.»

Estoy furiosa, muy furiosa, tan furiosa que no veo la hora de ir al gran concurso de baile con mi familia. En serio. Son cosas difíciles de explicar, son dinámicas de grupo, alianzas. Las palabras de Luca me retumban en la cabeza: «intenta escuchar alguna vez a los demás». Porque resulta que de pronto me he convertido en Alguien Que No Escucha. Siempre le hablo, y siempre le pregunto cómo está, qué hace, pero lógicamente eso para él no es suficiente. Y hay que sacarle las cosas con cuchara, es incapaz de decirte que se encuentra fatal porque está en Milán y porque su madre tiene que trabajar todo el verano. Y él es quien está siempre de broma, quien se burla de todo. ¡Coño, el problema es suyo, no mío! Y encima me echa el sermón sobre los Problemas de Verdad, «con la cantidad de niños que se mueren de hambre», caray, no me lo puedo creer, si ya habíamos hablado de eso y establecido que era una chorrada, un razonamiento superficial para no pensar en el problema real, y son palabras suyas más que mías. Por eso no puedo aceptar su bronca. No es honesta.

Han instalado en la playa una pista de baile de madera rodeada de varias filas de bancos. El bar está unos diez metros más atrás y, por ahora, parece el objeto que concita más atención. La música, en efecto, sale de los altavoces del equipo del bar, así que todo el mundo está ahí jugando al futbolín, bebiendo refrescos y comiendo helados.

De pronto una luz se enciende justo encima de la pista. Es una especie de faro que alumbra más o menos al estilo abducción de extraterrestres. Me pregunto qué pasaría si una nave alienígena me eligiera como espécimen objeto de estudio. O a Fede, o al Animador. O bien… mientras reflexiono acerca de los posibles errores estadísticos de un análisis alienígena, advierto que mi madre y mi padre acaban de llegar al centro de la pista con otro par de parejas. Pero lo que más me sorprende es que mi padre, además de moverse con desenvoltura al ritmo de una especie de baile de salón remixado, esté grabando toda la escena con su cámara.

Aquí. A mi lado.

El volumen de la música sube de golpe y la luz ilumina el rostro de mi madre y de aquel que, según descubro, no es ni por asomo su marido, sino otro hombre, nuestro vecino de caravana, para ser exactos. Si los alienígenas tuvieran que elegir ahora llevarse a una pareja de humanos y cogieran a mi madre y a ese tipo, la humanidad haría un auténtico papelón.

Mi padre graba.

Contemplo la escena embobada, como si me acabaran de sedar con una anestesia para caballos. Cuando la carota del Animador aparece en el centro de la pista con un micrófono en la boca, el efecto de la anestesia se esfuma y me encuentro escondida detrás de mi padre. Observo la distribución de los pectorales en la pantallita de la cámara. Luego el volumen de la música sube de golpe y el Animador declama la conocida fórmula: «¡Empieza el concurso!»

—Papá —susurro a su espalda.

—¿Eh? ¿Quién es?

—Tu hija.

—¡Grita, que no te oigo!

—¿Por qué no bailas?

—Porque no me gusta, ya lo sabes, y además, después de lo del tobillo…

—¿Por qué está bailando mamá con ese tipo?

—Es nuestro vecino de caravana.

—Lo sé, pero ¿por qué está bailando con él?

Está tan enfrascado con la filmación que no se rebela contra mi interrogatorio. De repente, en la pantalla de la cámara aparece una mujer escultural pero bajita, con la cara brillante por el sol y pelirroja. Se acerca y habla al objetivo.

—Buenas nochessss —dice Cabeza Roja, arrastrando la ese para hacer gracia.

Yo observo la escena en la cámara. De pronto ya no soy la protagonista de mi vida, sino una teleadicta que, con asiento en primera fila, contempla el que podría ser perfectamente el episodio de una telenovela.

—Buenas noches, ¿cómo le va? —pregunta Cabra Entrecana a Cabeza Roja.

—Por favor, tuteémonos. ¿Te apetece un *limoncello*? La noche va a ser larga.

No creo que esté tratando de ligar, aunque, dado que mi madre está bailando con nuestro vecino de caravana, ya no sé qué pensar.

—Sí, desde luego, podemos beber algo.

Mi padre no baja la cámara hasta ese momento. Los dos se miran y luego se giran hacia la pista de baile.

El tipo que no es mi padre tiene ahora un brazo alrededor de la cintura de mi madre. Ella ríe divertida y de tanto en tanto echa hacia atrás la cabeza, como una auténtica tarántula. El dj debe de ser un hombre de mediana edad sin escrúpulos: pasa del baile de salón a la música regional, del *revival* a un éxito del verano, y a veces cuela un lento. Los bailarines se adaptan a los ritmos o, en algunos casos, los ignoran completamente y siguen saltando, moviendo la pelvis de derecha a izquierda y las manos de arriba abajo.

—Pero tengo que grabar a mi mujer cuando pongan *Gianna Gianna,* me lo ha pedido.

—¿Y qué vas a hacer? ¿Piensas quedarte aquí toda la noche como un cuco? Además, quiero ver cuánto aguantan esos dos, mi marido ya tiene cara de echar el bofe.

La última declaración me aclara la situación: una mujer baila con su vecino de caravana, y su marido y la mujer del vecino, que por algún motivo tampoco baila, deciden beber un *limoncello.* Pero el marido ha prometido grabar el concurso de baile, y especialmente una canción. ¿Qué hacer?

Mientras la reconstrucción de la escena se acerca al momento culminante de la acción, ese en que suele sonar una musiquita de fondo, veo que el hombre de la cámara le tiende esta a su hija y le hace prometer que grabará a la madre cuando suene cierta canción.

Me ha faltado tiempo para comprender que he acabado en el episodio de una telenovela. De buenas a primeras, me encuentro sentada en un banco de la playa, empuñando una cámara y con mis padres bebiendo y bailando con los vecinos de caravana.

Comienzo a grabar a las parejas que bailan, a los niños que corretean, a la gente que hace cola en el bar y a mi padre con la tipa que paladea un *limoncello*, charlando y sonriendo amablemente. Acto seguido vuelvo con el objetivo a la pista de baile y encuadro a mi madre. Tomo un primer plano de su rostro y lo sigo. Ríe, está contenta, la frente perlada de sudor y los pendientes balanceándose en las orejas. Parece una gitana feliz. El tipo que no es mi padre entra de pronto en el campo visual de la cámara, su cara queda detrás de la de mi madre y enseguida regresa donde estaba, fuera del campo visual. En mi interior, entretanto, ha empezado otra película: la de mi madre que empieza a salir con otro hombre, por lo demás completamente semejante a su marido, y la de mi padre que empieza a estar con otra mujer, tal vez un poco más tetona y más baja.

Ya suena *Gianna Gianna.*

Bajo un instante la cámara y miro a mi padre.

Me hace señas de que grabe.

Durante la canción no pienso en nada, permanezco concentrada en lo que estoy haciendo y me permito algún primer plano más de la nueva pareja (con la intención de estudiarla con calma por la noche).

Cuando el tema está a punto de acabar, una voz me habla al oído:

—Sabes qué películas podríamos montarnos tú y yo…

Me vuelvo y veo la carota del Animador, que me sonríe insinuante, esperando una respuesta.

Me meto dos dedos en la garganta para comentar la propuesta.

—Pero…

Sin apagar la cámara, la planto en las manos del Animador.

—Móntate tú las películas, capullo.

Me levanto y me marcho.

32

El efecto de la anestesia para caballos ha desaparecido por completo, y el dolor me llega a la cabeza y al estómago como un puñetazo. Los ojos se me llenan de lágrimas, mientras pienso que hay algo equivocado en todo lo que está pasando. Elevo la vista al cielo y veo las estrellas empañadas a través de las lágrimas. El cate, la pelea con Luca, mis amigas pasando las vacaciones solas en Cerdeña. Y a la vez que comprendo que esta noche nadie ha hecho nada malo, que mis padres únicamente se lo están pasando bomba y que nada de todo eso es absurdo ni patético, un sollozo me sacude el pecho. Soy la única responsable de cuanto está ocurriendo y desde hace dos semanas me enfado con mis padres por culpas que no tienen. Porque resulta más fácil quedarse mirando y quejarse, en vez de afrontar tu vida. Pero demasiadas voces resuenan en mi cabeza, tantas que ya ni sé quién hace estas prudentes reflexiones.

«Ya basta», susurro, con la voz quebrada por el llanto, «ya basta, ya basta, ya basta, ya basta».

Camino por la playa, me alejo, dejando atrás la música, el concurso de baile, el camping, mis pensamientos, al Animador, todo.

Y de repente la oscuridad, y el silencio solo roto por la resaca.

Sigo llorando quedamente, me arde el pecho, aspiro con fuerza, como si me faltara aire.

Paro. Respiro hondo y, mientras me seco las lágrimas con la camiseta, caigo en la cuenta de que ya no estoy llorando.

¿Qué me pasa? Nada. La respuesta me tranquiliza y al mismo tiempo me desconcierta.

Paso al lado del típico grupo de amigos con guitarra. Son mayores que yo y cantan una vieja canción de Ligabue.

Instintivamente, saco el móvil y llamo a Chiara.

Cuando me dispongo a colgar, una voz alegre me responde.

—¡Alice!

—Hola, Chiara.

—¡Qué guay oírte! ¿Dónde estás?

—Ahora estoy en la playa.

—Qué guay, nosotras estamos a punto de salir. Nos vamos a bailar.

—Venga, cuéntame tú, ¿qué tal vuestras vacaciones?

—Pues nos levantamos a la una y derecho a la playa. Hemos conocido a unos chicos de Roma y quedamos siempre con ellos. Los hemos invitado a cenar esta noche y ahora vamos a salir juntos. Uno está superbueno y creo que le gusto... Luego te cuento.

—Ah, vale, pero ¿estáis todas ahí?

—Sí, sí. ¡Chicas, es Alice!

Un coro abigarrado de holas y otras exclamaciones celebra mi llamada.

—Ali, sería guay que tú también estuvieras...

—Anda, dímelo a mí... El año que viene lo compensamos.

—¡Por supuesto! Ali, ahora tengo que dejarte, porque me están esperando. Te he escrito un correo, ¿no lo has leído?

—No, no lo he visto.

—Te lo escribí hace poco, esta casa es chulísima, tiene hasta red inalámbrica. Hasta luego, Ali, llámame mañana, para que te cuente. ¡Ahora tenemos que irnos volando!

Guardo el teléfono en el bolso y aspiro con más fuerza.

De pronto me siento tranquila. Ni triste ni deprimida. Tampoco es que me haya exaltado, pero sí desahogado. Mis amigas están en Cerdeña, en una casa, solas, divirtiéndose. El próximo año yo también iré, a lo mejor no a Cerdeña, a lo mejor a otro sitio, puede que incluso tenga novio. Lo que sé es que en este momento pensar en mi presente y en mi futuro no me atormenta.

Basta de escenitas.

Con el rabillo del ojo veo una estrella fugaz y pido un deseo.

En eso oigo un ruido de pasos que se acercan. Me detengo de golpe y miro alrededor asustada. El grupo de chicos con la guitarra no está muy lejos. Como sea un pervertido me pondré a gritar y me oirán.

Pero no es un pervertido.

A unos diez metros de mí, una chica atraviesa la playa a paso rápido. Va cabizbaja y sollozando.

Me pregunto cuántas chicas solas estarán corriendo por la playa llorando en este preciso instante: las que acaban de pelearse con alguien, a las que ha dejado el novio, las que repiten curso, las que han tenido una noche complicada, las que sienten que algo va mal aunque no saben exactamente qué.

Bueno, por lo menos hay dos así, y además se encuentran en el mismo sitio.

La chica se sienta en un escollo y yo permanezco inmóvil. Está de espaldas, mira la luna llena y enciende un cigarrillo.

Decido irme. He venido aquí para estar sola y supongo que esa chica ha hecho lo mismo. Empiezo a andar, pero tropiezo con una rama y caigo de bruces en el suelo. Me quedo inmóvil y miro alrededor. El grupo de chicos con la guitarra está lo bastante lejos para no reparar en nada. Tampoco podría soportar este ridículo, ahora no.

—¿Quién es? —pregunta la chica, asustada.

Me levanto.

—Eh…, soy…

¿Qué puedo decir?

En ese instante caigo en que conozco esa voz.

—Martina. Soy Alice.

—¡Alice! —exclama, más sorprendida que contenta.

—Perdóname… ya me marcho.

Sigo mi camino. Quiero regresar al camping, recoger la cámara e irme a dormir. Mis padres ya estarán preocupados y…

—Espera.

¿«Espera»?

33

Me detengo, indecisa. La observo. Esta diferente, más pequeña, hasta parece más delgada. No es que sea gorda, pero ahora que puedo mirarla con calma en la oscuridad de la noche me cuesta distinguir a la Martina de siempre. La chica que veo ahora en la playa es una persona insegura, débil y asustada.

—Hola —dice Martina con voz temblorosa, pero esboza una sonrisa—, ¿huyendo tú también?

—No... bueno, sí, estaba dando un paseo.

Martina saca otro cigarrillo de la cajetilla y lo enciende nerviosamente. No sé bien qué hacer, pero dispongo de todo el tiempo que ella tardará en fumarse el cigarrillo para encontrar algo que decir. Martina mira un punto indeterminado, entre el mar y yo.

Primera calada, segunda calada.

Sigo sin encontrar palabras para romper el silencio, es como si la lengua se me hubiera pegado al paladar. La que está llorando a pocos metros de mí no es mi amiga, no es Chiara, a Chiara le preguntaría qué le pasa, tampoco Luca, con Luca, que por supuesto no lloraría, sabría qué hacer.

Tercera calada.

Y además ellos se desahogarían, por lo menos Chiara, pero seguro que los dos me preguntarían qué hago aquí sola. Yo no conozco los problemas de Martina ni quiero que ella conozca los míos. Me han cateado, ha sido un año bastante asqueroso, estoy de vacaciones con mi familia. Dichos así, uno tras otro, no parecen problemas serios. Puede que se encuentren en una enciclopedia en la entrada «conflictos adolescentes».

Cuarta calada, quinta calada.

Y, sin embargo, es Martina. Martina debe de tener otra enciclopedia, una en la que palabras como «adolescencia», «padres», «instituto» ni siquiera figuran. En la que abundan los «amigos», los «discursos sociopolíticos», el «sexo» y los «divorcios».

Sexta calada.

Eso es todo lo que sé de Martina, que no es precisamente mucho, a poco que lo piense. Aunque en este instante debería añadir al menos las palabras «lágrimas» y «dolor».

Súbitamente Martina tira el cigarrillo. No digo nada, pero me acerco y me siento a su lado, lo que para mí equivale a cederle la palabra, a dejarle llevar la situación y la relación, cosa que, por otra parte, ella está acostumbrada a hacer.

—Cuéntame algo —dice de pronto.

—¿De qué tipo? —pregunto, más que nada por ganar tiempo.

—Cuéntame algo, lo que sea, necesito distraerme.

Dicho así, no suena demasiado bien. Me incomoda su manera de abordarme, esta repentina intimidad. No cuadra ni con ella ni conmigo, aunque también es verdad que hace rato que yo podría haberle preguntado qué le pasa, y no lo he hecho. Por eso no me queda otra que seguirle el juego.

—¿Quieres que te cuente algo bueno o algo malo?

Me mira con una sonrisa inesperada, una sonrisa de niña.

—Pues… primero algo malo y luego algo bueno.

—De acuerdo.

—Pero tampoco muy malo.

—Pues lo malo es que he pasado un año asqueroso y que encima repito curso…

Me anima con la mirada, como diciendo que voy por buen camino. Es el tipo de cosas que quiere escuchar.

—Y lo bueno es que…

Comienzo a hurgar en mi sesera en busca de cosas buenas que contar. Algo bueno que me haya pasado hace poco, o este año, una anécdota, un momento, un día. Cierro los ojos para ver mejor en la memoria, pero todo está envuelto en una tenue bruma. Este año pasa delante de mí como un tren y soy incapaz de distinguir los vagones y aún menos a los pasajeros. En cambio, siento que algo me bota en el estómago, que luego asciende y se detiene justo encima del esternón. Cuando abro los ojos, noto que un sollozo me sacude el pecho.

34

No lloro. Sollozo tres o cuatro veces pero contengo las lágrimas. Es como recibir un puñetazo en pleno pecho y permanecer inmóvil. De pronto la situación se invierte. Ahora habla Martina y me pone una mano en la rodilla.

—Eh, ¿qué pasa?

No sé responderle, pues no lloro por el concurso de baile en el camping ni por esta noche asquerosa, no lloro porque me hayan cateado ni por Luca. Lloro porque si vuelvo la vista atrás, hacia el año que acaba de terminar, soy incapaz de encontrar una sola cosa buena que me apetezca contar.

Pasan unos minutos.

Ella mantiene su mano sobre mi rodilla, pero más como se haría con un enfermo o con alguien que acaba de sufrir un accidente y está esperando ayuda. Luego, cuando estoy casi segura de haberme repuesto, comienzo a llorar de nuevo, esta vez haciendo mucho más ruido. Me doblo sobre las rodillas y me llevo las manos a la cara para taparme. Un brazo me rodea el cuerpo. Una mano me acaricia suavemente la cintura, para consolarme. Las lágrimas siguen brotando despacio, hasta que por fin los sollozos quedan en un suspiro.

Y de improviso me siento ligera.

Me incorporo, la miro.

Ella parece casi preocupada, no estaba preparada para esto, como tampoco yo. Pero no me pregunta qué me ha pasado, no me pregunta por qué lloraba, igual que yo, antes, tampoco le he preguntado nada.

—Bueno, ahora te toca a ti —digo a cara descubierta y esbozo una sonrisa.

No entiende enseguida y me mira pasmada.

—O sea —explico—, que te toca lloriquear, si quieres…

Ahora sí ríe y parece hacerlo de buena gana.

—Demasiado tarde —dice fingiéndose contrariada—, he llorado hasta este momento, ¡ojalá lo hubiese sabido antes!

—Pues cuéntame algo tú.

Se pone otra vez seria y saca otro cigarrillo. Antes de encenderlo, me acerca la cajetilla.

—No, gracias, yo soy «esa que no fuma», ¿no?

—Claro.

—Además, creo que mi madre me mataría como me viera con un cigarrillo en la mano.

—De modo que, además de ser esa que no fuma, eres también la de la madre protectora…

—Una buena chica —concluyo encogiéndome de hombros—, que, sin embargo, repite curso.

—Anda, y eso qué más da, mogollón de genios sacaban malas notas.

Sé que no es una frase especialmente original, pero es la primera cosa simpática que me dicen desde que me catearon.

Así las cosas, busco de nuevo su mirada.

—¿Qué es eso malo que ibas a contarme?

—Verás, digamos que mi madre ni siquiera notaría si me encendiera un porro en la mesa. Ella vive en su mundo, y yo en el mío, y vivimos en casa como amigas que ya no se caen bien, dudando entre ignorarnos y mandarnos a hacer puñetas. Yo la mando a hacer puñetas...

En situaciones así, los no fumadores deberíamos tener algo que ofrecer en señal de participación. Pero yo no fumo y no tengo nada que ofrecer. Así que me giro un poco hacia ella para mostrarme atenta y participativa.

—Ahora tiene este nuevo novio —prosigue Martina—. Ah, mis padres están divorciados, pero eso fue hace mucho tiempo, así que tranquila. Marco, se llama Marco, y está aquí de vacaciones con nosotras. Tiene diez años menos que ella y mucho menos dinero. Naturalmente, mi madre lo paga todo, para ella esas cosas no tienen importancia. Y ese tío es un auténtico hijo de puta. Se pasa el día sin hacer nada. Por la noche, incluso estando solo en casa, se mete coca. Y cuando yo regreso y está puesto entra en mi cuarto: las veces que está de buen humor se comporta como un gilipollas y trata de meterme mano, y cuando resulta que está de mal humor me insulta.

Mi cara debe de ser la clara manifestación de mi desorientación y de una especie de rabia universal contra los cabrones. Martina probablemente repara en mi ceño fruncido, y sonríe.

—Esta noche estaba enfadado. Yo había vuelto del curro, que hago solo por estar fuera de casa el mayor tiempo posible, porque no necesito dinero, pero puede que eso ya lo sepas, en el instituto los rumores vuelan... En fin, vuelvo y él está en calzoncillos al borde de la piscina. Hola, le digo, y él no responde. Paso a su lado y voy hacia mi cuarto. Entonces me agarra de un brazo y me dice: «No te hagas la tonta, ¿te parece que son horas de volver?». Estaba de coca hasta las orejas y no tenía sentido discutir, así que he seguido andando mientras él me cubría de insultos...

Todas las cosas que querría decir mueren antes de salir de la boca, como: «Pero tienes que decírselo a tu madre», «¿Qué dice de eso tu padre?», o «Pero ¿no hay nadie que...?».

—He infringido las reglas del juego —dice Martina con una sonrisa—, he contado algo demasiado malo...

La ironía abandona durante un instante su rostro y los ojos se le llenan de lágrimas. Ahora soy yo quien le rodea el cuerpo con un brazo y le acaricio con una mano la cintura.

—¿Qué crees que debo hacer? —pregunta con un hilo de voz.

Abro la boca para decir algo, lo que sea, pero ella me lo impide.

—Perdóname, no tengo derecho a pedírtelo, olvídalo.

—Venga, demos un paseo —digo poniéndome de pie.

Ella me mira, sin convencimiento.

—Tenemos que andar.

—¿Por qué?

—Hay que andar cuando se acaban las palabras. El cuerpo sabe lo que necesita, pero primero hay que andar, luego todo va sobre ruedas.

—¿De dónde sacas eso? —pregunta, recuperando la sonrisa y la ironía.

—Es una de las máximas de un amigo mío. Bueno, en realidad no es suya, sino de Khalil Gibrán.

—¿Me la explicas?

—Viene a decir más o menos esto: el cuerpo sabe todo lo que necesita, pero de vez en cuando la cabeza quiere oírlo.

Martina reflexiona durante unos instantes, moviendo ligeramente los labios, como si repitiera para sí la frase de Gibrán.

—Es una bonita frase que me suelta cuando estoy deprimida, pero tiene un repertorio completo, podría escribir un libro.

—No está mal, me gusta —dice satisfecha—. ¿Y quién es ese amigo?

No encuentro enseguida las palabras para responder. Recuerdo nuestra discusión y sus reproches: «tú no escuchas a los demás». Por un momento mi mente se marcha de la playa, hace un alto en el camping para cambiarse y toma el primer avión para Milán, con la clara intención de abofetear a Luca. Martina no advierte lo que me está pasando por la cabeza.

—Debe de quererte —dice sin mirarme.

35

Luca me lo dijo una sola vez. Y es que, por otra parte, su lenguaje está hecho de gestos, de cosas. Ocurrió este año. Una mañana de hace unos meses hicimos novillos y quedamos en el bar de enfrente del instituto. Hacía un día estupendo, hacía sol y el cielo estaba muy azul, de un azul que rara vez se ve en Milán. Yo tenía un examen de italiano y no había estudiado nada. Estaba justo tratando de memorizar unos datos al azar sobre la biografía de Manzoni, cuando Luca pronunció la frase mágica, la que ya nos hizo perder varios días de clase: «Hoy no podemos encerrarnos en una habitación. Es un crimen».

Media hora después nos encontrábamos en un tren con destino A Ninguna Parte. Nos subimos en uno cualquiera, sin billete. Luca me había asegurado que conocía al revisor y que, si las circunstancias lo exigían, compraríamos el billete durante el viaje.

Y así fue, y este es uno de los milagros de Luca. No tiene muchos amigos, pero no cabe duda de que cuando habla produce extrañas reacciones químicas, pues la gente se acuerda de él, todo el mundo lo aborda. Aquel día estaba casi convencida de que el revisor le tenía cariño.

El tren terminó su recorrido en una pequeña estación en medio de las montañas. Yo ignoraba que se podía llegar a la montaña en una hora, siempre había creído que Milán estaba rodeado de una llanura interminable.

Cruzamos un pequeño pueblo y después fuimos por un sendero que subía por los bosques. Pasada una hora llegamos a un refugio. Allí, por supuesto, todos lo conocían. Una mujer nos invitó a un vaso de leche recién ordeñada y a un café. A continuación seguimos nuestro camino y dos horas después estábamos en la cumbre de una montaña. Yo estaba medio muerta, sin resuello y con los vaqueros llenos de barro. Luca parecía recién salido de la ducha.

—Aquel es el lago de Como —me dijo, y señaló hacia abajo—, el de *Los novios.* Y la montaña que está detrás es el Resegone, la del adiós a los montes de Lucia.

Miré admirada el paisaje, mientras intentaba recobrar el aliento.

—Cuando te hacen leer *Los novios* en el colegio, nadie te dice que vayas a ver los sitios donde está ambientada la novela. Así la estudiarías con más ganas.

Recuerdo que reí y que lo abracé. Ya no salíamos juntos, pero nos encontrábamos en la cumbre de una montaña. Y también ahí me faltaron las palabras para decir «Gracias» o «Me alegro de estar aquí contigo». Él me estrecho unos segundos entre sus brazos y musitó:

—Te quiero.

Lo miré asombrada, pues no era propio de él.

—El cuerpo ya lo sabe todo —dijo—, pero de vez en cuando la cabeza quiere oírlo.

De repente, una explosión interrumpe mi recuerdo.

—Uf, los fuegos artificiales —dice Martina mientras a lo lejos aparecen tres o cuatro círculos de colores en el cielo—, tanto jaleo para nada.

En ningún momento me había planteado el problema de los fuegos artificiales, y desde luego no creía que pudieran generar semejante reacción. No digo nada y sigo andando en silencio, con ese estruendo como fondo.

—Bueno, ¿cómo se llama ese novio?

Por mi expresión ceñuda, Martina intuye que no es un tema fácil.

—¿Otra historia mala?

—No, esta es buena, creo.

—Pues no te cortes, yo luego te cuento algo más de mí.

Le hablo de Luca, de nuestro corto noviazgo y de nuestras discusiones por el Messenger.

Ella me escucha con atención sin decir nada.

—Además, con Luca fue mi primera vez.

—¿Y qué paso? ¿Por qué rompisteis?

—Ni yo misma lo sé. Sencillamente no funcionaba. Nos queríamos y nos seguimos queriendo. Pero faltaba algo. Luca siempre sabe qué me pasa por la cabeza, sabe cómo estoy, sabe lo que me gusta. Yo sé que es banal… pero quizá faltaba pasión.

—No es banal.

—Luca estaba bien. Pero nos conocimos en el momento equivocado.

—Pero ahora sois amigos.

—Más o menos.

—Pues para mí que te quiere.

—Sí, yo también lo creo.

—Parece una persona especial.

No digo nada, pero asiento.

—Mi primera vez fue con un tiarrón. Tenía dos años más que yo. Después no volví a verlo, porque desapareció.

—Un capullo —digo, pero me arrepiento enseguida, por temor a haberme pasado de la raya—. A ver, no, no lo sé…

—Oye, tienes razón, un auténtico capullo, y no ha sido el único. Mogollón de tíos quieren acostarse conmigo, y yo siempre caigo en la trampa, pensando que a lo mejor por fin he encontrado al hombre que me considera especial, pero resulta que… Tú sí que tienes suerte, en serio.

—A cambio, no estoy con nadie desde hace más de un año, ni siquiera un beso por equivocación.

—Eso no cuenta. Puedes acostarte con cien chicos y volver a empezar de nuevo desde cero.

—Oye, pero ¿tú no tenías novio?

—Sí, pero me da un poco igual. El de ahora es de la clase felpudo, de los que mandan mil mensajitos y llaman todas las noches. Durará lo que tiene que durar, no me preocupa mucho… Yo también necesitaría a un Luca.

—El mío está libre, te lo presto, si quieres.

Se echa a reír, pero es una risa escéptica.

—No te apartes de la gente auténtica, que hay poca. Todos los demás quieren algo de ti, son tus amigos mientras les conviene, mientras les haces quedar bien.

—Sin embargo, tú tienes mogollón de… —La última palabra no termina de salir de mi boca.

—No tengo mogollón de amigos, estoy rodeada de mogollón de gente, que no es lo mismo.

Un cohete más grande alumbra durante un instante la noche y el rostro de Martina me parece espectral. Las mejillas ligeramente hundidas, los ojos brillantes e hinchados.

—Fíjate en esos —dice y señala a un grupito de chicos alrededor de una fogata—. Mira, dos están abrazados, dos se están besando, los otros cantan, y más allá podrías encontrar a otros dos escondidos en algún sitio. Todo parece maravilloso visto desde fuera, pero no es real, no es más que fachada.

Ya no sigo su razonamiento, pero estoy segura de que se trata de una de esas reflexiones que surgen de la decepción. Por eso la dejo hablar. Entretanto, sin embargo, ha aparecido una parejita. Están tumbados, uno encima del otro, detrás de un bote volcado.

36

Cuando regreso al camping es más de medianoche. Sobre la mesa del porche hay una bolsa de plástico. Dentro está la cámara. De mis padres, ni rastro, así que le mando un mensaje a mi madre diciendo que no me encontraba muy bien.

En el iglú encuentro una notita enrollada y atada con un lazo rojo, y aunque tengo la tentación de tirarla sin abrirla (porque sé perfectamente de quién es), decido leerla.

«Alice, perdona mi comportamiento. ¿Has encontrado la cámara sobre la mesa? He borrado de la película la parte en la que se oye lo que digo. Es una pena que no pueda hacerse lo mismo en la vida. Despertarse, contemplar el día anterior y borrar todas las frases que sobran, todas las cosas que no se querían hacer, los errores. Y dejar solo los sueños, las emociones. Todo sería más bonito. Perdona, Alice, sabes que creo que eres especial. Te quiero.»

Evidentemente estamos en la noche de las revelaciones. Aún sigo tratando de asimilar todo lo que pensaba de Martina y ahora descubro que el Animador de algún modo sabe que casi en todo momento se comporta como un memo. Porque eso es lo que significa el mensaje, pero lamento no estar de humor para emocionarme. De todas formas, una confesión existencial como la suya solo me deja fría, pues no puedo olvidar qué clase de persona es. Tal vez bajo esa fachada de tonto tenga un alma sensible, pero eso no cambia lo que pienso de él, ya que en el camping solo encontraré la fachada.

Una extraña sensación de calor me sube por la cabeza y un temblor me recorre la espalda. Me echo en la tienda, con la cabeza fuera para mirar las estrellas, y repaso este día. Pienso en mis padres, en mi hermano, en Martina, en Mary, en Daniele, en Luca, y una idea no especialmente original toma cuerpo en mi cerebro: todos llevan una máscara, puede ser un simple antifaz, de los que se sujetan con una varilla, o una máscara de goma que cubre toda la cabeza, muy llamativa o mimética. Hay quien tiene más de una máscara, en función de las ocasiones, y quien se pone un disfraz. Y mientras sigo el hilo de esta reflexión, inevitablemente me convierto en víctima de ella: ¿cuál es mi máscara?

Al día siguiente me despierto con la clara sensación de haber llorado en sueños. Tengo los ojos hinchados, pero también me siento más ligera. Ya me ha pasado otras veces, es la irónica consecuencia del llanto nocturno. Solo quedan las consecuencias y no se recuerda el dolor.

Mis padres ya han desayunado y están atareados con el coche. Fede sigue sentado a la mesa.

—Hola, hermano.

—Hola, hermana.

De vez en cuando hacemos estas escenitas.

—¿Qué tal todo?

—¿Qué es «todo»?

—¿Bailaste?

—No.

—Hiciste bien.

—¿Tú dónde te metiste?

—Vine aquí a estudiar.

—No es verdad.

—Lo sé, es mentira.

—¿Dónde estabas, entonces?

—¿Mamá ha dicho algo?

—No.

—¿Cómo lo sabes?

—Sencillamente lo sé.

—Venga.

—Anoche te vi.

—¿Cómo que me viste?

—Te vi con el animador, y luego desapareciste.

—Ah.

—Te encubrí. Luego llegó un mensaje tuyo y mamá se tranquilizó.

—¿Y la cámara?

—Le dije al animador que la dejara sobre la mesa, ¿la encontraste?

Vuelvo a pensar que este no es mi hermano. Debe de ser hijo de solo uno de mis padres, que se uniría con un granuja napolitano.

Cuando mi madre vuelve del coche con una bolsa y un gato en la mano, y una expresión indescifrable en el rostro, hundo la cabeza en la taza del café con leche, para evitar cualquier tipo de pregunta.

—¿Cómo estás?

—Bien.

—¿Te encuentras mejor?

—¿Que cuándo?

—Que ayer.

El granuja olfatea la tensión en el aire, se levanta y se marcha. Sin embargo, en ese momento llega Papá Pantaleón y la caravana se transforma inevitablemente en un escenario.

—¿Dónde te metiste anoche?

Respiro hondo para ganar tiempo y busco la mirada de mi madre, pero el gesto me coloca enseguida en el papel de Arlequín. Por suerte, la Posadera decide ser mi cómplice.* Se vuelve hacia Pantaleón y con una de esas miradas que quitan el hipo le dice: «Déjalo, ya te lo explicaré».

—Vale —dice Pantaleón—, salimos dentro de diez minutos.

En ese instante suena mi móvil. Me ha llegado un mensaje.

«Sábado, fiesta Reggae en el Nueve Semanas y Media, desde las nueve, cóctel 2 euros, Dj Hurón *all night long*».

No conozco el número, pero solo puede ser Martina, o Daniele.

* Pantaleón, Arlequín y la Posadera, personajes de la comedia del arte. *(N. del t.)*

37

Las excursiones al interior constituyen una parte fundamental de nuestras vacaciones en la playa. Porque nosotros no somos de los que van solamente a la playa, sino de Los Que Visitan También El Interior.

A las diez estamos en el coche, vaciado para la ocasión de todos los útiles de playa. Rumbo: el Interior. Mi madre ha fijado un itinerario consultando la guía de Salento.

Federico lleva puestos los cascos. Para él, el de hoy será un día como cualquier otro. Yo, en cambio, sigo pensando en lo ocurrido anoche con Martina y en el mensaje que he recibido esta mañana. Si me lo ha mandado ella es una clara señal de amistad con la que me quiere decir: después de conocernos nos hemos hecho amigas, y, si hay una fiesta, pues te aviso. Pero como lo haya mandado Daniele, la cosa tendría una larga serie de implicaciones en las que de momento no me apetece pensar.

Podría responder con una pregunta abierta, para tratar de descubrir quién es el remitente, pero no estoy segura de que eso vaya a funcionar; además, ¿qué pregunto?

Primera etapa: iglesia de San Alguien Mártir.

Ninguno de mis padres es católico practicante, y yo no he hecho la catequesis, pero mi abuela me bautizó (eso dice ella). Así que la visita a la iglesia es meramente turística y artística. Entramos, ninguno se persigna, nos sorprende el fresco que hace y lo alta que es la nave, y la recorremos para ver los cuadros que cuelgan de las paredes.

—¿Por qué Jesús tiene cara de cabreo?

—¡Federico, estamos en una iglesia!

Federico está de pie delante de un cuadro que representa, lo sé hasta yo, la crucifixión de Cristo.

—Ya, pero a mí me parece cabreado.

En ese momento pasa un viejecito con bastón, el típico viejecito apergaminado del sur.

—¡Ya me gustaría verte a ti con un clavo en cada mano! —grita con gesto iracundo.

Una viejecita, que debe de ser su mujer, le tira del brazo y lo mete en un confesionario, como se mete a un borracho en la ducha.

—Perdónenlo, es un entrometido.

—Perdone usted, señora, es culpa de mi hijo.

—¿Y por qué? ¿Qué ha hecho?

Mi madre no pretendía dar más información, pero la viejecita le ha plantado dos ojazos y ahora espera una explicación.

—Mi hermano dice que Jesús parece muy triste en este cuadro.

La viejecita se vuelve hacia mí, luego se agacha y se encoge de hombros, como quien se dispone a contar algo muy secreto.

—Este Jesús es mágico.

Mi hermano pone la oreja. ¡Pillado! Se hace el chulito y en cuanto oye hablar de magia se transforma en Harry Potter.

—Él pone la expresión de vuestro corazón. Es como un espejo, pero no refleja lo que hay fuera, sino lo que hay dentro, la verdad.

Las palabras de la viejecita me traen a la memoria algo que he leído este año, pero no recuerdo ni el título ni el autor.

Recorremos en coche caminos comarcales rodeados de olivos. Observo el paisaje desde la ventanilla como si viese distraídamente la televisión.

Pienso en el cuadro de Jesús y en lo que nos ha dicho la viejecita. A mí Jesús solamente me había parecido triste, y un poco cabreado, pues sí, también un poco cabreado. Me pregunto qué habrán visto mis padres en su rostro. ¡Pirandello! Me suena algo de Pirandello. Y también de Oscar Wilde, no sé por qué. Pero ¿y esto? ¿No me habían cateado?

Sin embargo, recuerdo que estuvimos hablándolo en clase y salió algo sobre las máscaras. Y que yo me pasé el resto de la clase montándome una serie de películas sobre mis compañeros, tratando de ver detrás del estrato de granos, las movidas personales, los miedos y todo lo demás. Entonces no pensé en mis padres. Pero ahora me doy cuenta de que ellos también tienen una máscara.

Mi padre. Tiene algo de oso, no es especialmente locuaz y nunca se sabe cuándo está contento. Pero si he de dar crédito a este análisis psicológico barato (a saber: todo el mundo lleva una máscara), no me queda más remedio que pensar que también es un hombre, con un trabajo, sus preocupaciones y sus ideas y, quizá, aspiraciones ocultas además. A lo mejor está escribiendo un libro, a lo mejor lo que desea es irse a vivir a la montaña en cuanto Fede y yo nos hagamos mayores.

Miro a mi madre, concentrada en examinar la guía y en cotejarla con el itinerario que ha preparado. Pienso en sus sermones, en sus consejos, en las veces que Fede y yo le tomamos el pelo diciéndole que parece una madre napolitana, porque es demasiado aprensiva. Ella nunca se ofende, ríe. Pero ahora no me queda más remedio que pensar que su máscara es lo que le impide ofenderse y que quizá su disfraz sea precisamente su papel de madre. En el fondo, ella también es una mujer. Sé que es tonto, pero es la primera vez que lo pienso. Mi madre es una mujer y apenas tiene veinte años más que yo. Me cuesta hacerme una idea clara de cómo podré ser yo dentro de veinte años, pero probablemente seguiré siendo la que soy, con mis sentimientos, mis deseos, mis miedos, mis amigos. A lo mejor esto es lo que les pasa a los hijos en un momento dado: dejan de ver a los padres como padres y descubren a unos adultos que, inseguros y llenos de miedos, con algunas canas y un poco de tripa, les recuerdan que ya no son unos niños.

38

Ha llovido toda la noche.

Así que no vamos a la playa. Mis padres aprovecharán para ir al pueblo a hacer compras. No nos dicen qué van a comprar, si bien una Alice más comprensiva y probablemente budista (surgida hace poco en el extrarradio de mi espíritu crítico) apunta que las compras son una excusa para quedarse un rato solos y para permitir que sus hijos podamos pasar un día sin planes.

Dicha Alice budista es aguda e inteligente, no cabe duda, pero hace un solo día que me sigue y ya no la aguanto.

Mi madre me ha dado permiso para que pase el día fuera, o lo que es lo mismo: en la playa del chiringuito, donde está la tal Martina, que supuestamente me ha invitado a comer en su casa. Estoy convencida de que una pequeña mentira no va a estropear nuestra relación y de que a cambio se quedará más tranquila. Le aseguro que para las cuatro estaré en casa estudiando, y ella, con cara incrédula de madre, asiente y responde: «Vete, vete…».

Poco antes del mediodía estoy en el chiringuito. El cielo está nublado, en la playa solo hay chicos extranjeros y a las mesas no hay nadie. Me acerco a la barra, pero ahí tampoco hay nadie. Así que me pongo a andar, pero enseguida me llaman la atención unas voces. Llegan de la cabaña a la que me llevó Martina cuando me prestó el bañador.

Pero no salen del interior. Parece que hay dos personas discutiendo en la puerta.

—No pienso volver a casa, así que vete, no tengo nada que decirte.

—No veo la necesidad de montar todo este jaleo.

—No volveré a casa mientras ese capullo no se largue. Tú echa al capullo y volveré.

—Oye, Martina, no he venido a rogarte…

—Muy bien, pues vete.

—Tú no puedes decidir quién vive en mi casa.

—Oye, mamá, iros a la mierda, tú y ese cocainómano, y déjame en paz.

—No te consiento que me hables así.

—Esta sí que es buena, mira que eres graciosa.

En eso alguien llama a voces a Martina desde el chiringuito.

Se oyen pasos detrás de la cabaña y comprendo que en pocos segundos me veré sorprendida en pleno acto de espionaje. Así que, en lugar de huir, salgo a su encuentro, haciendo como si acabara de llegar y estuviera buscándola. Resultado: me encuentro cara a cara con Martina y con su madre, que la sigue agarrando de un brazo.

—Huy, perdonad —les digo a las dos—. Hola, venía a buscarte…

Martina no dice nada, mientras que su madre sonríe.

—¿No me presentas a tu amiga?

Martina le dirige una mirada llena de desprecio, que ella finge no notar.

—Hola —me dice con voz cabreada—, esta es mi madre. Y ella es Alice.

—Hola, Alice.

Siguen unos segundos de silencio embarazoso.

—Bueno, ¿podemos irnos? —pregunta Martina.

—Perdónala, Alice —dice su madre, sonriendo con los labios operados—, hemos tenido una pequeña discusión.

Yo sonrío a mi vez y procuro transmitir con la mirada un mensaje de paz y comprensión universal. Puede que se trate de la Alice budista, que de nuevo se ha apoderado de mí.

—Perdónala, Alice —la remeda Martina—, pero mi madre es gilipollas.

Así las cosas, el Buda que hay en mí se siente confundido.

Por su parte, la madre de Martina sigue sonriendo, pero a estas alturas estoy casi segura de que es por un defecto del implante de silicona en los labios. Probablemente tenga una parálisis facial. La Alice budista me reprocha estos pensamientos, pero yo no puedo menos que sonreír por la absurdidad de la situación. Luego Martina me mira. Nuestras miradas se cruzan en un punto impreciso del espacio y vuelvo a ver lo ocurrido anoche, los llantos, rememoro lo que me contó sobre su familia. Me sonríe, cómplice, y después la sonrisa se transforma en un guiño alegre.

—Venga —dice asintiendo en el vacío—, iré a comer a casa, y también vendría mi amiga.

La silicona de los labios de su madre se tambalea como una gelatina y sus ojos se posan en mí esperando que rechace cortésmente la invitación.

No sé qué hacer.

Me doy perfecta cuenta de que soy un instrumento de la lucha entre madre e hija, y de que más valdría que me esfumara con la excusa de que tengo otro compromiso.

—Comemos en casa y te presento a mi segundo padre, luego venimos a la playa, que ya está saliendo el sol.

Por algún motivo, mi cabeza comienza a mecerse, como hace siempre Martina cuando dice sí, así que es ella quien repara primero en mi asentimiento involuntario.

—En marcha —dice Martina.

Su madre la mira con una sonrisa de hielo.

—Fenomenal, entonces voy a llamar a la chica para decirle que seremos cuatro.

39

¿Le había dicho a mi madre que iba a comer a la casa de mi amiga Martina? Quién sabe, pero allá que voy.

Su casa queda a unos cientos de metros de la playa. Una verja de hierro forjado da paso a un oasis verde que contrasta claramente con la vegetación circundante. Un caminito de grava está cubierto por un emparrado y zigzaguea en un túnel de adelfas. Al otro lado del túnel surge la casa: de labranza, grande y restaurada, toda de piedra. En la planta baja han reemplazado una pared por un puerta vidriera, por la que se accede directamente a la piscina, también de piedra y rodeada por un jardín de estilo inglés, verdísimo.

Una mujer en uniforme de doncella sale a nuestro encuentro con las manos juntas y la cabeza ligeramente ladeada. Cuando nos dice que la comida estará servida a la una en la terraza, por un momento temo romper a reír.

En el instante en que pienso que solo faltan dos dobermans de pura raza correteando por el jardín, dos galgos afganos anoréxicos salen de un seto y se nos acercan, como quien dice, al galope.

—Nosotras vamos a darnos un baño —dice Martina.

Entretanto ha salido el sol y hace un calor infernal.

—Son las doce y veinticinco, ¿estás segura de que os va a dar tiempo de daros un baño? —pregunta su madre, sin dejar de sonreír.

No puedo dejar de pensar que mi madre me habría dicho algo como: «Alice, no hay tiempo, luego te quedas con el pelo mojado, mejor pon la mesa». Pero aquí no tengo que poner la mesa y puede que los galgos afganos nos sequen el pelo con sus tibios alientos.

Su madre se aleja y desaparece en la casa. Y yo empiezo a preguntarme cuándo aparecerá su novio.

—Perdona —dice Martina, y a mí no me sale decirle «Venga, qué dices», pues sonaría terriblemente falso.

—Digamos que me debes un favor.

Su rostro de pronto se ilumina. Deja caer al suelo el pareo y se lanza al agua. Unos segundos después, cuando su cabeza reaparece en la superficie, yo sigo inmóvil, en el borde de la piscina.

—¡No me digas que esta vez tampoco te has traído el bañador!

—No, esta vez vengo preparada —contesto sonriendo—, procuro meterme en situaciones violentas solo cuando hay gente, si no, no tiene gracia.

—Si es por eso, a Daniele y a Mary no tienes que hacerles ni caso, ella está demasiado pendiente de sí misma, y él, totalmente absorto en su filosofía rasta.

—Pero son majos.

—Sí, sí, son totales, yo no sé qué haría sin Daniele. Él ha tenido que aguantarme mogollón de rollos, y Mary, pues Mary te reconcilia con el mundo. Cuando estás llena de paranoias, de pronto descubres que puedes ser feliz sabiendo que al día siguiente va a salir tu revista de cotilleos preferida. Es genial.

Rompo a reír.

—A veces a mí también me gustaría ser así…

—¿Cómo?

—Alguien que es feliz con poco. A ver, tampoco quiero decir que Mary sea una mema ni nada parecido, puede que se lo haga un poco por pose, aunque no siempre disimula. Es práctica, ahora se va a ir a estudiar a Milán y está contenta por eso. No sé, para mí eso es absurdo.

Ya no la sigo.

—¿En qué sentido?

—Tienes que verla cuando hojea sus revistas. Se queda pillada. Hasta que de pronto dice «Qué asco» y pasa página. Ella es así. Si alguien no le gusta, pasa página.

Este análisis psicológico no me convence, pero no digo nada.

—Venga, métete.

—Vale.

—Y gracias.

—¿Por qué?

—Por lo de ayer.

—Ah.

—Estuviste muy bien, de verdad.

—Tú también, tú también me escuchaste.

Sonríe y se sumerge de nuevo. Dejo mis cosas sobre una tumbona de madera y me meto en el agua por la escalera de piedra. Hay dos sillones de piedra blanca medio sumergidos en el agua. Me siento una especie de princesa haciendo su entrada en un salón de baile. Sin embargo, el agua está caliente, así que la sensación no es tan agradable como me esperaba.

—También hay hidromasaje —explica Martina, que debe de haber reparado en mi mirada de Niña Pobre Recién Llegada A Un Castillo.

—Es una pasada —digo, porque no tengo otras palabras para describir ese paraíso. Me pregunto si la gente que atiende en el chiringuito sabe que Martina tiene una casa así.

—En fin —prosigue Martina, como si nuestra charla de antes no se hubiera interrumpido—, Mary nunca será infeliz. Ella quiere algo y procura conseguirlo, es así… y es que además tiene menos movidas en casa, creo.

—Eso también es importante.

—Sí, es verdad. Mira, voy a enseñarte algo. Es el juego del cadáver en la piscina.

—¿Perdona?

—Tienes que echar todo el aire de los pulmones para poder hundirte y tumbarte en el fondo de la piscina.

Me explica tan contenta como una niña su juego macabro, y yo trato de compartir su entusiasmo con una sonrisa poco convencida.

Sin añadir nada más, Martina se sumerge y empieza a descender echando el aire. Segundos después está estirada en el fondo, boca abajo, como había dicho. Observo los contornos ondulados de su cuerpo contra la piedra blanca.

—Hola —dice una voz detrás de mí, y me vuelvo de golpe.

Un hombre de unos treinta años está de pie al borde de la piscina. Me mira de reojo, risueño, con los brazos en jarras, en pose de Superman. Tiene el pelo negro peinado hacia atrás, la piel morena, y lleva un slip minimalista, evidentemente satisfecho de mostrar sus atributos.

—Hola.

—Tú eres Alice, ¿no?

—Sí.

Debe de ser el novio de la madre, y encaja perfectamente con la idea que me había hecho de él.

—Yo soy Marco. Bonita piscina, ¿verdad?

—Sí, todo es muy bonito, también la casa es preciosa.

—¿Ya has entrado?

—No, o sea, desde fuera parece preciosa.

—Si quieres, te la enseño.

Martina sigue echada en el fondo, inmóvil. Empiezo a experimentar una extraña sensación de inquietud. No sé si es por la visión de Martina en versión cadáver o por la presencia de este hombre.

Permanezco callada, sin saber qué hacer. Quisiera bajar y sacar a Martina a pulso.

El tipo sigue mirándome sin decir una palabra.

De pronto el agua empieza a moverse y Martina sale jadeando ruidosamente.

—¿Has visto? —dice, todavía con los ojos cerrados pero con expresión satisfecha.

—Así que no estabas muerta —responde el tipo.

Martina tarda unos segundos en comprender a quién tiene delante.

—Ah, eres tú.

—Veo que con tu amiga estás de buen humor. Tendrías que traerla más a menudo.

—Vete a la mierda.

Empezamos bien.

40

—Así que ¿vais al mismo instituto? —dice la madre de Martina al tiempo que indica a la asistenta que se marche.

—Sí, vamos al mismo instituto, pero estamos en clases diferentes.

—¿Y te gusta estudiar?

Vaya, tengo que admitir que resulta gracioso haber llegado tan lejos en la conversación después de apenas tres frases. No es que el cate sea un hecho de por sí deplorable, son cosas que pasan, pero haber empezado una inocua conversación formal y tener que pasar enseguida a este tipo de confesiones no resulta precisamente alentador.

Martina, desde el extremo opuesto de la mesa, me lanza una mirada cómplice y la remarca estirando un pie que apoya en mi rodilla.

—Le encanta —interviene—, el próximo año irá a Oxford.

El rostro de la madre de Martina se ilumina.

—¿Oxford? ¿En serio?

—Pues sí —respondo yo, con un empacho que es tomado por modestia.

—Pero eso es fantástico.

—Sí, yo también estoy muy contenta, es una oportunidad única y una ocasión para perfeccionar mi inglés.

—Desde luego, sin duda. ¿Has oído, Martina?

—Es estupendo —contesta Martina, y yo empiezo a preguntarme cómo terminará esta representación.

Por la expresión divertida de Martina (me pregunto cómo es que su madre no se da cuenta), me creo autorizada a temerme lo peor.

—Mamá, Marco —comienza con tono solemne—, yo también he presentado solicitud en Oxford y recibiré la respuesta a finales de agosto.

La madre de Martina da un brinco. El novio, en cambio, no reacciona.

—Cariño, es una idea formidable, ¿por qué no nos habías dicho nada antes?

—Quería daros una sorpresa.

—¡Y vaya si lo has conseguido! —exclamo, permitiéndome una carcajada de desahogo que erróneamente es interpretada como felicidad.

Estoy en una mesa de locos. Me pregunto qué cabeza tendrá esa madre para creer que su hija, que ni siquiera ha terminado el bachillerato, haya podido presentar solicitud en Oxford, sin que se sepa, por otra parte, qué quiere estudiar.

—¿Os parece una buena idea?

—Por supuesto, cariño.

—Porque si no estáis de acuerdo, no voy.

—Martina, es tu futuro, y yo te apoyaré.

Poco después, afortunadamente, abandonamos el tema Oxford y nos concentramos en la comida y en las conversaciones de mesa.

El tipo come sin decir nada. Lleva una camisa blanca desabotonada, para exhibir el pecho esculpido. Hago cuanto puedo para participar en el segundo tiempo de la farsa y hablo de las playas en las que he estado y de los lugares que forzosamente hay que conocer. Todavía experimento la sensación de incomodidad de antes, en la piscina.

Cuando terminamos de comer, la asistenta se lleva los platos y regresa con una macedonia.

En ese momento advierto que el tipo me sigue mirando. Lo hace sin que se note, interceptando mi mirada cada vez que puede e inclinándose sobre la mesa hacia mí con cualquier pretexto. La incomodidad aumenta y hablo con más ardor, de mi familia, de mi casa, del camping donde estamos. Como si estuviera en una primera y turbadora cita. La madre de Martina me escucha y asiente con su sonrisa de silicona, mientras que Martina parece perpleja por mi repentina locuacidad.

En un momento dado, el tipo se dirige a la madre de Martina y ambos se intercambian unas frases breves, al tiempo que Martina me lanza una mirada interrogante.

Yo no sé qué decir, sigo sintiendo sobre mí el peso de los ojos del tipo, pero, naturalmente, eso no puedo explicárselo a Martina. De pronto algo me toca la pantorrilla y doy un respingo. Miro debajo de la mesa y no veo nada. Instintivamente miro al tipo, que sigue hablando como si tal cosa, pero percibo una sonrisa apenas esbozada dirigida a mí. Siento que el corazón me late con más fuerza y se me acalora la cara.

—¿Todo bien? —pregunta Martina.

—Sí, sí, creo que sí.

Un pensamiento parece cruzar su mente. Se vuelve de golpe hacia el novio de su madre y él la mira con una sonrisa beatífica que sin embargo parece una provocación.

—Debía imaginármelo —musita Martina. A continuación se levanta y tira la servilleta al suelo.

—¿Qué pasa, cariño? ¿Qué pasa? —pregunta la madre, que durante un instante me da una enorme lástima.

—¡Pasa que tu novio es un psicópata, eso es lo que pasa! Los dos me tenéis hasta los cojones.

—¿Qué estás diciendo? ¿Te has vuelto loca?

El tipo observa la escena con gesto casi complacido.

—¡Anda, fíjate cómo disfruta! ¡Todo porque tú no te das cuenta de una mierda! —espeta, para añadir dirigiéndose a él—: ¡Tienes que tratarte, capullo!

Él la mira sin mover un músculo y le contesta en voz baja:

—Estás loca.

—Venga, Alice, vámonos.

—Debes perdonarla, mi hija está un poco nerviosa últimamente.

Las palabras de su madre me escuecen como una blasfemia. Sé que tendría que sonreír y alejarme con Martina, como también sé que decir algo no cambiará nada. Pero contesto casi sin darme cuenta.

—A Martina no le pasa nada, está perfectamente.

Sé que mi frase no es comparable con la descarga de insultos que una persona de carácter más fuerte les soltaría a ambos, pero de todas formas es algo.

Martina me coge de la mano y se dirige hacia el jardín. Camina rápido, sin volverse. Recogemos nuestras cosas del borde de la piscina y salimos por la verja. Se aprieta la frente con una mano, como si sujetase un peso.

Cuando llegamos a la playa, nos detenemos. Me mira.

—Perdona —dice en voz baja—, perdona.

—No tienes que disculparte por nada. Ese tipo es un monstruo.

—Te estaba metiendo mano, ¿verdad?

—Más o menos. Creo…

—Es absurdo, no puedo creer que haya acabado metida en esta pesadilla. ¿Nunca te has dicho que hay cosas que jamás podrán pasarte a ti? Pues resulta que ahora en mi familia tenemos esta movida, justo lo que no me podía pasar a mí.

No hay nada que pueda decir en este momento. Así que me limito a escucharla, mientras trato de conducirla bajo la sombra de un árbol. Ella se deja llevar.

—¿Qué debo hacer? No puedo vivir así, tengo que largarme.

Martina tiene razón. Debe irse. Tal vez no sea una persona práctica como Mary, y si lo fuera a lo mejor también tendría mogollón de paranoias. Lo cierto es que en esta situación no puede ser feliz.

—Pero ¿puedes irte? —pregunto a bocajarro.

—Falta poco. En cuanto cumpla los dieciocho, me largo.

—¿Y cuánto falta?

—Noventa y ocho días, los estoy contando desde hace tiempo, pero entretanto tengo que estar con ella, con ellos. Odio a mi madre. Me asusta volverme como ella.

—¿Por qué tendrías que volverte como ella?

—No lo sé. Es una paranoia mía. Me asusta despertarme un día y descubrir que me he vuelto una capulla burguesa, chocha y medio alcoholizada.

—Eso no puede pasar.

—Sí, lo sé, pero las paranoias no responden a ninguna lógica. Me asusta que pase, y punto.

Meneo la cabeza.

—¿Tu amigo sabio no tiene ningún remedio para las paranoias?

Su pregunta enciende una bombilla en mi cerebro.

—Parece que tiene una teoría para todo, seguro que también tiene algo para combatir las paranoias.

Sonrío, porque me acuerdo de la Teoría de Luca Para Combatir Las Paranoias.

—Entonces, ¿tiene algo?

—Sí, sí, por supuesto.

—¿Y qué es?

—Luca dice que el único modo eficaz de vencer las paranoias es un hechizo de Harry Potter.

La boca de Martina dibuja una sonrisa.

—Debía imaginarme que se trataba de algo así…

—Hay una escena en la que un profesor de no sé qué magia explica a los alumnos cómo derrotar a esos monstruos o lo que sean, que adoptan la semblanza de tus miedos. O sea, si tienes miedo a los dragones, se te aparecen dragones, si tienes miedo a los tiburones, te ves rodeada de tiburones.

—¿Y cuál es el hechizo?

—Harry Potter lo llama *ridiculus*, tienes que imaginarte, yo qué sé, a un dragón bailando una lambada en minifalda, o a los tiburones con dentadura postiza, y mientras te los imaginas así, gritas: «*¡Ridiculus!*».

—Agitando la varita mágica.

—Por supuesto.

Permanecemos así, en silencio, a la sombra de un árbol, a pocos metros de la playa. La mirada de Martina está perdida en el horizonte, la mía, en mi interior, en busca de una solución.

—Vente esta noche a dormir a mi iglú.

41

Entretanto, el chiringuito se ha animado. Hay gente comiendo y la música está a tope. Reggae, por supuesto. Nos bañamos enseguida y yo disfruto del agua fresca y salada, el olor del mar me llena las fosas nasales y la desagradable sensación que había experimentado en la casa de Martina desaparece.

Nos adentramos en el agua. Martina nada como si luchase contra el mar. Se nota que detrás de sus movimientos hay años de clases de natación, aunque el ímpetu que pone en las brazadas parece más el resultado de un curso de defensa personal. Yo avanzo plácidamente a braza, sumergiendo de vez en cuando la cabeza para refrescarme.

—Gracias —dice, una vez que hemos salido del agua.

—Gracias a ti; estás consiguiendo que me sienta importante.

Es la tercera vez en el mismo día que Martina me da las gracias. Si lo contase en el instituto, nadie me creería.

—¿Por qué?

—Lo sabes.

—No, ¿qué debería saber?

—Sabes que todos te admiran y te consideran una diosa. Yo, en cambio… A ver, no quiero ponerme dramática, pero yo no soy como tú.

—Bueno, ahora mismo no sé si te convendría mucho ser yo.

Epa.

—No quiero decir que quiera ser tú, pero lo sabes. Los chicos te persiguen, las chicas te miran con admiración.

—Y todos me consideran una zorra.

—Pues sí, algunos dicen eso, pero evidentemente es por envidia, la mayoría te encuentra guay.

—¿Y tú cómo me ves?

—Yo soy de las que cree que eres guay. —(«Y también que te comes mucho el coco», debería añadir, pero no es el momento.)

—¿No me digas? ¿Y qué he hecho para que pienses eso?

—No hace falta que hagas nada especial… Sencillamente gustas.

—Ya… —dice con un guiño de incredulidad—, a todo el mundo le gusta lo aparente. A ver, no me malinterpretes, no quiero decir que sea una VIP ni nada así, aunque el mecanismo es el mismo: hay personas a las que ponen en un pedestal y las usan como modelos. Así te asignan un papel, porque cuanto más te tratan de un modo, más te acostumbras a ser lo que piensan de ti. Es una máscara.

Sus palabras me zumban en la cabeza como un timbre.

—¿Qué has dicho?

—Lo que tengo en el instituto es una máscara. La chica que llevo dentro, que sonríe siempre, que tiene mil amigas.

—Pero eso también tiene algo de cierto, quiero decir que al final eres tú, igual que yo soy la que… Una vez me definieron como «guapa no, pero tampoco un adefesio», que va a lo suyo, que no sale mucho, y es una definición un poco bestia, pero también acertada.

—¿Y te conformas? ¿Te gusta ser lo que los demás piensan de ti?

Tardo unos segundos en responder a la pregunta.

—No, no me gusta...

—Pues ya ves, eres como yo. Te han asignado un papel, no lo has elegido tú, o, si lo has elegido, lo has hecho por error y ya no lo puedes cambiar, no te queda otra que seguir siendo...

—Guapa no, pero tampoco un adefesio...

—Pues sí, no puedes cambiar, y cuanto más intentas salir de tu papel, los otros te hunden más, como en un agujero, tú tratas de salir y los demás te echan tierra... y encima está ese capullo.

—Pero tú no tienes la culpa de eso, el imbécil es él.

Ella sonríe y me mira con una expresión indescifrable, tras la cual solo consigo entrever cosas que no me ha dicho y otras que no puedo entender.

—De todos modos, hoy duermes en mi iglú —digo para zanjar el tema—, no te resuelve el problema pero sí la noche. Además, ahora que me has confesado tu secreto, conmigo puedes ser quien quieres ser, ¿o no?

Mi frase ha sonado demasiado seria; aun así, creo que Martina la ha sabido apreciar.

—¡Tienes razón! —exclama con tono guasón, como presa de un repentino entusiasmo—. Eso sí, como me quite la máscara nadie sabe lo que puede pasar, así que allá tú.

—Estaré preparada.

—Pero tú también te la tienes que quitar, si no, no vale.

En el chiringuito está Roby, que nos mira con expresión de fingido enfado.

—¿Dónde estabais? —pregunta, poniendo voz de policía malo.

—Bañándonos —responde Martina. Pero evidentemente la voz la traiciona.

La mirada de Roby se vuelve seria. Esta vez no está bromeando.

—Movidas —se limita a añadir Martina.

—Ah... —dice él, y suspira.

Me da que sabe algo de la situación de Martina.

—Venga, sentaos mientras os preparo un café helado.

—Eres un encanto.

—Tienes toda la razón —contesta él, de nuevo bromista.

Sentadas bajo una sombrilla, saboreamos el café helado. Martina fuma un cigarrillo tras otro, pero ya no habla de lo ocurrido. Me habla de su vida en Milán, del chico con el que está más o menos saliendo y al que ahora le apetecería ver. Se nota que quiere distraerse.

En eso un hurón negro salta a nuestra mesa y va derecho a los brazos de Martina. Unos segundos después aparece su dueño.

—¿Dónde os habíais metido? —pregunta al tiempo que se sienta con nosotras.

—Es una larga historia —responde Martina.

—¿Movidas en casa?

—Más o menos.

—Ajá, vale, entonces voy a poner La Canción.

Daniele se acerca a la barra; pasados breves instantes se interrumpe lo que estaba sonando y empieza La Canción. Él vuelve a la mesa cantando en italiano sobre la letra en inglés.

—No te preocupes por nada, que todas esas pequeñas cosas se arreglarán, venga, no te preocupes.

Ni Daniele ni Roby me parecen amigos aprovechados, que están con ella solo por llevársela a la cama o a saber por qué otro motivo.

Da la impresión de que conocen más o menos sus problemas y de que hacen lo que pueden para animarla.

Me pregunto si ella se da cuenta.

—¿Tú estás bien? —me pregunta Daniele con expresión cómplice.

—Mientras suene la canción estoy fuera de peligro, ¿no?

—¡Efectivamente! —exclama feliz—. ¡Es justo de lo que se trata!

—¿Mary no está? —pregunto mirando alrededor.

—Ha ido a hacerse la manicura. Ha dicho que, aunque la fiesta sea en la playa, quiere ponerse guapa.

Martina no parece oír lo que decimos. Tiene la mirada perdida en el vacío, hacia el mar.

—Ah, claro, la fiesta —digo recordando el mensaje, pero mi frase no suscita ningún «¿Has visto mi mensaje?».

—Sí, es pasado mañana —dice Daniele—, no lo olvides. —Luego, dirigiéndose a Martina—: Martina, ¿quieres quedarte a dormir con nosotros esta noche?

Ella parece espabilarse, mueve la cabeza y se vuelve, mientras las palabras llegan a su cerebro.

—Ah, no, gracias, no…

Supongo que aquel «nosotros» se refiere a Daniele y a alguien más que está en el camping con él. Y también supongo que Martina no ha querido decir que se queda a dormir en mi iglú. Evidentemente, las máscaras no se destruyen con tanta facilidad.

42

Martina no llega al camping hasta las once, como le había dicho. A esa hora mis padres suelen estar durmiendo. No quiero que se encuentre con ellos, no en esta situación. Hemos quedado al otro lado de la verja de entrada porque a esa hora no se admiten huéspedes. Entramos juntas por un hueco de la red, no muy lejos de nuestra caravana. La luna está casi llena, así que puedo verla perfectamente, aunque en esa esquina no hay iluminación. Lleva unos vaqueros un poco anchos y una sudadera, también muy ancha. Parece una niña con la ropa de su padre.

—Esto me lo ha prestado Daniele —dice señalando la ropa. Cosa que en realidad me asombra, pues Daniele no es precisamente un cachas. Es más, habría pensado que es incluso más flaco que ella.

—¿No has pasado por casa? —pregunto.

—No, no, no podía, mi madre me ha llamado, pero no he respondido.

—Pero ¿y ahora qué vas a hacer? Quiero decir, mañana y después...

—Estaré fuera dos o tres días, luego regresaré a casa y mi madre hará como si no hubiera pasado nada, y no volveremos a hablar hasta la próxima vez que tengamos una gorda. Es normal, entre nosotras es así, tendría que haber hecho lo mismo que mi padre, largarme y hacer mi vida, total, ¿de qué me vale una madre así? Solo necesito dinero y, como pronto seré mayor de edad, lo único que tiene que hacer mi padre es pasármelo directamente a mí y asunto resuelto. Bueno, aparte de esto, ahora, ¿adónde vamos?

Su pregunta me descoloca y durante un instante me digo que tendría que haber conocido bien sus planes antes de invitarla a dormir en mi iglú. A lo mejor quiere salir. A lo mejor ha venido aquí pensando que antes saldríamos a dar una vuelta, que iríamos de copas a algún sitio, que nos emborracharíamos y conoceríamos a una peña de chicos mayores, quienes nos llevarían en coche a Lecce. Mi vaga preocupación inicial se transforma en una ridícula paranoia en perfecto estilo primera cita, y de repente me siento desconcertada e inepta, o lo que es lo mismo, cumpliendo a rajatabla el papel de mi máscara.

Temo que Martina se espere algo de esta noche, algo que hasta un padre especialmente comprensivo desaprobaría ásperamente.

—Pues, a ver… ¿quieres beber? Quieres que… podemos salir, no sé, creo que un poco más allá hay un local.

—A ver, en el camping hay un bar, ¿no?

Una rendija se abre en el monzón de mi paranoia.

—Sí, hay un bar, tiene mesas fuera, ahí podemos beber algo, lo que quieras, también tiene futbolín…

—¿Te gusta el Montenegro?

Mi mirada interrogante se adelanta a la que ya tenía preparada, la que se pone para asentir cuando no se tiene idea de algo.

—Es el amargo, beberemos un amargo.

—Pues vale —respondo, y recupero la seguridad.

—Y también jugaremos una partida de futbolín —añade riendo, para tomarme el pelo.

El bar está medio vacío. Hay tan solo un grupito de chavales adolescentes muy bronceados y helados, que beben Campari mix. Probablemente es la segunda vez que vengo al bar desde que estoy en el camping. Los otros años estaba siempre aquí, pero los otros años conocía a mogollón de gente, gente de mi edad y también mayores. Por eso terminé haciéndole caso al Animador. Porque estaba ahí, y entre todos los demás tampoco estaba tan mal, era como si sus peores lados se diluyeran en contacto con otros individuos.

Pedimos dos amargos al chico de la barra, que es ese que me conoce pese a que yo no me acuerdo de él. Así que lo saludo fingiendo que lo reconozco.

Martina, entretanto, no ha pasado inadvertida. Un par de chavalines no pueden apartar la vista de ella, y dos chicas que parecen un poco mayores murmuran entre sí. Puede que no sea prudente quedarse en el bar con ella, pues no está alojada en el camping, pero por ahora no se me ocurre otra manera de pasar la noche, si descarto la opción de encerrarla en la tienda y de echarla al amanecer antes de que todos se despierten.

El amargo se termina casi enseguida, así que Martina propone pedir otro y dice que por supuesto paga ella, pues yo soy su invitada. En eso la paranoia irracional de antes vuelve a asaltarme, o quizá sea la visión de Martina y de mí tambaleándonos por el camping, cantando y vomitando sobre las tiendas de los otros campistas.

—Podría vivir en un camping —dice Martina de pronto—, trasladarme aquí cinco meses al año, total, tengo dinero ahorrado, después curro en el chiringuito y ya está. O mejor, podría abrir un local, otro chiringuito.

—¿Y el instituto?

—El instituto lo dejo. ¿De qué me sirve? No pretendo ser abogada ni médica, ni nada que requiera un título.

—Pero el instituto lo llevas bien, ¿no?

—Pues sí, por eso he presentado solicitud en Oxford.

—Ah, es verdad, había olvidado que el año que viene nos vamos a Oxford... ¿Qué dirá tu madre cuando descubra que era una broma?

Martina se encoge de hombros. No le preocupa en lo más mínimo la reacción de su madre.

—¿Y qué harás si dejas el instituto?

—Ya te lo he dicho, abro un local y vivo así.

A pesar del carácter jocoso de la conversación, me desconcierta la ligereza con que Martina encara el tema del «futuro». Sin duda, su vida es una especie de juego, en el que las cosas más o menos se arreglan. En mi casa el tema del futuro, y por tanto de la universidad y el trabajo, suele generar discusiones infinitas sobre lo que conviene más, sobre lo que da dinero, sobre «Debes elegir el trabajo que realmente te gusta», «Pero debes pensar que eso no da dinero». En esas conversaciones a veces entra en liza Federico, lo que constituye mi única escapatoria de las conclusiones apocalípticas de mi padre.

Federico quiere ser profesor de natación.

Como es lógico, su aspiración no es tomada para nada en serio, pues «aún es demasiado pequeño». Así, puede planificar libremente sus veranos como socorrista y los inviernos en los clubes Med. De todos modos, no deja de resultar gracioso que la forma fantasiosa y despreocupada que tiene mi hermano de planificar su futuro se parezca tanto a todo lo que ahora me cuenta Martina acerca de sus proyectos de vida.

Seguimos hablando y acepto tomar un tercer amargo, porque Martina me garantiza que «este es el último», aunque en las películas sea la clásica afirmación a la que sigue, tras un brusco cambio de escenario, la imagen de los protagonistas tumbados en el suelo, a la mañana siguiente.

Pero realmente es el último y, cuando lo ha terminado, Martina me pide, bostezando, que nos vayamos a dormir, porque se le cierran los ojos.

En la tienda solo hablamos unos minutos.

—Tengo el sueño agitado —son sus últimas palabras.

43

«Gracias, Alice, ha amanecido, me marcho; hoy curro, pero ven, y de nuevo, gracias; mañana es la fiesta en el chiringuito, había olvidado decírtelo, un beso, Martina.»

Al despertarme tengo la clara impresión de que me han dado una paliza mientras dormía. Me duele la espalda y siento la cara caliente e hinchada. Creía que la advertencia de Martina era meramente formal, una frase que se dice porque sí la primera vez que se duerme con alguien.

He tenido que cambiar de opinión.

Decir que Martina «tiene el sueño agitado» es un eufemismo improbable. En realidad, estoy casi segura de que no ha dormido nada, sino que se ha concentrado en torturarme toda la noche: se durmió casi enseguida y me quitó el saco de dormir. Luego empezó a dar vueltas, hasta que me arrinconó contra un lado de la tienda. Y allí, evidentemente, me anestesió y comenzó a pegarme, porque no me he enterado de nada.

Salgo de la tienda más aturdida que nunca.

Cuando llego a la mesa, descubro contrariada que mis padres se han empequeñecido y que mi hermano ha desaparecido. Tardo unos segundos en distinguir a la pareja de jóvenes hobbits que está desayunando delante de nuestra caravana.

—Hola, Ali.

El hobbit varón sabe mi nombre. Lo miro perpleja.

—Hola —dice la hembra, y yo me hurgo frenéticamente en los bolsillos del pijama en busca de *mi tesssoooro*.

De repente, de la caravana sale un humano y desde otro lado se acerca una mujer de mediana edad con una bolsa en la mano.

—Hola, Alice.

Ellos también saben mi nombre.

Necesito urgentemente un café.

Me siento a la mesa, me sirvo el café y procuro averiguar quién soy, de dónde vengo y qué hago aquí.

Los dos jóvenes hobbits toman café con leche, mientras los dos humanos se afanan con no sé qué preparativos. Algunas neuronas se encienden con esfuerzo en mi sesera y poco después consigo distinguir los rostros de mis compañeros de mesa.

Uno de ellos es indudablemente mi hermano, si bien tiene una extraña expresión pintada en el rostro, una expresión que no le he visto nunca. Además, está increíblemente parlanchín, lo que para mí es tanto como un aviso de alarma. Debe de haber pasado algo.

En cambio, nunca he visto a la hobbit hembra. Tiene más o menos la estatura de mi hermano, el pelo rubio y largo, algunas pecas en las mejillas y lleva un biquini blanco.

—¡Eres genial! —exclama de pronto, y exhibe una sonrisa de cincuenta dientes.

El cumplido ha dejado a mi hermano en un estado larval. Ha doblado la cabeza sobre la mesa y ha curvado ligeramente los hombros hacia delante. En su cara me parece percibir una extraña sonrisa, entre ruborizada y satisfecha. En ese momento advierto que sobre la mesa hay unas hojas de papel.

¿Qué cuernos está pasando?

—A ver —dice de pronto mi madre, sentándose con nosotros—, la feria empieza a las seis de la tarde, hoy nos quedaremos en la playa del camping, así que cada uno puede hacer lo que quiera, pero a las cinco todos listos.

Los hobbits asienten.

Desde el interior de la caravana, mi padre dice un par de frases incomprensibles, de entre las cuales reconozco algunas de sus palabras clave: «puntualidad», «aparcamiento», «jaleo», «quien está, está, yo como a la una».

Sigo sin acabar de comprender lo que está pasando y me distraen las hojas que hay sobre la mesa. En una me parece ver el perfil de la caravana rodeada por los árboles.

—Clara, si quieres, puedes venir con nosotros esta noche.

La pequeña hobbit se llama Clara.

Sonríe y hace un gesto afirmativo con la cabeza. Federico mira a otro lado. Finge que no ha oído esa frase, no entiendo por qué.

Evidentemente, lo que necesito esta mañana no es un café, sino tres o cuatro trompazos en la frente, para ver si hay alguna neurona dispuesta a colaborar por las buenas o por las malas.

Entonces Clara se levanta, da las gracias, según creo entender, por el café con leche y concierta una especie de cita con mi hermano, que se pone en pie torpemente con el dibujo en la mano y se aleja. Fede se queda con la hoja en la mano y la mirada perdida en el pinar, en un punto indeterminado entre los servicios y el bar.

En ese instante todas mis neuronas se despiertan de golpe y se ponen a gritar.

No consigo distinguir bien lo que dicen, porque hablan a la vez. Pero estoy casi segura de que alguien está tratando de explicarme quién es la tal Clara y qué está haciendo con mi hermano. También hay una que pasa completamente de este excéntrico desayuno y está pensando en la nota que ha escrito Martina para darme las gracias y para hablarme de la fiesta: «Mañana es la fiesta en el chiringuito, había olvidado decírtelo». Si Martina se había olvidado hablarme de la fiesta, significa que el mensaje no me lo mandó ella. Y si no fue ella, ¿quién más pudo ser? La respuesta obvia a esta pregunta me asusta y me emociona al mismo tiempo. Un estremecimiento de satisfacción me recorre la espalda, el sopor de la mañana me abandona del todo y siento que mis labios se ensanchan en una sonrisa: pero temo que se parezca mucho a la sonrisa bobalicona de mi hermano.

44

—Yo hago la cola del pulpo, tú, la de las bebidas, y que los chicos busquen mesa.

Mi madre no está en absoluto convencida de la logística de mi padre y, aunque no dice nada, pone cara de calculado sobresalto para comunicar su desacuerdo.

—Pues hagamos todos la cola —propone de nuevo mi padre, tratando de adivinar la mejor solución.

Esta noche está extrañamente condescendiente. Creo que se debe a la presencia de la «chiquita» de su hijo. Hemos salido del camping a las cinco y media, en lugar de a las cinco, y él no ha dicho nada. Hemos tenido que aparcar lejísimos porque las calles del pueblo ya estaban llenas de coches, y él no ha aprovechado para hacer ningún comentario como «Por esto quería salir a las cinco». Y ahora mi madre desafía su autoridad logística y él no protesta.

Ahora intentaré decirle que el año que viene me voy a Oxford.

Clara ha venido con nosotros en el coche. Se ha arreglado, lleva una falda larga de colores y una camiseta de tirantes. Estoy casi segura de que también se ha maquillado.

Mientras estamos de pie en medio de una plaza llena de tenderetes, sin haber tomado aún una decisión, un móvil empieza a sonar.

Clara rebusca rápidamente en su bolso y extrae una especie de enorme móvil amarillo, un modelo que creía desaparecido junto con los carruajes y los dinosaurios.

Mientras habla por teléfono, va dando vueltas y señala un campanario, un gran toldo blanco y un estrado en el que un gordo está probando un micrófono. La parte masculina de la familia observa muda la escena, al tiempo que mi madre trata de participar emotivamente en la situación mirando alrededor preocupada. Minutos después, una pareja que me resulta extrañamente familiar se acerca.

—Hola, mamá —dice Clara. Y yo inmediatamente me acuerdo de la mujer pelirroja que bebía *limoncello* con mi padre, y del hombre que transformó a mi madre en una gitana arrebatada.

Alguien podría haberme explicado en algún momento del día lo que había detrás de todo esto. Sea como fuere, lo evidente es que en los días que me he quedado en el camping o he ido al chiringuito para construirme mis vacaciones alternativas, Federico se ha dedicado a conquistar a una chica de su edad, a la que incluso se ha atrevido a «llevar a casa».

Mientras los padres de familia se saludan, las mujeres se intercambian las formalidades de rigor y los dos hobbits charlan a poca distancia, a mí no me queda más remedio que aceptar mi desagradable estatus de «desparejada». Solo puedo pensar que «desparejado» es el adjetivo por excelencia de los calcetines que, por su propia naturaleza, tienden a desparejarse, a seguir cada cual su camino. Uno se esconde en la lavadora, otro cambia de cajón, otros se caen del tendedero o tratan de emparejarse con calcetines distintos. Los seres humanos deberían acceder al emparejamiento por instinto. Es decir, el emparejamiento debería ser algo natural, espontáneo, tranquilo. Para mí, en cambio, todo cuanto se relaciona con el emparejamiento no es natural, ni espontáneo, ni tranquilo.

¿Va a resultar que no soy un ser humano, sino un calcetín?

La primera vez que salí con otro calcetín tenía doce años. «Salí» quiere decir que, tras haber percibido un interés recíproco, decidimos más o menos de común acuerdo ir juntos al jardín por la tarde. Él pasó a recogerme a casa, y aquel fue el mejor momento de nuestra salida. Porque estaba emocionada, porque me había puesto ropa bonita, porque él se portó como un caballero un par de veces abriéndome la puerta y cediéndome el paso, comportamientos a los que en aquel momento no di mucha importancia, pero que luego añoré durante varios años. Solo que una vez llegados al jardín descubrí que no teníamos nada que decirnos. Tras un par de horas que pasamos hablando de aquello y de lo otro, incluso nos besamos; sin lengua, por supuesto. Pero cuando regresé a casa estaba, si no decepcionada, cuando menos perpleja. Por dentro pensaba: «¿esto es todo?»

La combinación de las dos familias ha tenido la ventaja de resolver inmediatamente la logística de la cena. Las mujeres y los niños se colocan en una mesa, mientras los hombres van a conseguir las viandas. La plaza del pueblo está ocupada por largas mesas de madera. En todo el contorno hay puestos en los que guisan, fríen y asan.

Ya son las siete y media cuando los padres de familia llegan a la mesa con dos fuentes repletas de comida y la expresión de hartazgo de quien ha tenido que hacer una cola interminable.

Cojo mi plato y comienzo a comer.

De pronto veo que la cara de mi madre pasa sutilmente de un estado de alarma a una sonrisa divertida. Y oigo un runrún por mi cuello y noto que dos patitas se posan delicadamente sobre mis hombros.

45

—¡Veo que has entrado en el espíritu salentino!

Los hombres de la mesa y los hobbits no reparan en los recién llegados, mientras que mi madre y la madre de Clara, sentadas a mi lado, me miran con gesto interrogante, esperando explicaciones y presentaciones.

Bien, ahora he de presentar con pocas palabras a mis «nuevos amigos», confiando en que no mencionen mis frecuentes visitas al chiringuito, y menos aún la fiesta del domingo, a la que, por otra parte, todavía no sé cómo conseguiré ir.

Con una mirada intento explicarle a mi madre que:

1. él es Daniele, el rasta amigo de Martina, la chica que está a su lado;
2. el animal que camina sobre mis hombros, y que acaba de saltarme a un brazo, es su hurón (pero simbólicamente representa, asimismo, mi sentimiento de culpa);
3. el otro chico, totalmente cubierto de tatuajes, Roby, trabaja también en el chiringuito y es simpático.

Temo que mi mirada no haya logrado transmitir el mensaje.

—Bueno, ¿qué tal el *purpo*? —pregunta Daniele, sin esperar una respuesta.

Hago un gesto de saludo a Martina y a Roby y ellos se acercan.

Tomo las riendas de la situación.

—Ellos son Martina, Roby, Daniele y el doctor Marley, el hurón.

—Buenos días, señora —dice Martina.

Roby sonríe educadamente.

Mi madre está despistada. Se levanta, dice algo como:

—Yo soy la madre de Alice. —Y luego se pone a mirar hacia el otro lado de la mesa, donde los hombres están enfrascados en una discusión y no se han dado cuenta de nada.

—Venga, sentaos con nosotros —dice de pronto una voz, pero no es la de mi madre, tampoco la mía, en teoría las dos únicas autorizadas a formular semejante invitación. Cabeza Roja pide por señas a mis amigos que se sienten a nuestra mesa. Daniele y Martina no responden enseguida, tal vez esperan que yo muestre mi acuerdo.

—¿Es que no habéis oído lo que ha dicho la señora? ¡A vuestros puestos!

Roby rodea la mesa improvisando una especie de marcha militar, luego se sienta entre mi madre y Cabeza Roja.

Tiemblo.

—Debéis perdonarlos —dice Roby con expresión mortificada—, no tienen muy buenos modales.

Mi madre esboza una sonrisa de circunstancias.

Cabeza Roja estalla en una risa estruendosa.

—Eso es que no los has educado bien —contesta, buscando su complicidad.

—No los he educado absolutamente nada, los estoy criando para hacerlos jamón.

Mi madre sonríe con gesto más sincero, tal vez divertido.

Cabeza Roja está a punto de caerse de la silla.

Mientras Roby sigue hablando animadamente con Cabeza Roja, mi madre le hace las preguntas de rigor a Martina, sobre el instituto, su casa, si ya había estado en Salento, cuánto tiempo se quedan. Martina responde amablemente, concluye sus respuestas con preguntas cordiales sobre el camping, sobre Fede, que en el ínterin se ha dado cuenta de que en el otro extremo de la mesa está pasando algo, y sobre el viaje en coche, que debe de ser muy largo.

Pues sí, es tremendamente formal, pero también amable y educada, y yo sé cuánto aprecia mi madre todo eso.

Daniele se ofrece a hacer cola para pedir comida, pregunta a mi madre si queremos algo más y me deja al Doctor Marley. Por la expresión de mi madre deduzco lo que se le está pasando por la cabeza: «Qué simpático, qué amable, pero vaya pelos...».

Daniele regresa a la media hora con unos platos y dos jarras de vino blanco. Y mi madre añade a sus pensamientos una leve contrariedad en relación con las *dos* jarras para *tres* personas.

En ese momento mi padre repara en los recién llegados, me mira, luego mira a su mujer y, por último, posa los ojos en Daniele.

—Usted debe de ser el padre de Alice, ¿me equivoco? Encantado, Daniele.

Se estrechan la mano.

—Estamos en el camping que está pegado al de ustedes —explica Daniele, sin entrar en detalles. A continuación acerca la jarra al vaso de mi padre, que acerca el vaso con la mirada clavada en las rastas.

Cabeza Roja, que hasta ese momento estaba enzarzada en una discusión demencial con Roby sobre la educación de los cerdos, alarga el vaso para que le pongan de beber.

—Pero… —farfulla mi madre— ese vino es de *ellos*.

—*Garçon!* —le grita Roby a Daniele—, ¡vino para las señoras!

—¿Cómo has conseguido peinarte así? —pregunta Fede.

—¿Te gusta?

—No lo sé.

—Si quieres, te peino igual. Se hace en una horita.

—¡Venga, venga, que te peine! —chilla Clara, divertida.

Mi padre gruñe.

Seguimos en la mesa bebiendo vino (yo, dos vasos) y charlando una vez que terminamos de comer. Mi madre tras el tercer vaso pierde dos o tres frenos inhibidores y comienza a hablar con Roby, mientras que Daniele se traslada al otro extremo de la mesa, entre los dos hombres y los hobbits, y se enfrasca en una discusión política con mi padre.

Parece increíblemente preparado. Tiene pinta de saber lo que dice y mi padre está totalmente cautivado, no porque Daniele le esté revelando ninguna verdad, digo yo, sino porque le encanta la idea de que un joven con esos pelos, amigo de su hija, hable sin empacho de política con alguien que podría ser su padre.

Los movimientos en la mesa nos acaban relegando a Martina y a mí al margen de las conversaciones.

—Vaya, no está mal —dice ella riendo con disimulo.

—¿Qué es lo que no está mal? —pregunto, aunque creo saberlo.

—Este grupo, es majo. Trato de imaginarme qué habría pasado en una situación semejante con mis padres en lugar de los tuyos…

Probablemente no se habría creado una situación tan relajada. Tus padres son simpáticos.

—Oye, todo es gracias a vosotros, creo que Daniele es el primer chico que conozco al que mi padre le dirige la palabra; también creo que lo está tuteando, cuando mi padre trata de usted incluso a mis amigas.

—Bueno, ¿mañana vienes a la fiesta?

—Me gustaría, pero… A ver, todavía no he pedido permiso a mis padres y además no sé cómo volver. No puedo regresar a medianoche sola.

—Eso no es problema —contesta Martina encogiéndose de hombros—, te puedes quedar a dormir en mi casa. Así me dejas devolverte el favor. El novio de mi madre se ha ido unos días a Milán, así que la casa es toda nuestra.

La idea no está mal, efectivamente. Y, bien mirado, ahora que mi madre ha bebido alguna copa de más, no puede haber mejor momento para pedirle permiso. Por otra parte, si está Martina presente podrá dar las gracias sobre la marcha y asegurarse cuantas veces quiera de que «No hay ningún inconveniente, ¿verdad?», y «¿Tu madre está de acuerdo?».

En el coche, de camino hacia el camping, siento que algo ha cambiado en mi familia. No me refiero a nada absurdo, no es que porque hayamos pasado una noche un poco diferente nos hayamos vuelto todos amigotes y vayamos a fumarnos juntos unos canutos en la playa. Pero el hecho de que hayamos compartido algo que va más allá de nuestros respectivos papeles familiares de algún modo ha barajado momentáneamente las cartas que hay sobre la mesa, creando una complicidad que jamás había visto antes. Mi padre, pues sí, está charlando con mi hermano, que se ha sentado delante, y no están hablando de sexo, ni tampoco de sus planes de futuro con Clara. Hablan de otra cosa, pero es como si cada frase fuese realmente un sofisticado código entre hombres que saben que tienen algo que compartir.

En el asiento de atrás, mi madre teje los elogios de mis amigos. Está un poco achispada y creo que mañana se arrepentirá de haberse salido del tiesto. Pero por ahora está entusiasmada y quiere hacérmelo saber. Cada cumplido lleva observaciones de asombro sobre las rastas de Daniele y los tatuajes de Roby, como si dijera que, si hubiese encontrado a dos personas así en la calle, al momento habría pensado que eran vagabundos. También Martina le ha gustado, aunque tengo la impresión de que no la ha convencido del todo.

—Además, hacen una bonita pareja.

—¿Quiénes?

—Daniele y Martina, hacen una bonita pareja, ¿no?

—Oye, que no salen juntos…

—De todos modos son muy majos. Él me parece muy cariñoso. Es mono, aparte de la peluca.

—Las rastas.

—¿Cómo se puede tener todo el pelo pegado en bloques? Me parece de locos.

—Los rastas lo llevan así.

—En cambio, Martina me parece más normal. Es muy educada, pero un poco retraída. Daniele es más vivaracho. Me pregunto cómo serán los padres de Martina.

—Están separados.

—Ah, están separados… ¿y ella con quién vive?

—Mamá, ¿alguna pregunta más?

—Vale, vale, ya no te pregunto nada más. En fin, que me ha gustado que hayan estado con nosotros… ¿Sabes qué?

—¿Qué?

—Daniele me recuerda un poco a Luca.

—¿Qué Luca?

—Luca, tu amigo.

—Luca, ¿por qué?

—Pues, no lo sé… Por ese modo de ser un poco excéntrico, gracioso… No lo sé, ¿no te parece?

46

Hay ciertas reglas de obligado cumplimiento cuando se va a una fiesta.

Ante todo, el horario. Si se trata de una fiesta que empieza después de la cena, es muy probable que la invitación incluya una hora entre las ocho y media y las once. Quien escribe ocho y media quiere evitar que cenéis antes de salir, pues en ese caso llegaríais demasiado tarde, digamos, a las diez y media. Aunque, si llegáis a la fiesta a las ocho y media, muy posiblemente seréis los primeros. Y nunca hay que ser los primeros. En cambio, si la invitación es para las once, lo que quiere decir, en definitiva, es que primero debéis ir a un local o a cualquier otro sitio y aparecer en la fiesta no antes de medianoche. Luego hay fiestas, y ese es el caso de la del chiringuito, que se limitan a decir: a partir de las siete. En este caso uno decide. De todas formas, lo mejor es planificar la llegada con una o dos horas de retraso.

Una chica de dieciséis años, con un toque de queda a las doce o doce y media de la noche, no puede cumplir todas estas reglas. Siempre será una de las primeras en llegar y en el punto culminante de la noche tendrá que regresar a casa.

Así nació El Embuste Más Famoso De La Historia, a saber: duermo/dormimos en la casa de Fulano/Fulana, claro que regresaremos a las doce, como muy tarde a las doce y media, sí, sus padres están de acuerdo.

Por regla general los padres de Fulano/Fulana no están en casa, o bien, como en el caso de Martina, son esa clase de padres que no se preocupan mucho de lo que hacen sus hijos.

Tras un atento examen de la situación, decido llegar a las nueve y veinte, hora en que, con la complicidad de la oscuridad, puedes encontrar tu sitio en medio de la gente sin llamar mucho la atención. Eso sí, no puedo salir del camping a esa hora, pues para llegar al chiringuito he de cruzar la playa, a oscuras, lo que me obliga a esperar una media hora larga a varios cientos de metros del Nueve semanas y media.

Sentada en un escollo, reflexiono sobre mi atuendo y me monto tres o cuatro películas sobre cómo irá la noche.

Tras un atento examen de mi armario, me he inclinado por una falda de colores un poco pasota (por algo estoy yendo a una fiesta reggae) y me he puesto una camiseta de tirantes negra algo cuca pero neutra, apropiada para todas las ocasiones. Lamentablemente, mientras observo mis prudentes elecciones estilísticas, compruebo que me he vestido exactamente igual que Clara en la feria de ayer. Por lo demás, Clara es la novia de mi hermano-granuja napolitano.

De las películas sobre la noche que me espera obtengo más satisfacciones.

Empiezo, como es habitual, por la Peor De Las Hipótesis: Martina está rodeada de mil amigos y casi ni me saluda, Daniele ya está borracho y, después de dárselas de listillo conmigo unos minutos, desaparece con una chica con rastas.

Sigue la Hipótesis Más Probable: al principio de la fiesta estoy con Martina, luego llega gente y ya me siento perdida, pero como voy a dormir en su casa tengo que esperar hasta que Martina termina la fiesta con un tipo del que no quería saber nada, sin embargo, al final…

Por último, estaría la Hipótesis Ideal: Daniele charla todo el rato conmigo. Mientras bailamos, Mary me susurra al oído algo como «¡Estáis hechos el uno para el otro!», y Martina, que baila detrás de Daniele, me guiña un ojo en señal de complicidad.

—¡Alice! ¡Por fin! ¡Temía que te hubieras perdido!

Daniele se me acerca con un vaso en cada mano, como si hubiera estado allí preparado para darme la bienvenida. Tiene que gritar para hacerse oír por encima de la música, que suena a todo volumen.

—¡He tenido que cenar con mis padres! —grito a mi vez y luego, sin saber qué más decir, suelto un genérico—: ¿Qué tal?

—¡Estupendo! Todavía no hay mucha gente, pero ahora llegará todo el mundo. Si a los milaneses y romanos les dices que la fiesta es a las siete, no se presentan hasta las diez.

Sonrío divertida, como diciendo: «Pues vaya con estos milaneses».

—Toma, esto es para ti, un mojito, ¿te gusta?

—Gracias, sí.

—Pues, ¡salud! Regreso a la mesa de mezclas, Roby ha ocupado mi puesto un rato, pero tiene que volver a la barra, si no Martina se desespera. Mary anda por algún lado, ¡nos vemos luego!

Así las cosas, tengo que actualizar la lista de las Hipótesis con: Daniele pone la música toda la noche, Martina sirve las copas y yo me quedo sola todo el tiempo…

Me abro camino entre el gentío que se agolpa alrededor de la barra y junto al sitio del dj empiezo a paladear el mojito, que, para que conste en acta, está fortísimo.

Nadie baila realmente, la mayoría se balancea sin moverse de donde está con un cóctel en una mano y un cigarrillo en la otra, esto es, con el equipamiento indispensable para demostrar como sea y donde sea que te sientes a gusto. Vislumbro a Martina al otro lado de la barra, pero está tan ajetreada que decido saludarla más tarde. En algún momento ella también tendrá que tomarse un descanso.

No me queda otra que buscar a Mary, búsqueda a la que decido dedicar todo el tiempo que sea necesario, a fin de tener algo que hacer.

De rato en rato me acometen nubes de humo blanco, que decididamente no es incienso.

—¡Vengaaa! —grita una voz delante de mí.

Es Mary y está sola.

—Hola —digo y confío en que sea la respuesta apropiada para alguien que dice: «¡Vengaaa!».

—Estás estupenda, uniforme de ataque, ¿a que sí?

—Pues, sí… ¿te gusta?

Mary no responde a la pregunta, sino que me echa una de sus miraditas de reojo, con la que me dice: «Oye, que a mí no me engañas».

—Ya he visto a dos tipos monos, ven, que te los enseño.

Nos abrimos paso entre los cócteles, los cigarrillos y las nubes de humo blanco, y llegamos a un lugar seguro cerca del mar, donde el volumen de la música es un poco más bajo.

—¿Acabas de llegar?

—Sí, más o menos, he visto a Daniele, que me ha dado el mojito; luego me he puesto a pasear.

—¿Te ha invitado a una copa?

—Sí, a ver, llevaba dos cócteles…

—Te ha invitado a una copa. Oye, te quedas aquí esta noche, no vuelves al camping, ¿no es cierto?

—No, no, me quedo a dormir en la casa de Martina, así evito el toque de queda.

Mary me clava una mirada enigmática. Esta vez no logro discernir lo que está pensando.

—Buena suerte…

47

¿Qué quiere decir «Buena suerte»?

¿Por qué Mary tiene que desearme buena suerte porque voy a dormir en casa de Martina?

Lamentablemente, ya no puedo preguntárselo, pues entretanto han aparecido los dos chicos monos a los que tengo que ver como sea, aunque tengo la impresión de que su irónico deseo me acompañará durante gran parte de la noche.

Mi propósito de no llamar la atención queda pronto en mera ilusión. No llamar la atención yendo con alguien como Mary es como intentar esconderse detrás de un castillo de fuegos artificiales. Empezando por abajo, Mary está provista de: chanclas con lentejuelas y perlitas modelo faro antiniebla, seguidamente hay que ascender bastante hasta llegar a la minifalda inguinal adherente, y de ahí hasta el ombligo, encima del cual surge una mini camiseta de tirantes rosada en la que se lee, de teta a teta, «SEXY GIRL 100%».

Los dos tipos monos no tardan mucho en acercársenos.

—Hola —dice uno de ellos, el único efectivamente mono, mirando a Mary. Es el clásico tipo seguro de sí, que no busca pretextos para pegar la hebra con una desconocida—. ¿Cómo te llamas? —pregunta, y yo me digo que está bien ser atrevido, aunque también podría ocurrírsele algo mejor.

—Yo soy Mary y ella es Alice.

—Mucho gusto.

—¿Queréis tomar algo?

Mary ni siquiera responde, esboza una sonrisa maliciosa y se dirige hacia la barra. Los dos chicos se miran divertidos, me ceden el paso y nos siguen.

En el fondo, no creo que a Mary le gusten realmente esos dos, más bien creo que le gusta el juego del ligoteo, y espero, lo espero de todo corazón, que conozca una manera simpática y amable de librarse de ellos después de que nos hayan invitado a una copa.

Entretanto, me he terminado el mojito.

En la barra hay un poco menos de jaleo y Martina se está fumando un cigarrillo.

—Ah, ¿al final has venido? —Sale de la barra y viene hacia mí—. Temía que nos hubieras dejado plantados.

Martina me abraza y nos besamos en las mejillas. Parece especialmente alegre. Se mueve al ritmo de la música y aspira con gesto satisfecho el cigarrillo. Entretanto, también los dos tipos han llegado a nuestro lado y dan la impresión de estar muy interesados en la nueva.

—¿No hay nadie que ponga copas? —pregunta el seguro de sí, mirando alrededor con aire presumido.

—No, está cerrado —contesta Martina.

—Ah, está cerrado… ¿y dónde dan bebida?

Martina se acerca y me susurra al oído algo como: «Pero ¿de dónde habéis sacado a estos dos?».

Mi única respuesta es una mirada con la que pretendo echar toda la culpa a Mary.

—Bueno, haré una excepción por estas amigas de la hostia —dice y tira el cigarrillo al suelo—. ¿Qué queréis?

—Para mí un Manhattan, y las chicas toman…

—Un Cosmopolitan —chilla Mary.

—Un mojito —digo yo.

El otro chico, por lo que parece, no bebe. O mejor dicho, el otro chico, el que me tocaría a mí, no está dotado del don de la palabra. La maldición del «cuando hay dos tipos yo me quedo siempre con el peor» me ha caído de nuevo.

—Aquí están —dice con una risita Martina, y pone los tres vasos sobre la barra.

—¿Y mi Manhattan?

Martina se encoge de hombros y enciende otro cigarrillo. Acto seguido se pone a atender a dos rastas que están al lado. Ellos también están cogiendo bebidas para las que creo que son sus chicas, dos rubias, quizá extranjeras, vestidas con faldas y niquis vaporosos. La comparación es inevitable: observo a nuestros caballeros, demasiado altos, demasiado musculosos, con camisetas demasiado ceñidas, con expresiones demasiado serias, y pienso que los cambiaría encantada. Los dos rastas no paran de reír, gracias también al enorme canuto que uno de los dos tiene en la mano, y hablan como loros.

El volumen de la música sube de pronto y una voz anima por el micrófono a la gente a alzar las manos. Me vuelvo hacia la mesa de mezclas del dj y veo a Daniele, completamente sudado, con las rastas delante de la cara y los auriculares encasquetados.

Evoco la tercera hipótesis, la más optimista, esperando que se cumpla esta noche.

—¡Venga, vamos a bailar! —grita Mary, tirándome de un brazo.

Me dejo arrastrar al centro de la pista, pero entre las manos levantadas consigo distinguir a Martina, que se acerca a Daniele y salta a sus brazos. Él tiene una mano subida, nuestras miradas se cruzan durante un instante. Un segundo después, estoy bailando al lado de Mary.

—¿Y los dos tipos? —le grito al oído.

—Bah —contesta encogiéndose de hombros.

—Pero ¿no te gustaban?

Mary no responde, se lleva la pajita a los labios y toma un largo sorbo de su cóctel, lo que para mí equivale a una respuesta elocuente.

Bailamos. Me siento extrañamente ligera. Hace calor y tengo la frente perlada de sudor, la gente nos aplasta, pero me gusta esta sensación de abandono. Tengo como la impresión de que, si de improviso me olvidara de todo, aun así estaría bailando por inercia en medio de los demás.

No me gusta bailar, este año en Milán como mucho lo habré hecho cinco o seis veces, y solo porque eran fiestas en discoteca. Aquí, sin embargo, es diferente, no pienso en cómo me muevo ni en la gente que me rodea. No pienso en nada, porque la música está tan alta que amortigua mis pensamientos. La noche avanza rápido y Mary y yo seguimos bailando. Siento que el alcohol circula por mis venas y que mi cabeza se vuelve ligera. En un momento dado, Martina se une a nosotras y así alcanzamos nuestro momento de gloria, pues en un segundo estamos en el centro de un círculo con todas las de la ley, cosa que en cualquier otra situación me habría dejado de lo más cortada. Pero esta noche me siento extrañamente tranquila y segura de mí misma. Tan segura que, cuando Martina desaparece entre la gente con un tío (cumpliendo así una parte fundamental de mis Hipótesis Para La Noche), decido dejar a Mary e ir hacia la barra, hacia el equipo de música. Me abro paso entre la gente y llego justo donde está Daniele. Él me ve y sonríe. Yo sigo bailando a pocos metros de donde está. Me siento chula, desvergonzada, estoy bailando delante de él, para él. Me mira como si estuviese disfrutando del espectáculo, y yo noto que me pongo roja, pero no paro, y unos segundos después estoy acodada en la mesa en la que Daniele pone los discos.

—¿Te lo estás pasando bien? —me pregunta.

Asiento y sonrío.

En ese momento pasa Roby.

—¡Roby! ¿Te importaría reemplazarme un rato?

48

Estoy bailando con un chico rasta a pocos metros del mar. Mi vaso de mojito se ha llenado misteriosamente de nuevo. En algún sitio debe de haber un duendecillo amable que llena los vasos vacíos. Aquí la música también está alta, pero hace menos calor porque la gente está más desperdigada. De repente, una ola me moja los pies y me doy cuenta de que estoy en la orilla. Ninguno de los dos habla, pero no me siento incómoda. Hay una extraña inercia que dirige mis actos esta noche, una fuerza que no tiene nada que ver con la voluntad y que me lleva de un lado a otro. Poco después, sencillamente nos sentamos.

—¿Te molesta que me líe un porro?

—No, no, faltaría más.

—Tú no fumas, ¿verdad?

—He fumado una sola vez, para impresionar a un chico que me gustaba.

—Así que a mí no me quieres impresionar.

—Pensaba emplear otra estrategia.

Desde luego, el tono de nuestra conversación es muy, muy alegre. Y esta noche Daniele me parece muy, muy mono.

—¿Cuál?

Sonrío y me encojo de hombros.

—¿Qué significa que el sitio de Jah está reservado?

—¿Te lo ha dicho Roby?

—Sí, cuando vine aquí la primera vez.

—No significa nada, Jah es el dios rasta.

—¿Y tú crees en el dios rasta?

Daniele expulsa con fuerza el humo de la boca. Yo tomo un sorbo de mi mojito. Del duendecillo amable, ni rastro. Casi no queda nada en mi vaso.

—¡Vaya preguntita!

—¿Crees o no?

—No mucho.

—¿Cómo que no mucho?

—A lo mejor existe, igual que los otros dioses, o a lo mejor no existe.

—Así que eres ateo.

—No exactamente, tengo una visión propia del tema.

Así las cosas, tengo curiosidad por saber cuál es «su visión del tema». Cruzo las piernas y me vuelvo hacia él, con mirada interrogante.

—¿Te la cuento?

—Venga.

—Para mí es un poco como un administrador de una comunidad de vecinos que se ha ido de vacaciones y nadie sabe si va a volver. Nosotros somos los inquilinos. Pues bien, entre los inquilinos hay algunos que están convencidos de que volverá, así que se comportan bien, o fingen comportarse bien, para no tener problemas. Y hay otros que están seguros de que no volverá, así que les da igual y hacen lo que les da la gana. Yo creo que no volverá, pero aun así procuro cuidar la casa. Si al final el administrador regresa, estará contento y no me joderá porque creía que no iba a volver.

—¡Uau! —me sale sin querer.

—¿Es una chorrada?

—No... creo que no... pero debo pensar en ello.

—Piénsalo y luego me lo cuentas.

Permanecemos en silencio unos segundos.

Levanto la cabeza hacia el cielo y noto que mi mirada está como empañada. Las estrellas me parecen desenfocadas. Entonces miro el mar, donde la luna traza una leve estela luminosa que parece avanzar hasta el horizonte.

—¿Eres muy amigo de Martina?

Daniele parece meditar un poco, sube la cabeza y luego la baja, pero no me mira.

—Sí, sí lo soy —contesta, como si esperara esa pregunta—, nos conocemos desde hace unos años.

—Le habéis gustado un montón a mi madre, ha dicho que hacéis una bonita pareja.

Él no replica enseguida, y temo que haya descubierto el objetivo de mis preguntas, pues se ríe por lo bajo.

—Cuando nos conocíamos poco, estuve medio colgado de ella, era verano, Martina... A ver, ya sabes cómo es, desmesurada, puro misterio, o mejor dicho, eso me parecía, o quizá por eso me quedé prendado.

—¿Y luego? —pregunto y deseo con todas mis fuerzas que la respuesta sea «Y luego todo quedó en nada».

—Y luego una noche nos besamos y durante unos días estuvimos saliendo juntos. Hasta que de repente ella desapareció y todo terminó allí. Al año siguiente, cuando nos reencontramos, ella empezó a currar en el chiringuito y nos hicimos amigos.

—¿Y no habéis vuelto a hablar de lo vuestro?

—No, la verdad es que no, pero nos hemos conocido mejor y también he comprendido que detrás de su fachada de superguapa y segura de sí hay otra persona, llena de miedos y… Bah, pues eso, pero a lo mejor no tiene nada que ver.

—Yo he tenido la misma impresión.

—A veces me da miedo. Se ve que es una persona que lo pasa mal y eso la hace egoísta.

—¿En qué sentido?

—En el sentido de que a veces solo existe ella. Las personas que lo pasan mal demasiado tiempo se vuelven egoístas.

Recuerdo lo que mi madre me había dicho sobre Daniele, que era parecido a Luca. A lo mejor hay algo, en los dos, algo que me gusta. Todo lo que dice Daniele parece fruto de largas reflexiones y, pues sí, de algún modo me recuerda las teorías de Luca.

Detrás de nosotros, unos pasos presurosos interrumpen la conversación. Daniele se vuelve de golpe, casi asustado, y justo cuando me dispongo a levantarme, veo que es Mary. Pero tiene una expresión rara, preocupada.

—Eh, ¿qué pasa?

—Martina se encuentra mal, se ha desmayado.

49

Daniele se aprieta un paño húmedo contra la mejilla. A su lado hay una cubitera plateada para champán llena de hielo.

Sé que me rodean, que nos rodean, muchas más imágenes significativas, pero en este momento esta es la que reclama mi atención. Si mis ojos salieran de esa cubitera y anduviesen unos metros por el borde de la piscina (hay también una piscina), encontrarían además a una chica que duerme en un sofá, en un suntuoso salón burgués. Pero resulta que en cuanto mis ojos se desvían un poco de la cubitera vuelven enseguida a mí (sigo un poco trastornada por lo que me ha pasado) y se quedan contemplando mis pies, que tengo en remojo en agua, el borde de mi falda mojada y algún mechón que cuelga de mi frente.

Cuando Mary nos ha llamado, hemos ido corriendo a ver lo que pasaba, pero Martina ya se había desmayado, estaba tirada en el suelo y Roby le sujetaba en alto las piernas.

A pocos pasos de ella, uno de los dos chicos a los que Mary había intentado ligarse, ese que para Martina era un pringado, se limpiaba la camiseta negra ceñida con un pañuelo, con gesto entre asqueado y cabreado.

—¿Qué ha pasado? —pregunta Daniele sin obtener respuesta. Roby y Mary trataban de que Martina se repusiera.

—¡Ha pasado que esta gilipollas me ha vomitado encima!

El tipo de la camiseta negra había terminado de limpiarse y ya no estaba asqueado, solo furioso. Daniele lo ha mirado con una expresión que parecía decir: «¿Y tú quién coño eres?», y un segundo después le ha dicho:

—¿Y tú quién coño eres?

—¿Tú quién coño eres? —ha replicado el tipo, pecando indudablemente de falta de originalidad.

He temido por un momento que Daniele rebatiese que él lo había preguntado antes. En cambio, se ha acercado con seguridad y con una actitud viril que no me hubiera esperado de él. Me he acordado de la noche en que Martina vino a dormir a mi iglú, cuando llevaba la ropa de Daniele, que le quedaba muy grande. Entonces pensé que esa ropa era muy grande también para Daniele, mientras que esta noche me ha parecido perfecta. Daniele parecía crecido como un supersaiyan. Me esperaba que las rastas se le volvieran repentinamente rubias y que se le pusieran de punta. Sin embargo, ha seguido un breve intercambio de palabras de carácter puramente provocador, hasta que en un momento dado el tipo ha dado el previsible empujón a Daniele. Entretanto, Martina había recuperado el sentido, aunque aún estaba como en otro planeta. Mary me estaba diciendo que debíamos llevar a Martina a casa, que ella también iría, que no me preocupara, solo había bebido más de la cuenta y montado un poco de jaleo. En ese instante he oído una rápida sucesión de golpes y por último una caída, y he visto a Daniele y a Camiseta Negra enredados en el suelo.

El alcohol que tenía en el cuerpo debe de haberse evaporado de golpe y he comenzado a percibir otra sensación, dos sensaciones, una a la altura de las rodillas, que probablemente guardaba relación con el miedo, y otra en el estómago, que parecía más una mezcla cuyos ingredientes me siguen siendo desconocidos.

Hemos traído a Martina a su casa, la hemos ayudado a vomitar de nuevo, o mejor dicho, de eso se ha encargado Daniele, que parecía tener experiencia en estas cosas. Yo la he ayudado a desvestirse y a lavarse un poco. En síntesis, le he enjuagado la cara en el bidé y luego, una vez que Daniele la ha tumbado sobre el sofá, le he quitado la ropa sucia y la he tapado con una manta.

—¿Todo bien? —pregunto a Daniele, pues está sumido en un extraño mutismo.

—Sí, sí… No es nada.

—¿Te duele la mejilla?

—Un poco.

—Déjame ver.

Daniele se quita el paño húmedo de la cara y se vuelve para enseñarme el golpe. La mejilla está morada e hinchada. Decididamente, en el enfrentamiento con Camiseta Negra se ha llevado la peor parte.

—No entiendo qué le ha pasado a Martina —digo para que hablemos de lo que desencadenó la pelea.

—Ha sido por lo que te decía antes en la playa, por el egoísmo.

—¿Cómo es eso?

—Martina es egoísta, no piensa en las consecuencias de lo que hace, y luego se montan estos follones.

Estas palabras, dichas por alguien que acaba de pelearse por ella, me suenan raras. Me pregunto qué tiene que ver el egoísmo. ¿Será que Daniele piensa que no acostarse con uno que te tira los tejos es señal de egoísmo? No, me falta una pieza de la historia.

—A ver —explica Daniele—, Camiseta Negra es un gilipollas y hasta aquí estamos de acuerdo, pero lo que no sabemos es qué había pasado antes, mejor dicho, no lo sabes tú, yo sí.

—¿Que tú lo sabes?

—No es que lo sepa, me lo imagino.

—¿Qué quieres decir?

—No es que pase siempre, pero sí a veces. Martina empieza a beber, a beber cantidad, pierde incluso la cuenta de las copas que se toma, pero estoy seguro de que hay un momento, al menos al principio, en que sabe perfectamente cómo va a acabar la noche. Entonces se pone como una cuba y no para, derrocha alegría, parece empastillada, es simpática y se lleva bien con todo el mundo, hasta que empieza a sentirse mal y se vuelve una plasta.

Daniele hace una pausa, introduce el paño en la cubitera de hielo y se seca la mano en la camiseta.

—¿Te molesta que me líe un porro?

—No, no —digo de nuevo, para reiterar que eso ni me asusta ni me crea ningún tipo de problema moral—. En cambio, tú aguantas muy bien —añado señalando la bolsita de marihuana que ha sacado de un bolsillo.

—Bueno, esto es diferente, el alcohol es peor.

Por mi cara de perplejidad, Daniele intuye que es la primera vez que alguien me dice que el alcohol es peor.

—Es cierto, tanto es así que yo estoy aquí hablando contigo y Martina está tirada en el sofá.

—Uno a cero a tu favor —contesto.

—¿Y eso?

—Has empleado una argumentación desleal, pero has ganado, por ahora.

—¿Por qué desleal? ¿En qué sentido?

—En el sentido de que depende de la cantidad, ¿no? Yo también he bebido, y sin embargo estoy aquí hablando contigo.

—Pues empate a uno. Pero si te fijas en toda la gente que muere por culpa del alcohol, del alcoholismo y de los accidentes que este ocasiona, comprobarás que el alcohol mata mucho más que cualquier otra cosa.

No digo nada, me limito a asentir. Quiero que termine de hablarme de Martina.

—¿Qué es eso de que se vuelve una plasta?

—Pues que elige a uno, finge que le va su rollo, lo ronda y le pone ojitos, luego, cuando él le entra, no le hace caso, y si él insiste, Martina se va con otro y monta enormes peloteras.

—Pero ¿por qué lo hace?

—Porque necesita vengarse, a estas alturas ya lo he comprendido.

—¿De quién necesita vengarse?

—De los hombres, debe manifestar su desprecio por los hombres, y diría que el vómito sobre la camiseta del tipo es bastante elocuente.

Daniele tiene razón, pienso. Daniele es inteligente, pienso. Es sensible. Tres a cero a su favor.

—¿Te apetece pasta?

—Pero ¿qué hora es?

—La hora de la pasta de la reanudación.

50

La pasta de la reanudación es en realidad la clásica pasta con ajo, aceite y guindilla, pero con una variante que, eso afirma Daniele, sirve para absorber el alcohol. Tras rehogar los espaguetis en la sartén, les ha echado unas cucharadas de pan rallado, y los ha seguido removiendo hasta que el pan, mezclado con los espaguetis, ha empezado a tostarse. Ha añadido además un poco de albahaca, aceitunas y algo más, pero ha dicho que son ingredientes opcionales.

Comemos en una mesa al borde de la piscina, perfectamente puesta, y bebemos Coca-Cola, que por lo que parece es la bebida que acompaña la comida de la reanudación. Ambos advertimos la complicidad de esta situación, estamos ahí cuidando a Martina y por consiguiente sin necesidad de una excusa para estar juntos. Así que hablamos cuando nos apetece, comemos con calma, en una atmósfera de espera que nos consiente dejar pasar el tiempo sin tratar de llenarlo de cosas ni de palabras.

Nos turnamos para comprobar que Martina sigue respirando.

En eso noto que el cielo se ha vuelto rosado y azul.

—Quizá sea mejor que me marche —dice de pronto Daniele.

«¿Por qué?», debería responder, pero le doy la razón.

—Sí, quizá sea mejor.

—Dentro de poco amanecerá.

«¿Y eso qué mas da?», debería responder, pero opto por un:

—Sí, es verdad.

—Le echaré una última ojeada a Martina.

Se levanta y va al salón.

Miro el cielo, que se va aclarándose rápidamente, y siento una extraña melancolía. Percibo un vacío en mi interior, un vacío que se agita dentro de mi cuerpo, y durante un instante me invade añoranza de todo, de mis amigas en Cerdeña, de mi hermano que tiene novia, de mis padres, de mis abuelos, del instituto que tendré que empezar desde el principio. Y de Luca, añoro tremendamente a Luca y deseo hablar con él, contarle lo que estoy haciendo, lo que pienso, escuchar sus relatos, sus ideas sobre las cosas más disparatadas. Decido que lo primero que haré cuando vuelva al camping será escribirle por el Messenger, sin juegos, sin trampas, para poner fin a la hostilidad.

La luz avanza veloz por el horizonte y siento que no estoy lista para empezar un nuevo día.

—Ronca como una bendita, se despertará con un dolor de cabeza espantoso. A cambio, no va a acordarse de casi nada de lo que ha pasado esta noche.

Ha llegado el momento de las despedidas.

Sigo sentada a la mesa en la que hemos comido. Él, de pie, a pocos pasos de mí.

Me levanto.

Daniele se me acerca.

Se detiene delante de mí.

—Bueno, ha sido una noche un poco absurda —dice, con el tono de quien está haciendo balance—. Pero me lo he pasado bien.

—Yo también... Ha sido una bonita noche, pelea aparte.

—¿Te molesta que te deje aquí sola? Si quieres, me quedo.

—No, no, descuida, a la hora que es... yo también me echaré en el sofá, me muero de sueño.

Una señal acústica se enciende en mi cabeza, seguida de una voz metálica que dice: «¡Respuesta equivocada! ¡Respuesta equivocada!».

—Vale, pues me marcho.

—Sí, es mejor.

—Quizá pase a buscaros más tarde para ir a la playa.

—Vale, sí, o sea, no sé cómo estará Martina, pero sí.

Daniele se acerca aún más, a una distancia que viola decididamente mi espacio privado, esa distancia que no puede mantenerse por más de unos segundos. Ha entrado en la zona de paso, ahora tiene que hacer algo, pararse o irse. Su mano derecha se eleva y alcanza mi cadera, que toca sin apretar. Su cabeza gira ligeramente y se acerca a la mía. Y me besa, en la mejilla izquierda. Acto seguido retrocede y me besa de nuevo, esta vez en la mejilla derecha, pero justo en el punto donde comienzan los labios. No es un beso en los labios, pues técnicamente los labios no están ahí, pero el sentido es claro.

Permanezco inmóvil, mientras él se aleja hacia el túnel de adelfas.

—¡Daniele!

Se vuelve.

Yo, muda.

Está demasiado lejos para que pueda decirle algo. Tampoco sé qué podría decirle. Pero lo he llamado, así que ahora tengo que hacer algo. Me acerco haciendo gestos sin sentido con las manos y poniendo una expresión que no significa nada. Lo que pretendo es aparentar que me he olvidado de decirle algo.

Necesito tiempo.

De nuevo estoy delante de él.

—¿Cómo has conseguido mi número de móvil?

La pregunta parece descolocarlo. Ni se imagina lo descolocada que estoy yo. Ya puestos, podría haberle preguntado: «¿Dónde te has comprado esa camiseta tan chula?».

Sonríe y baja la cabeza.

—Tú me llamaste cuando encontraste el hurón.

—Pero yo llamé a Martina… Ah, no.

—Había dejado el móvil en el chiringuito y Martina respondió… A ver, el número en la chapita del doctor Marley es el mío.

—Ah, claro.

Bien, mi pregunta no está solo completamente fuera de lugar. Además es tonta. Fui yo quien llamó a Daniele. Por eso él tiene mi número de móvil. Podía haber llegado a eso solita.

—Busqué entre las llamadas recibidas y encontré tu número.

De mal en peor. Nuestra conversación íntima se ha convertido en una reconstrucción estilo C.S.I.

Mientras permanecemos mudos, uno frente al otro, Daniele me coge una mano y me mira a los ojos. El gesto resulta un poco mecánico tras nuestro cruce de frases acerca del «misterio del móvil», y a mí se me escapa la inevitable risita nerviosa de estas ocasiones.

Esta vez, sin embargo, me mira con firmeza. Y sonríe, con una sonrisa amplísima.

Entonces nuestros labios se rozan, se detienen. Sus manos bajan por mis caderas y recorren mi espalda, y me estrecha entre sus brazos. Cuando nos besamos ya no quedan rastros de la noche en el cielo y los primeros ruidos de la mañana empiezan a romper el silencio. El motor de un coche a lo lejos, un disparo de escopeta, voces distantes. Unos minutos después estoy caminando hacia atrás, pero no sé si me empuja él o si yo lo arrastro. Dejamos atrás la mesa que está junto a la piscina, entramos en la casa, sin dejar de abrazarnos, pasamos al lado del sofá en el que Martina duerme como una bendita. Cruzamos una puerta y estamos en una habitación oscura.

Volvemos a besarnos, de pie, a oscuras.

De repente, sin embargo, en el pasillo oímos ruido de pasos.

—Daniele, ¿sois vosotros?

La luz de la habitación se enciende.

La puerta se abre.

51

Hola, Luca (cerdo tímido balanceándose sobre una pierna)
¡Hola, Ali!

Ha respondido enseguida, buena señal. Basta, me la juego. O todo o nada.

Echo de menos tus tonterías (cara guiñando un ojo), y también a ti...

Pasan unos segundos...

Te las tengo reservadas, contárselas a otros no me satisface igual...
(carita risueña)
Oye, ¿ya no estás enfadada?
Yo no, ¿y tú?
¡No, no, en absoluto, ha sido una bobada, hemos sido unos memos!
Sí, es verdad.

Pasan unos segundos, durante los cuales me imagino que Luca, al igual que yo, está lanzando un enorme suspiro de alivio por el fin de la guerra fría.

¿Fin de la guerra fría?

Me hace gracia que tú me lo preguntes.

¿Por qué?

Porque estoy en Berlín, se disponen a derribar el muro.

(camello asintiendo)

¿En Berlín?

Sí, en 1989.

Así que has retrocedido en el tiempo.

Sí, he tenido que hacerlo, era la única manera de estudiar la guerra fría entre Estados Unidos y la Unión Soviética desde el principio.

¿Y a qué conclusión has llegado?

Es pronto para decirlo. La mayor parte de la guerra fría se combatió en caliente en África.

¿Qué quieres decir?

Los americanos y los rusos financiaban a los bandos opuestos en los Estados africanos, para imponer a los gobiernos, y estos se hacían la guerra con las armas americanas y rusas.

Así que esa guerra no era tan fría.

(Arquímedes con bombilla) Ali, tienes razón, la guerra fría no existe.

Misterio resuelto. Y nuestra guerra, ¿dónde la hemos librado?

Ese es el verdadero misterio.

Luca me pone al día sobre la situación en Milán. Como era de prever, la ciudad se ha quedado vacía. Su madre ha conseguido una semana de vacaciones y ahora él también se marcha, pero aún no sabe a qué lugar.

Luego me toca mi turno. Le cuento lo de la fiesta de anoche, que Martina se puso mala y Daniele y yo la llevamos juntos a casa.

Así que ¿te has ligado al rasta?

Nos hemos besado, pero no sé qué esperarme ni tampoco qué quiero.

Pues sí, las cosas están así. Nos hemos besado, es cierto, pero al final de una noche absurda y, ahora puedo decirlo con certeza, aunque no estaba tan borracha como Martina, tampoco estaba sobria. Puede que cuando nos veamos yo esté horriblemente avergonzada y él haga como si no hubiese pasado nada.

Cuando Martina se ha despertado y nos ha sorprendido en la cocina (dicho sea de paso, habíamos dejado de besarnos), Daniele ha puesto una cara rara y Martina ha pronunciado una especie de «Ah» que a mis oídos ha sonado como una acusación. Era evidente que entre nosotros acababa de pasar algo. Si no, ¿qué hacíamos en su cocina, a las seis de la mañana, a oscuras? Y vaya, ellos ya no salen juntos, no le he robado el novio, pero tengo la impresión de haber alterado algún tipo de equilibrio. Martina parecía casi decepcionada. Por un momento nuestros papeles se habían como invertido, era ella la niña postergada, la que se había quedado dormida en una fiesta, y lo mejor había ocurrido cuando ella no estaba, o, para ser más exactos, mientras estaba sin sentido. Yo quería contárselo todo, echar a Daniele y estar a solas con ella. Pero las secuelas de la noche lo han impedido. Martina se ha puesto a vomitar de nuevo, y Daniele se ha quedado para ayudarla. Así que he cogido mis cosas y he regresado al camping. Mis padres se acababan de levantar y estaban desayunando. He procurado estar simpática y desenfadada, les he asegurado que todo ha ido bien y que nos habíamos quedado charlando, así que quería dormir un poco más. Creo que no se lo han tragado. El granuja napolitano se ha reído por lo bajo...

Mis padres regresan de la playa a las seis, y Miss Listorra (que soy yo) está estudiando en la mesa de delante de la caravana. En realidad no se trata simplemente del intento de quedar bien tras una noche de la que solo conozco una versión muy alejada de la verdad. Estoy procurando ganar puntos conmigo misma, para demostrar (no sé a quién ni tampoco por qué) que no soy de las que se emborrachan en las fiestas, de las que cuentan mentiras a los padres ni de las que besan a chicos rastas que fuman canutos. En una palabra, trato de demostrar que no soy Martina y que mi familia no es como la suya.

—Tenemos una sorpresa —exclama mi madre en cuanto me ve.

El granuja ríe por lo bajo.

—No hagas planes para esta noche —añade ella, como si yo pudiera Hacer Planes Para La Noche.

El granuja se lo está pasando en grande.

—¿Me quieres decir qué pasa?

—Tenemos visita.

—¿Quién?

—Adivina.

No tengo la menor intención de adivinar nada, pero mi cerebro es más rápido que mi falta de intención y se lanza a formular hipótesis.

Hipótesis número uno: Luca ha llamado a mis padres; además, ha dicho que ahora puede viajar y que quería darme una sorpresa. Pero descarto enseguida esta hipótesis cuando recuerdo que mi amigo Luca no es, como durante un instante he sospechado, Winnie the Pooh, y que jamás haría una cosa semejante.

Hipótesis número dos: no se trata de ninguna sorpresa, sencillamente van a venir a cenar los vecinos de caravana y Clara, su espléndida hija que «sale» con mi hermano. Sin embargo, si fuera así mi hermano no debería reír, sino permanecer inmóvil y temblar (aunque quizá esa debería ser *mi* reacción).

Hipótesis número tres: nos vamos a algún sitio a ver a alguien, otro hecho que para mí no supone ninguna sorpresa.

—¡Vienen los abuelos! —estalla mi hermano, con la cara de felicidad de un niño de tres años.

52

—¿No irás a encenderte un cigarrillo?

—Solo uno, muy suave.

—Papá, por lo que más quieras.

—Solo uno, ya sabes que le debo la vida al tabaco.

Acabamos de terminar de cenar. Para que conste en acta, los vecinos de caravana y Clara también estaban sentados con nosotros a la mesa, lo que demuestra que al menos una de mis hipótesis no era tan infundada.

La historia de mi abuelo de por qué le debe la vida al tabaco es una de sus mejores anécdotas, y la presencia de gente nueva en la mesa le concede el derecho de contarla una vez más.

Todo ocurrió más o menos así.

En la Segunda Guerra Mundial mi abuelo fue capturado por los ingleses y embarcado con otros tres mil italianos en un crucero, destinado para la ocasión al transporte de prisioneros. El crucero es un buque de guerra grande que, en teoría, no transporta prisioneros. Y ese fue el problema. Un submarino alemán, tras ver en el radar el gran barco y confirmar que se trataba del enemigo, lanzó un par de torpedos. Los torpedos alcanzaron la bodega en la que se hallaban los prisioneros, la mayoría de los cuales, más de dos mil, murieron en el acto. Mi abuelo consiguió llegar a la cubierta a través del tubo de ventilación. Luego se tiró al gélido mar en plena noche, mientras se hundía el barco en llamas.

Entretanto, habían bajado los botes salvavidas, pero, naturalmente, solo había sitio para los soldados ingleses. Mi abuelo permaneció en el agua toda la noche y la mañana del día siguiente, tratando de que lo dejaran subir a un bote y recibiendo únicamente golpes de remo en la cara. Aquella mañana muchos se quedaron sin fuerzas, muchos otros fueron devorados por los tiburones. Mi abuelo aguantó, con la esperanza de que tarde o temprano llegara ayuda, de que los alemanes se dieran cuenta del error. Hasta que en un momento dado encontró una cajita negra cerrada, que flotaba: tabaco. Se acercó a uno de los botes al que no lo habían dejado subir y, con la fuerza de la desesperación, levantó su trofeo: «¡Tengo cigarrillos! ¡Tengo cigarrillos!». Entonces lo dejaron subir.

—Haz lo que quieras, no quiero ponerme a discutir.

Mi madre ya no se deja deslumbrar por esta historia. A Federico, en cambio, le encanta. Siempre quiere conocer algún detalle más. ¿Qué pasó cuando llegaron los tiburones? ¿Qué hicieron luego con los cigarrillos, se pusieron todos a fumar? ¿Cuándo llegó la ayuda?

Clara también está admirada, como yo. Porque mi abuelo no es el único que debe la vida al tabaco y, más en general, al tabaquismo (si en aquel bote no hubiera habido fumadores empedernidos, nadie lo habría dejado subir).

Si aquel día mi abuelo no hubiese encontrado aquella caja, yo ahora no estaría aquí.

—¿Has conocido a algún chico? —me pregunta mi abuela, para cambiar de tema.

En ese momento me suena el móvil.

Me ha llegado un mensaje.

Para mi abuela, ese «bip bip» equivale a un sí.

—Ha conocido a unos chicos simpatiquísimos —explica mi madre—, nosotros también los hemos conocido, coincidimos con ellos en una feria y cenamos juntos.

—¡Uno tiene rastas! —exclama el muy cabroncete granuja napolitano que tengo por hermano.

—¿Rastas? ¿Y eso qué es? —pregunta mi abuela.

—Tú mismo te las puedes hacer. Coges el pelo y lo vas enrollando por trozos, y al final es como si solo tuvieras unos veinte pelos gordos.

Mi abuela está pasmada, mi abuelo ríe para sus adentros.

—Y el otro está lleno de tatuajes.

Así las cosas, no tengo más remedio que hacer callar a mi hermano con una llave que no le aplicaba desde hacía años: el diabólico pellizco en el muslo.

Fede grita y ríe, y yo lo suelto.

Sea como sea, mi abuelo está mejor. El médico le ha dicho que un poco de aire de mar le sentaría bien, así que han salido enseguida, en tren. Dormirán en una casita, casi un bungalow, pero cómodo, según dicen.

Mientras los comensales disfrutan de la ya habitual cita con el *limoncello*, yo saco el móvil para leer el mensaje. Y descubro que mañana tendré Planes Para La Noche.

Mi hermano y mi abuelo (¡y Clara!) se quedan jugando a las cartas y yo comienzo a notar el cansancio de la noche anterior.

Antes de irme a dormir tengo que responder al mensaje, pero no se puede responder a un mensaje así con ligereza. Hay que estudiar cada palabra detenidamente, hay que ser simpáticos pero despreocupados, no debe parecer que las palabras ocultan segundas intenciones. No es fácil, en absoluto. Y estoy segura de que no soy capaz de escribir un mensaje así.

Ha llegado el momento de llamar a Chiara, a Cerdeña, y contárselo todo.

53

—¡Me he acostado con el romano!

Chiara se ha acostado con el romano. No parece muy contenta y, después de escucharla un rato, descubro que no ha hecho el amor, pese a que eso es justo lo que me ha dicho al principio de la llamada. Chiara es de ese tipo de personas que siempre exageran cuando cuentan algo, pero que luego añaden rectificaciones.

Me cuenta cómo fue, y yo la escucho con atención. Pero no me limito a escucharla. Además, estoy comparando al detalle nuestras respectivas noches. A su romano con mi rasta. Mi beso con su... lo que sea.

—Nos quedamos solos en casa porque las otras se habían ido a bailar y nosotros teníamos que alcanzarles. En un momento dado, empezó a besarme apasionadamente.

—¿Por las buenas?

—A ver, ya nos habíamos besado antes, más de una vez, pero ahora él estaba lanzadísimo. Digamos que se veía que quería llegar más lejos.

—Estaba cogiendo impulso.

—Yo entonces salté a sus brazos y él comenzó a besarme en el cuello. Lo malo es que entonces se quitó la camiseta…

—¿Él solito?

—Sí, no es lo que más mola, ¿verdad?

—En fin.

—¡O sea, el otro no puede quitarse la camiseta si no sabe si va a poder quitártela a ti!

—¿Y qué hiciste entonces?

—Eh, pues me quité yo misma la camiseta, ¿qué otra cosa podía hacer?

—¿Y él?

—…

—¿Sigues ahí?

—Y él se desabotonó los pantalones y se puso a reír como un chulito.

Quisiera decir algo como: «Pues vaya idiota», pero me contengo.

—Y yo no me quité los pantalones.

—¿Y qué hicisteis luego? —digo entonces, preguntándome qué hecho es el que ha llevado a Chiara a contarme que se había acostado con alguien.

Chiara se extiende en un informe pormenorizado de su magreo, que, a decir verdad, no tiene nada de trascendental, y yo pienso en mi noche con Daniele, busco las palabras para comenzar mi relato, mi historia, pero cuando finalmente ella pronuncia el fatídico «¿Y tú?», súbitamente caigo en la cuenta de que no me apetece compartir con ella mi beso. Hay otra persona con la que tengo ganas de hablar, con la que debo hablar. Nos despedimos y le digo que le escribiré un correo para ponerla al día.

A continuación releo el mensaje.

«¡Hola, Ali, gracias por todo! Esta noche, descanso, ¿cenamos juntos mañana?»

No es que se exponga mucho que digamos, así que tampoco voy a hacerlo yo. Pero quiero responder y aceptar la invitación.

Escribo: «Claro, ha sido una noche especial, me lo he pasado bien, ¿dónde quedamos?».

Demasiado entusiasmo.

Lo intento de nuevo: «Claro, mañana voy a la playa con mis padres. ¿Nos vemos a las siete en el chiringuito?».

Demasiada indiferencia.

«¡Hola! Sí, cenamos juntos, claro, ¿a qué hora y dónde?».

Este me parece el mejor. No menciono la noche, pero acepto rápidamente la invitación, dando por supuesto que me lo he pasado bien y que me encantaría verlo. Pulso «ENVIAR».

La respuesta llega a los pocos segundos.

«A las siete y media en el chiringuito. ¡Te espero!»

54

Voy por la playa rumbo a la cita y me pregunto cuántas veces he hecho este camino desde la primera vez que lo recorrí llorando. De vez en cuando recuerdo a la gaviota moribunda. Me la imagino arrastrada de un lado a otro por la corriente, aunque en realidad es mucho más probable que se la haya comido algún pez.

Me pregunto cómo reaccionan a la muerte las gaviotas. A lo mejor nadie ha reparado en su ausencia. Pero pongamos que fuera una gaviota hembra y que tenía crías que alimentar. ¿Hay alguien que da de comer a las crías de una gaviota si esta muere? ¿Las gaviotas tienen sociedad? Bastaría tal vez plantear esta pregunta a la persona idónea para obtener una respuesta exacta, aunque en realidad se trata de esa clase de preguntas cuya respuesta científica suele ser decepcionante. Así que prefiero guardármela.

Cuando llego a las inmediaciones del chiringuito, el sol empieza ya a ponerse en el horizonte. Las mesas están repletas de chicos que beben cerveza y comen patatas fritas, pero no veo a Daniele entre ellos. Me detengo al borde de la terraza de madera para mirar alrededor. De Daniele, ni rastro. Son poco más de las siete y media y, antes de montarme películas sobre un posible plantón, me convenzo de que sencillamente se ha retrasado y que no tardará en aparecer.

Sin embargo, un cuarto de hora después sigo esperándolo.

Me acerco a la barra y le pregunto a Roby si lo ha visto.

—Seguirá durmiendo en el camping.

—¿Estás seguro?

Me mira con gesto interrogante y pienso que puede saber algo de la otra noche.

—¿Habíais quedado aquí?

—No, no —me apresuro a contestar—, he venido a ver cómo estaba Martina.

En ese momento dos brazos me rodean por detrás y unos labios me estampan un beso en la mejilla.

—¡Perdona el retraso!

Pero ahora ese retraso es el último de mis problemas, pues la persona que tengo delante y que acaba de besarme en la mejilla no es Daniele. Roby, que lo ha visto y ha notado mi perplejidad, arruga la frente, pero se gira y vuelve al trabajo. Yo decido aplazar todo intento de comprender y me preparo para adaptarme a lo que venga.

—¡Hola! ¿Cómo te encuentras?

—Bien, bien, me he recuperado. Me han dicho que monté una buena y que tú y Daniele me salvasteis.

—Bueno, te llevamos a tu casa, donde te quedaste clavada.

—Oye, ¿entonces quedamos esta noche?

«¿Quedamos esta noche?» Me he perdido algo. No digo nada.

—¿Que si vienes a mi casa? Mi madre y el capullo no están.

De repente todo se me aclara. No tengo tiempo de reaccionar a tantas revelaciones con la emotividad necesaria (la decepción porque

Daniele no me ha escrito el mensaje, la alegría porque puedo hablar con Martina de lo que ha pasado con Daniele, el descubrimiento de que los números de teléfono se guardan con el nombre de las personas a las que pertenecen), pues me llevaría al menos unos segundos. De modo que no me queda más salida que mover la cabeza, como si estuviese embobada, y responder con un entusiasta:

—¡Por supuesto!

Regresar a casa de Martina después de lo ocurrido con Daniele me causa una extraña impresión. Instintivamente busco por la piscina signos de nuestra presencia la otra noche. No verlos y saber que Daniele no ha dado señales de vida me provoca una punzada en el estómago.

Daniele no ha llamado, no ha escrito y probablemente sigue durmiendo en el camping. La noticia no es en sí chocante. No había por qué esperar que él apareciera al día siguiente, pero el hecho de haberlo creído, aunque por poco tiempo, hace inevitable el desengaño.

En el fondo solo nos hemos besado, al final de una fiesta, borrachos.

Sin duda, no soy la primera chica con la que Daniele se enrolla, al final de una fiesta, borracho. Y es normal pensar que todo podía haberse acabado aquí. Pero las palabras me traicionan: ¿qué «todo»? ¿Qué es lo que podía haberse acabado, si no ha empezado nada?

Recuerdo un instante a un chaval del colegio del que estuve colgada hace dos años; me acuerdo de los llantos, las persecuciones, de sus ojos y de su voz. No, no quiero verme otra vez en una situación así. He besado a un chico, pues vale, punto pelota, así estoy bien. Pero una voz dentro de mi cabeza me dice que no estoy nada bien así.

55

—La asistenta nos ha dejado todo listo, no tenemos que hacer nada.

La mesa en la que comeremos Daniele y yo está perfectamente puesta para dos, pero me imagino que de hacerlo no se ha encargado la escrupulosa asistenta, sino la Ironía del Destino en persona.

Entramos en la casa y Martina va directamente a la cocina (la cocina en la que nos había sorprendido por la mañana) y saca de la nevera una botella de vino blanco.

—Esta noche un vaso nada más, si no acabo otra vez fatal —dice y me guiña un ojo—. Pero ¿tú cómo estabas?

—Yo estaba bien, o sea, también había bebido un poco y no estoy acostumbrada, pero estaba tranquila. Cuando se montó toda la pelotera me recuperé enseguida.

—No me acuerdo de nada…

—Mejor así, ¿no?

—Según, esta vez no me he montado demasiado follón, pero cuando te despiertas en una cama ajena medio desnuda y no te acuerdas de nada, la cosa no es precisamente agradable.

—No, desde luego que no.

—De todos modos, esta vez ha ido bien.

Vaya, digamos que «bien» no es precisamente la palabra que yo habría empleado, pero no creo que sea el momento de puntualizar.

—Solo recuerdo que en un momento dado me puse a bailar con ese tipo y me estaba divirtiendo, aunque no conseguía quitármelo de encima, hasta que comencé a marearme. Luego todo quedó a oscuras.

—Le vomitaste encima, Mary vino a llamarnos, y después, pues eso, lo que pasó después ya te lo habrán contado. Daniele y el tipo se pegaron y te trajimos aquí.

Mientras hablo, caigo en la cuenta de que es más que probable que Martina no esté enterada de cómo siguió la noche y, sobre todo, de lo que ha habido entre Daniele y yo. Creo que ha llegado el momento de que se lo cuente todo. Pero siento cierto temor. Tengo miedo de que haber besado a su amigo pueda molestarla de algún modo. No me preocupa ese rollete pasajero que hubo entre ellos, como lo ve Daniele. Aun así, no dejo de abrigar cierto sentimiento de culpa. Porque gracias a Martina han cambiado mis vacaciones, gracias a ella ahora conozco a gente con la que me divierto mucho. Seguro que no tendría que haberme liado con uno de sus amigos para empezar.

—Oye —digo con un tono mucho más melodramático del que me gustaría—, tengo que contarte algo.

—¿De qué se trata?

—Ha pasado algo… algo que no había previsto y que… en fin, no quería que pasara, pero ha pasado.

—Alice, ¿tengo que preocuparme?

—No, no, no es nada grave, o al menos eso espero.

—Bien, pues habla. ¿Yo tengo algo que ver?

—No, no, no creo. En fin… ya sabes que Daniele y yo te trajimos aquí esa noche.

—Hasta ahí llego.

—Luego te acostamos en el sofá, tú te dormiste y nosotros nos quedamos para ver cómo seguías, si te despertabas o qué.

Martina guarda silencio.

Me mira con atención y espera que vaya al grano.

—Nos quedamos hasta el amanecer. Daniele no quería dejarme sola, y yo, en fin, pues que de todas formas me hubiera quedado, pero me gustaba que él también estuviera, me sentía más segura. Nos quedamos charlando; además, Daniele seguía todavía un poco tocado por la pelea.

Vale, me doy cuenta de que podría seguir con estos preámbulos toda la noche sin decir nada.

—Nos besamos —digo, y me apresuro a precisar—, y eso fue todo.

—¿Que os besasteis?

—Sí.

—¿Daniele y tú?

—Pues… sí, no estaba previsto, pero sí.

—¿Y te dio asco?

—No, no, a ver, lo normal, nos besamos y nada más.

—Ah.

—¿Te molesta? —pregunto a quemarropa.

—Oye, creo que no te sigo. Veamos, besaste a Daniele, estuvo bien, así que, ¿dónde está el problema?

—Ya, ¿dónde está el problema?

—¿Pensabas que podía molestarme porque él es amigo mío?

—Bah, a lo mejor, no lo sé.

—¿Te ha dicho que tuvimos un rollo?

—No, no exactamente. Me ha contado que, en fin, te tiraba los trastos y pasó algo.

—Sí, hace dos años quería ligar conmigo como fuera, hasta que, desesperada, me acosté con él.

Las últimas cuatro palabras caen en mis oídos como mazazos.

Era un detalle que Daniele había omitido, y creo que Martina no es como Chiara. Si dice que se ha acostado, es que lo ha hecho. Su reacción, al mismo tiempo, me ha aliviado. A Martina no le importa nada lo que ha pasado o podría pasar con Daniele.

—Pero ¿ahora salís juntos, os habéis vuelto a ver?

—No, todavía no... O sí... en fin, puede que salgamos.

—Oye, no tengas ningún problema conmigo, te lo digo en serio, mientras no haya anillos en el dedo, para mí cada cual es libre de hacer lo que se le antoje.

—Vale.

—Pero ¿cómo fue?

Nuestra conversación cambia de improviso. Martina quiere conocer cada detalle. Al principio soy cautelosa, no me ha convencido del todo su actitud desenfadada, esa forma de decir «cada cual es libre de hacer lo que se le antoje», pero cuando veo que sigue escuchando y preguntando, le cuento también cómo se produjo el beso, cómo Daniele da ese falso beso mejilla-labios y cómo yo voy detrás de él fingiendo que me he olvidado de algo. Ella me escucha divertida, hace algún comentario sobre la timidez de Daniele, dice tres o cuatro veces «¡Vaya gilipollas!» y rompe a reír.

No le explico el malentendido de aquella noche, la invitación a cenar que creía que era de Daniele y resultó ser de ella, y no doy la menor importancia al hecho de que él todavía no me haya buscado, como si para mí fuese del todo superfluo. Por un momento casi me convenzo. Pues sí, tal vez me llame, tal vez no. Así estoy bien. De noche, sin embargo, de vuelta hacia el camping, llevo el móvil en la mano y un pensamiento fijo en la cabeza: «¿por qué no me llama?».

56

No me llama. (cerdo llorando)

Cabrón (ametralladora disparando al aire).

(cara risueña) La verdad es que solo ha pasado un día.

Pues ya verás que te llama.

Hummm.

Pero ¿te has enamorado?

¡Que no! Bueno, uf, nos hemos besado, ¡por eso, lo suyo es que me llame o por lo menos que me mande un mensaje!

Así vas a dejar que tenga la sartén por el mango.

¡Si te estoy diciendo que no he vuelto a hablar con él!

Ya, pero ahora, dentro de poco, necesariamente hablarás con él, y habrás estado todo este tiempo rumiando por qué no te ha llamado antes, y eso te hará ponerle un tonito. Y se dará cuenta y eso hará que tenga la sartén por el mango.

Pero cuando hable con él me haré la sueca, ni lo dudes.

¡No es suficiente! Debes empezar a hacerte la sueca ya mismo, así llegas preparada. Debes pasar, es la única manera.

¿La única manera para qué?

Para que no estés hecha polvo.

Eres un cabrón. (dedo medio)

(cara interrogante) ¿Por qué tendrás siempre razón? Debería llevarte siempre conmigo.

Verás, si te tiras al rasta prefiero quedarme en casa.

Memo. (cara sacando la lengua) ¿Tú cómo estás? Mejor dicho: ¿dónde estás?

Me hace gracia que tú me lo preguntes. He regresado a Kingston.

La capital de Jamaica.

Exactamente. He venido a recabar algunos datos sobre tu amigo rasta, pero aquí no me dicen nada, creo que no es original, si te lo vuelves a tirar, fíjate bien si en el cuello pone Made in China.

Pasan un par de días y Daniele no da señales de vida. Pero he puesto en práctica los consejos de Luca y paso. Aunque no es lo que se dice fácil, ya que para pasar tengo que quedarme con mis padres e ir a la playa con ellos, porque si fuera al chiringuito parecería que he ido a buscarlo. Y él no debe pensar que he ido a buscarlo. A cambio, la llegada de los abuelos ha animado la situación y aplacado un poco las peloteras familiares. Cenamos todos juntos y a veces también se queda Clara, y yo no pienso mucho en Daniele. He empezado a leer otro libro, *Cómo ser buenos,* de Nick Hornby, la historia de un ex fumeta que tras tomar no sé que droga descubre que posee una especie de poder que le permite ayudar a la gente. El único problema (mío, no del libro) consiste en que cuando leo no veo la cara de un fumeta cualquiera, sino la de Daniele. Estoy segura de que se debe al hecho de que es un poco alternativo y de que fuma porros, pero también estoy obligada a pensar que tal vez esta historia del «Paso, a mí me da igual» no está funcionando precisamente bien.

Tampoco digo que me estoy quedando hecha polvo ni nada, porque además soy una resuelta defensora de la teoría de Chiara, quien está provista, como todos mis amigos al parecer, de su paquete de teorías. Chiara dice que puedes quedarte hecha polvo por alguien una sola vez. Después puedes enamorarte, decepcionarte y así sucesivamente, pero es diferente. Porque quedarte hecha polvo es otra cosa. Y si te pasa una vez, y a mí felizmente me ha pasado, luego quedas vacunada de por vida. Cuanto antes te pasa, mejor. Un poco como las paperas, supongo, que dicen que es mejor tenerlas cuando eres pequeño, porque después son más dolorosas.

Pues eso, yo ya he tenido paperas.

Pero si ahora Daniele me hiciera el favor de llamarme…

Una noche, mientras estoy fregando los platos, guardándome de aplicar los principios zen de Luca (la última vez me transformé en un bicho espantoso, mitad Dalai Lama y mitad máquina para hacer algodón de azúcar), aparece mi madre con cara de «quien debe hablarte».

—¿Va todo bien, Alice?

—Sí —respondo, con el tono lacónico y provocador que nos permitimos solo con las madres.

—Estos días te veo un poco ausente, ¿estás segura de que todo va bien?

—Sí, sí, en serio.

—¿Quieres que nos tomemos un *limoncello* en el bar y me cuentas?

—Esta noche no… Verás, estoy un poco cansada.

—Ah, vale.

—El animador me pregunta siempre por ti, ¿por qué no vienes una noche al aperitivo creativo? No es la octava maravilla y tiene poco de creativo, pero todas las mujeres del camping están medio borrachas, solo por eso ya es divertido.

Se me escapa una risita y durante un instante considero la propuesta del *limoncello* en el bar con mi madre. Pero me asusta cómo podría acabar, menos por lo que tendría que contar, que por las dotes telepáticas de mi madre.

—Después de la fiesta no has vuelto a ver a esos amigos tuyos, ¿ha pasado algo?

Lo que decía.

—¿Ha pasado algo con ese chico?

—¿Chico? ¿Cuál?

—Sí, venga, el de los tirabuzones en la cabeza.

—Mamá, tiene rastas, de todas formas, no… No, no ha pasado nada… Pensaba ir mañana a verlos, si a vosotros os parece bien.

El que ha hablado es el piloto de emergencia antimadre.

Yo no he hecho nada.

57

Así que he regresado al chiringuito. No ha sido fácil. Y no hablo de las implicaciones sociales y sentimentales de esta decisión, sino de la dificultad de llegar a la playa bordeando el camping de Daniele, a fin de situarme en el punto más alejado del bar.

Esta vez no hay disimulo, no me estoy haciendo «la que pasa de todo». La verdad es que no me apetece encontrarme con Daniele, ya han pasado cinco días, y si él hubiese querido que lo nuestro siguiera, habría dado algún paso. Pero si lo mío con Daniele se ha terminado, no veo por qué tengo que renunciar a ver a Martina, a Mary a y Roby. Total, lo que yo buscaba era tener amigos con los que pasar las vacaciones. Daniele ha sido un accidente en el camino.

Extiendo el pareo sobre un escollo, me pongo los cascos del iPod en las orejas y saco el libro, dispuesta a disfrutar de mi día en soledad. No hay nadie, y por un instante me pasa por la cabeza la idea de ponerme a tomar el sol en topless. Sin embargo, luego me imagino que Daniele llega de improviso, de regreso de un paseo solitario, estando yo allí, con las tetas al aire.

Ya estamos otra vez.

No tengo remedio.

Puedo controlar las frases principales de mis pensamientos, pero las subordinadas inevitablemente se estrellan contra el recuerdo de Daniele. ¡Vale, pues al cuerno Daniele! Me quito la parte de arriba del biquini y con una desenvoltura solo aparente abro el libro y empiezo a leer.

Como es lógico, no estoy leyendo, hago como si leyera. Porque mi cerebro está monopolizado por una vocecita que no para de repetir: «En realidad no hay nada de malo en tomar el sol en topless, es completamente normal, a nadie le asombra ni nadie se fija si tienes pocas tetas, y tampoco pasaría nada si Daniele llegase en este instante».

Cuando la vocecita pronuncia la última frase, dejo el libro y comienzo a preguntarme qué haría si Daniele llegara ahora y me sorprendiera así, en topless.

Probablemente taparme sería la peor reacción y además él es un rasta, así que seguramente en estas cosas debe de ser bastante desenfadado. Un día en el chiringuito había un grupito de rastas y todas las chicas estaban en topless. No, si Daniele llegase en este momento, yo no me taparía, me quedaría así, hablándole, con las tetas al descubierto.

Bien, ya estoy casi convencida, vuelvo a la lectura, ahora concentrada.

Paso así una o dos horas, me baño (con la parte de arriba), vuelvo a tumbarme, bocabajo (solo porque así estoy más cómoda...), y me quedo dormida.

Sueño que he regresado a Milán, pero todo el mundo está en bañador, por las calles, en el metro, en los bares. Y yo estoy en topless. Y me encuentro con Luca, él es el único que va vestido, con vaqueros, camisa blanca y americana negra, y le pregunto qué está pasando, por qué va todo el mundo en bañador. Él me explica que en el fondo es normal, solo es cuestión de convencionalismos sociales, que al final no hay diferencia entre estar en bañador en la playa y en la ciudad. Entonces se pone a llover y yo me despierto. Abro los ojos y siento que me caen unas gotas en la espalda. Aún amodorrada por el sueño, ladeo ligeramente la cabeza y veo un montón de largas rastas goteando sobre mí.

—¡Muy buenos días!

—Me he quedado dormida.

—Ya lo veo, pero ¿qué haces aquí sola?

—Eh… Nada, quería pasar un rato a mi aire.

—¿Quieres que me marche?

—No, no, qué dices, quédate, quédate.

Daniele se sienta a mi lado.

Sigue empapado.

Y yo sigo sin la parte de arriba del biquini.

—No te he vuelto a ver por el chiringuito. Martina me ha dicho que os visteis una noche. ¿Qué tal? ¿Todo bien?

—Sí, sí, estupendamente, he estado con mis padres. Y tú, ¿todo bien?

Mi tono es gélido y formal.

En este momento soy La Mujer de Hielo y no tengo intención de mencionar lo que ha pasado entre nosotros.

—También bien. A ver, esperaba verte.

—Pues aquí me tienes.

Estar bocabajo empieza a crearme algún problema. No puedo seguir hablando tumbada, con la cabeza erguida. Pero tampoco puedo sentarme y quedarme en topless delante de él. Lo hago de buenas a primeras. Me incorporo sin taparme y me siento. Su reacción es bastante explícita. El caso es que, no sé cómo, parece que no había reparado en que estaba en topless, porque echa hacia atrás la cabeza y, aunque solo durante una milésima de segundo, pone los ojos como platos. Con fingida desenvoltura, cojo la parte de arriba del biquini y me la pongo lentamente.

Me acuerdo de lo que me contó Chiara sobre su magreo con el romano, y pienso en el sueño que acabo de tener. Ahora mismo estoy casi desnuda delante de un chico al que apenas conozco. Además, él está en bóxer. Aunque eso no significa nada. Pero en otra situación un chico puede tardar mogollón de tiempo en quitarse una camiseta y el gesto puede tener un montón de consecuencias.

—No hemos vuelto a hablar —insiste Daniel—, quiero decir, después de aquella noche.

—No, es verdad.

Me cuesta creer que tenga la cara de seguir con el mismo rollo. *Él* tenía que llamarme o escribirme un mensaje, eso está más claro que el agua. Las cosas se hacen así. Y de no haber sido por mí, ni siquiera nos habríamos besado, por eso podría haber hecho por lo menos el esfuerzo de llamarme.

—Me lo pasé bien esa noche… En fin…

No me lo puedo creer. Es un idiota. Mejor dicho, como diría Martina, «Vaya gilipollas».

—Martina me ha dicho que se lo has contado.

—Sí, se lo he contado —digo al tiempo que cobro conciencia del hecho de que muy probablemente nuestro beso es de dominio público—. ¿Nos damos un baño?

Creo que los consejos de Luca están surtiendo efecto. Aguanto el tipo, no le he dicho que se largue ni nada parecido, pero no tengo la menor intención de contarle lo bien que yo también me lo pasé esa noche.

Nos secamos en la arena y luego él me propone que vayamos a tomar una cerveza al chiringuito. Acepto, procurando adoptar un tono menos mecánico y más simpático. Aunque tampoco me cuesta, pues he tenido cinco días para elaborar el enfado por la llamada que no me hizo, y si bien estoy dispuesta a dar marcha atrás y a reconsiderarlo todo, solo puedo ir paso a paso. ¿Que una cerveza en el chiringuito? Pues una cerveza.

58

En el chiringuito no estamos solos. Y es mejor así. De esta manera no necesito moderar mis reacciones y puedo charlar libremente con Mary y con Roby.

Mary busca sin parar mi mirada, llevada por el incontenible afán de averiguar Qué Cuernos Está Pasando Entre Vosotros Dos, como si yo pudiese parar el tiempo para todos los que están sentados a la mesa salvo para ella y explicarle de qué va todo.

Con ellos me muestro eufórica y dicharachera. Bromeo con Roby, charlo con Mary, saboreo mi cerveza, como patatas fritas, todo ello en el intento de levantar un muro de hormigón de tres o cuatro metros de espesor entre Daniele y yo. O mejor dicho, no tenía esa intención, no del todo, pero empiezo a comprender que eso es exactamente lo que estoy haciendo.

En cuanto nos terminamos la cerveza, dejo que Martina, que entretanto se ha unido a nosotros, se fume un cigarrillo, y luego digo que tengo que irme, que mis padres me están esperando para cenar.

Me levanto, me despido y me marcho.

Apenas alcanzo a oír que Mary le dice algo a Daniele y que Martina se echa a reír.

Justo cuando voy a pasar el pequeño promontorio que separa las ensenadas de los dos campings, Daniele me da alcance, jadeante: uno a cero a su favor.

—¿Me explicas qué pasa?

—No pasa nada —respondo, con un tono forzadamente sereno.

—¿Es que no quieres verme más o qué?

Ahora sé perfectamente que aquí se juega la partida.

Me digo que el muro de hormigón está a punto de derrumbarse, pero hay varias maneras de tirar un muro así, levantado tan deprisa. Todo depende del lado hacia el que caigan los escombros. Luca tenía razón, preparar mi indiferencia me ha fortalecido, pero empiezo a preguntarme si a la larga esta barrera no acabará perjudicándome. Luca, por lo demás, tampoco puede vanagloriarse demasiado de tener gran experiencia en relaciones sentimentales, más allá de la que tuvo conmigo.

Dejo de lado a Luca y me dispongo a escucharme solamente a mí misma. La única que está al corriente de todo cuanto ha ocurrido y que, por tanto, puede saber qué hacer.

No hago nada, sonrío.

—¿Eso qué significa?

—Uf, nada... No me apetece fingir. Me habría gustado verte y creía que me ibas a llamar después de esa noche, o que enviarías un mensaje...

—Lo sé, tienes razón, pero...

—Espera. No te estoy haciendo una escenita. Pero es que me había quedado un poco así. No sabía qué pensar.

—Vale, vale, me hago cargo, he metido la pata, pero te aseguro que eso es lo de menos, en serio.

Ahora quisiera responder: «Deja que eso lo decida yo», pero prefiero enterrar el hacha de guerra y ver qué tiene que decir. Me limito a un:

—¿A qué te refieres?

—A que, siempre que quieras, por supuesto, podemos salir, pensaba en eso estos días y creía que podía verte en el chiringuito, creía que la cosa saldría sola, pero ahora todo se ha liado… A ver, a ver, que no pasa nada, ¿mañana estás libre?

Río, porque me da por reír.

—Mira que eres absurdo —digo con un tono más que afectuoso. Mientras, por caminos que jamás me hubiera imaginado, comienzo a comprender de qué pasta es Daniele.

—¿Por qué soy absurdo?

—Porque es verdad que no ha pasado nada, pero tú lo quieres arreglar todo… Así, no sé cómo.

—No, no, no pienses en el cómo, piensa en si te apetece salir conmigo. Si te apetece, fenomenal. Lo demás no importa.

Lo que dice no es tan desacertado, pero sí demasiado fácil.

—Es demasiado fácil.

—No, es fácil y punto. Mejor así, ¿no?

Entretanto, Daniele se me ha acercado y ahora me habla justo delante de los ojos. Y yo ya no estoy enfadada con él, si es que alguna vez lo he estado.

—Lo que importa es lo que pasa ahora…

Me parece que le gusto de verdad. No digo que esté enamorado, pero quiere salir conmigo de nuevo. Me digo entonces que puedo hablar sin pelos en la lengua. Y lo haré usando sus mismas tácticas.

—Vale, vale, he comprendido tu punto de vista. Pero tendrías que haberme llamado, o haberme mandarme un mensaje. Eso es lo que se hace.

—Perdona, pero piensa en cuando no había móviles. Tú habrías venido al chiringuito a buscarme, porque era tu única posibilidad de verme otra vez y no habríamos tenido este malentendido.

Detesto este argumento: si no hubiera móviles. Hay móviles, y ya es hora de que todos los pasotas de esta tierra los usen, al menos los que tienen móvil. Porque Daniele tiene móvil.

—Bueno, si no hubiéramos tenido móviles, a lo mejor habrías venido a buscarme…

Él parece un niño al que acaba de regañar la maestra y no sabe cómo replicar. Hace que me sienta poderosa. Tengo la sartén por el mango. Tengo un juego completo de sartenes por el mango. Pero luego él me besa, o mejor dicho, me cierra la boca con un beso. Empate a uno.

59

Al día siguiente, Daniele pasa a recogerme en una scooter destartalada, pero con un sillín enorme. Enfilamos un camino comarcal y vamos hacia el interior, ese Interior que tantas veces he visto con mis padres y que ahora se me presenta con una luz nueva.

Cuando le pregunto a Daniele adónde vamos, se encoge de hombros. Recorremos kilómetros y kilómetros bajo un sol abrasador, entre olivares y viñedos. Yo permanezco abrazada a él, experimentando una agradable sensación.

—Dejemos que el camino decida por nosotros —responde cada vez que, es inevitable, me da por preguntar:

—Y ahora, ¿adónde vamos?

Es una frase demasiado pasota para mi gusto, tanto que si la hubiese dicho Luca ya habría pasado encima de él con un tractor (no veo la hora de contárselo). Pero en este momento me siento especialmente tolerante. Daniele se muestra totalmente seguro de este modo de proceder. Se fía a ciegas del camino y éste lo lleva, nos lleva, de paseo. Así, en un momento dado paramos en un bar, donde alguien nos invita a beber algo, o en una casa, donde una viejecita se empeña en enseñarnos las fotos de su difunto marido.

El sol sigue en el cenit cuando veo aparecer en el horizonte una franja azul.

—¿Vamos a darnos un baño?

—Creo que sí.

No llegamos a una playa cualquiera, sino a una pequeña ensenada rodeada de vegetación, en la que no hay nadie. Es como si todo estuviese ya escrito, como si estuviésemos siguiendo el único itinerario posible, hecho de coincidencias perfectas. Y pese a que con ese «creo que sí» Daniele ha puesto a dura prueba mi paciencia y me ha costado bastante callarme las diez o quince mil frases sarcásticas que se me habían ocurrido, no puedo negar que me gusta, me gusta no pensar en nada, dejarme llevar.

Nos bañamos y nadamos por los escollos. En un momento dado encontramos incluso una gruta, nos adentramos y llegamos a una cala inmersa en la penumbra. Y él me besa con ganas, como si por fin le hubiese cogido el gusto.

Regresamos a la orilla y nos tumbamos al sol, donde nos seguimos besando, y cuando el sol comienza a ponerse en el horizonte ya estamos en la scooter, entre los olivares teñidos de naranja.

Al día siguiente de nuevo estamos juntos, ahora en el chiringuito.

Daniele es afectuoso, bromea, ríe, pero me dedica todas sus atenciones a mí. Y yo me pregunto quién es este caballero rasta que no se atrevía siquiera a besarme mientras que ahora... No quiero terminar la frase, porque me asusta lo que podría decir y también lo que podría pasar. Me siento un poco como las protagonistas de *Sexo en Nueva York,* cuando encuentran a un hombre con el que están bien y sistemáticamente se ven forzadas a dejarlo, pues a todas les asusta amar, ser felices. Es lo que quizá temo. Todas mis comeduras de coco pueden desaparecer arrastradas por esta repentina felicidad y, aunque sé que tendría que agradecerlo, a la vez ya añoro mi mundo de inseguridades y de soledad.

Los días siguientes nos seguimos viendo, incluso cuando voy a la playa con mis padres Daniele me llama por la noche, me manda mensajitos. Y además hablamos mogollón, de mí, de él, de la cultura rasta y del dios-administrador de comunidad de vecinos, de nuestras familias y del futuro, no de *nuestro* futuro, pues ninguno de los dos ha perdido la cabeza, sino del que nos gustaría e imaginamos.

Parece como si a él lo guiara siempre una especie de estrella que le indica adónde ir, o mejor dicho, y que lo haga sin preocuparse. Y es con esa estrella, sobre todo, con la que me estoy encariñando.

¿Crees que es posible?

¿Qué? ¿Que todo pase sin pensar?

Sí.

Sí, es posible, casi todos los cantautores italianos lo creen.

(cara interrogante)

Deja que las cosas pasen solas, como deben pasar... O: el mundo viene a decirte, piensa en tu salud, que hay quien piensa en lo que no piensas tú.

Irene Grande y Ligabue.

Exacto. Como sabes, estoy convencido de que Ligabue es el mayor filósofo de nuestros días.

Sí, ya se lo he dicho también a Daniele.

¿Sí?

Sí, ha dicho que no conoce bien a Ligabue, pero que no lo creía muy filosófico.

¿Acaso me estás diciendo que Daniele no sabe lo que es la ironía? ¿Eso es lo que me estás diciendo?

(carita sacando la lengua) ¡Que no, es solo que no te había pillado! Además, tú no eres irónico. Lo piensas en serio...

Pues sí, llevas razón. Lo de Ligabue es verdad.

(carita risueña)

De todos modos, ¿estás contenta?

Sí, creo que sí.

¿Crees?

No quiero contar más de la cuenta.

¿Y por qué no?

Pues... Oye, ¿no estarás celoso?

(carita roja rechinando los dientes con tridente de diablo)

¡Memo! (carita risueña)

Me alegro por ti, pero dile al rasta que, si se porta mal, tendrá que vérselas conmigo...

Se lo diré. ¿Dónde estás?

En Las Vegas.

¿No me digas?

Sí, voy a casarme, ya que ahora estás comprometida, he pensado hacer algo yo también.

Me parece fenomenal, ¿quién es la afortunada?

Afortunado.

Ah, ¿es un hombre?

Pues sí, al final he preferido a un hombre, así al menos podemos intercambiar la ropa y ahorrar algo.

Claro, cómo no se me había ocurrido...

Podrías tener un detallito con nosotros.

60

—Ali, ¿estás en Babia?

El que habla es mi hermano, o mejor dicho, el que interpreta el papel de mi hermano.

—Estaba pensando.

Fue mi primera paranoia, no tenía ni diez años. Me imaginaba que mi vida no era una vida de verdad, que todos lo sabían y que interpretaban un papel. Mis padres, mis amigos, todos, hasta la gente de la calle. No sabía qué hacían cuando yo no estaba presente, pero estaba segura de que, cuando salía, todos sabían quién era yo e interpretaban un papel. Porque cada cual cumplía una función. Si la maestra me ponía una buena nota, lo hacía por algo, si nos íbamos de vacaciones a algún sitio, era por algo. Nada era casual, todo estaba planificado, sin que yo conociera el motivo, para que fuera por un camino determinado. Por otro lado, mi paranoia no debía de estar tan alejada del sentimiento común, lo que llaman, creo, inconsciente colectivo, o algo así. Porque luego salieron películas como *Matrix* y *El show de Truman,* que son una elaboración más refinada de este tipo de obsesión. El miedo consiste en estar en una especie de túnel, en una autopista sin salida, y aunque estoy convencida de que es una paranoia y de que no vale la pena malgastar energía mental en eso, a veces me viene a la memoria y recaigo en sus vericuetos. Así, me pregunto: ¿Qué papel juega Daniele en mi vida? ¿qué función cumple Daniele? ¿Adónde tiene que llevarme? Mis padres me están dejando mucha libertad estos días, lo cual no puede ser sino una señal inequívoca de que Daniele cumple una función.

Fede mueve la cabeza para darme a entender que, según él, ya no tengo ningún tipo de esperanzas. A continuación me tiende uno de sus dibujos.

—¿Te gusta?

Estamos sentados a la mesa delante de la caravana. Mis padres han llevado a mi abuelo a que le tomen la tensión, pero no tardarán en volver.

Contemplo el dibujo.

Es la primera vez que Fede me enseña uno de sus dibujos por iniciativa propia.

—¡Fede, es precioso!

Realmente lo es. No es una obra maestra, es un dibujo hecho con un bic, pero es francamente bonito.

Fede baja la cabeza y se ríe.

—¿Te gusta?

—Pero ¿cómo has conseguido aprender?

—El abuelo me ha enseñado.

—Ya, pero antes eras un negado.

—Me ha dicho que observe las cosas que me rodean, quieto en un sitio, y que las copie.

—Anda, no me digas, si eso fuera suficiente no habría academias ni cursos de dibujo.

—Él dice que las academias de arte no sirven de nada, que solo valen para pasar el rato y para pagar los sueldos de los artistas fracasados.

Sobre ciertas cosas, mi abuelo tiene las ideas muy claras.

—¿Tienes más?

Fede saca una carpeta repleta de hojas y me la tiende.

Comienzo a hojear los dibujos y todos son preciosos. Fede lleva semanas observando y lo reproduce todo, y yo ni me había dado cuenta. Están la caravana con la mesa delante, la barandilla y el mar a lo lejos, están nuestra casa en Milán, su clase, la calle y el tráfico que se ve desde nuestra ventana. Está también el retrato de una chavalina risueña; es más, hay varios retratos de una chavalina risueña. Intuyo que se trata de Clara, aunque por el dibujo resulta difícil saberlo. Los rostros son aproximados y los dibujos de objetos no son realistas, pero de algún modo reproducen el sentido. La mesa es efectivamente una mesa, así como el mar y las demás cosas, y sin embargo son sumamente sencillos.

—La abuela dice que soy muy naif.

La palabra naif enciende alguna bombilla en la zona de mi cerebro dedicada a la historia del arte, pero no recuerdo nada especial.

—Porque pinto las cosas tal como las veo y como me salen; eso es naif.

Los dibujos de mi hermano me habían distraído durante un rato de mi paranoia y del recuerdo de Daniele, pero sus últimas palabras, además de demostrar que hasta un chaval de trece años sabe más de historia del arte que yo, me devuelven con violencia a mis reflexiones anteriores. Y a Daniele. Daniele dice «Sigue el camino, déjate llevar», Irene Grandi dice «Deja que las cosas pasen, como deben pasar»; Ligabue viene a defender esencialmente lo mismo, y mi hermano, que dice que dibuja como le sale, también. El sentido de la palabra naif, que aún desconozco, va llenándose de nuevos significados, y llego a pensar que Daniele también es completamente naif. Pues bien, volviendo a mi paranoia de antes, ¿qué es lo que me quiere decir todo eso? ¿Cuál es el sentido de estas reflexiones?

61

De Wikipedia: Naif. «La denominación naif (del francés *naïf,* «ingenuo») se aplica a la corriente artística caracterizada por la ingenuidad y la espontaneidad, el autodidactismo, los colores brillantes y contrastados, y la perspectiva acientífica captada por intuición. En muchos aspectos recuerda (o se inspira) en el arte infantil, con frecuecia ajeno al aprendizaje académico.

El concepto naif alude no solo a cierta ingenuidad que, aplicada en el arte, se formaliza en una graciosa falta de conocimientos técnico y teóricos: en algunos casos suele faltar perspectivas o una línea de fuga, así como un criterio ajustado de las proporciones o los colores.

En tal sentido, lo naif se ha asociado, en muchas ocasiones exageradamente, con el heterogéneo conjunto mal llamado «arte primitivo» y con el «arte infantil».

Así que tu hermano se ha hecho artista. (Gioconda risueña)

Tendrías que ver sus dibujos. Tiene uno del camping chulísimo.

Me lo tienes que enseñar.

(mano levantando el pulgar)

¿Qué tal con el rasta?

(carita con ojos con forma de corazón)

Así que ¿se está portando bien?

Sí, estamos bien. A ver, no es que seamos novios ni nada de eso, pero nos pasamos el día juntos.

Entonces sois novios.

Que no. Si solo hace una semana que nos conocemos.

(caritas que se besan con lengua)

Idiota... ¿Tú qué tal con tu marido?

Ya nos hemos separado. La cosa no iba bien.

Caray, lo siento. ¿Qué ha pasado?

Él quería hijos, y yo trataba de explicarle que eso era técnicamente imposible. Pero él no quería atender a razones, así que...

Os habéis separado.

Pues sí... (carita suspirando)

¿Ahora dónde estás?

Nunca lo adivinarías.

(carita interrogante)

Estoy en Lecce. Quería darte una sorpresa y cogí un tren. Ahora voy a dar una vuelta por la ciudad.

Buena idea, luego puedes venir a vernos. (carita risueña)

Pues sí, claro. ¿Cómo se llama tu camping?

Ensenada Azul.

Ensenada Azul, perfecto. Me lo apunto.

¿Le digo a mi madre que ponga un cubierto más en la mesa?

Ah, no sé si me dará tiempo de ir esta noche. Lo más probable es que llegue mañana.

Guay, así te presento a Daniele. (carita meneando la cabeza)

De acuerdo, pues hasta mañana.

62

—Bien, Daniele y tú id hacia el Ensenada Azul y más allá; Mary y Martina irán hacia el otro lado.

—Y tú te quedas aquí rascándote los huevos.

—Yo me quedo aquí currando, guapos, que como no esté yo para sacar adelante el garito todo se va al traste.

Esta mañana hemos quedado todos en el chiringuito. Son apenas las nueve, y Roby está tratando de recuperarse con cafés.

Tenemos que ir a pegar los carteles de la fiesta del 15 de agosto en el chiringuito.

—¿Lo tenéis todo? —pregunta Roby antes de despedirnos—. Carteles, chinchetas, cinta adhesiva…

Tras las palabras «cinta adhesiva», Daniele y yo nos miramos y reímos. Antes de mediodía ya hemos pegado carteles en no menos de diez campings, veinte restaurantes, bares, postes, papeleras… Los hemos pegado en todas las superficies posibles y estamos cansados y empapados de sudor. El sol está en el cenit, y es la hora perfecta para ponerse en remojo o para echar una cabezadita bajo un árbol. Nos queda solo mi camping, donde ahora no hay nadie. Todo el mundo está en la playa.

Avanzamos por en medio de las hileras de tiendas y caravanas como si estuviéramos en una ciudad fantasma. De tanto en tanto, se ve una sombra entre las tiendas o se oye una voz, un murmullo, pero la sensación que predomina es la de estar en una de esas películas en las que el protagonista pasea por una ciudad abandonada. Ya hemos pegado un cartel en el bar y estamos poniendo un par cerca de los baños (el lugar más visitado del camping), cuando de pronto oigo una voz terriblemente familiar.

—La otra vez ya le dije a ese rasta que el director no quiere carteles en el camping.

—Hay que decírselo de nuevo.

Miro a Daniele con gesto interrogante, y él asiente, confirmando lo que acabamos de oír. La situación se complica. Me expongo a que el Animador me pille con un chico, lo que ya sería fatal, pues tendría que aguantar no menos de un cuarto de hora de estupideces. Pero encima resulta que el chico en cuestión es el rasta a quien, según parece, aquel ha echado del camping. Para colmo, está con el director del camping. No, tenemos que salir de esta.

Con una reacción digna de Lara Groft, agarro a Daniele de una mano y corro hacia las duchas. Con la mano libre abro una puerta y me abalanzo hacia el interior.

Justo a tiempo.

—Los he visto ir hacia ese lado.

—Ah, mira, aquí hay un cartel.

Oigo el ruido del cartel arrancado de la pared.

—Oye, Gianmaria, tengo que irme, hazme el favor de quitar estos carteles, y si encuentras a ese chico dile que no vuelva a aparecer por aquí.

¿Gianmaria? ¿Conque el Animador se llama Gianmaria? ¡Como para acordarse!

—¿Ya podemos salir? —pregunta Daniele.

—¡Calla! ¡Sigue ahí fuera!

—Oye, que ese no hace nada, si es un papanatas…

—Ya sé que es un papanatas, pero aun así no puede pillarnos, y ahora calla, que no nos oiga.

Por la rendija de la puerta alcanzo a ver al Animador a pocos pasos de distancia, con los brazos en jarras.

—Bah, voy a salir —dice Daniele y hace ademán de abrir la puerta.

—¡Tú no vas a ninguna parte!

Le obstruyo la puerta y él se echa a reír.

—¡No te rías! Está ahí fuera.

Pero sigue riéndose. Así que no me queda más remedio que tapar su voz con otro ruido.

Con una mano giro la llave de la ducha y hago salir el agua.

En un instante su camiseta está empapada, lo mismo que mis pantalones cortos y mi camiseta de tirantes. Pero, apenas un minuto después, la ducha se cierra sola. Daniele me mira a través de las rastas chorreantes, que le penden delante de la cabeza. Ha dejado de reírse; he conseguido lo que quería. Luego se me acerca y pega su nariz contra la mía, los ojos fijos en los míos. Va a besarme, pero en ese instante me resbalo y me sujeto con una mano a él y con la otra a la llave de la ducha. El agua cae de nuevo, y Daniele me levanta riendo y me besa apretándome con fuerza. Sus manos recorren mis hombros mojados, bajan por los brazos y se detienen para estrechar mis manos. Luego comienza a besarme el cuello, yo le suelto las manos y cojo el borde inferior de su camiseta. Me mira, comprende lo que quiero hacer y levanta los brazos sin dejar de besarme. Entonces yo también levanto los brazos y dejo que me quite la camiseta. Sus manos recorren ahora mi espalda desnuda, llegan hasta el culo, giran por las caderas y suben por los pechos, mientras sus labios descienden lentamente por el cuello. Dejo que me suba la parte de arriba del bañador para besarme el pecho y, segundos después, me desato el tirante y el sostén cae al suelo. La ducha se ha parado ya hace rato. Daniele vuelve a besarme en la boca y ahora se aprieta contra mí. Y siento mi cuerpo contra el suyo, su excitación y la mía. Nuestras manos corren hacia mis pantalones cortos, hacia su bañador, y en un instante estamos desnudos. Ahora nuestros labios solo están ligeramente unidos, porque nuestras manos recorren, exploran con prisa nuestros cuerpos. De pronto Daniele sonríe dentro de mi boca, luego aprieta la llave de la ducha. El agua fría me parece todavía más fría, y por un momento me quedo casi sin aliento. Daniele me besa de nuevo el pecho, a continuación baja hasta la barriga, se arrodilla. Miro correr el agua por mi barriga hacia su boca, que comienza a besarme despacio. El agua se corta y yo cierro los ojos, dejándome llevar por el placer. Hasta que una de mis manos va de nuevo hacia la llave de la ducha y el agua cae otra vez.

63

Dos ojitos amarillos me miran fijamente desde mi barriga.

Tardo unos segundos en comprender dónde estoy y qué hago ahí.

—Hola, Doctor Marley.

El hurón chilla y desaparece debajo del saco de dormir.

Una respiración ruidosa a mi derecha me revela la presencia de un hombre justo a mi derecha. Me vuelvo y lo observo. Duerme bocarriba, con una pierna levantada y la otra extendida, un brazo detrás de la cabeza y el otro sobre el pecho. En el rostro, una expresión inequívocamente feliz.

Por la tela de la tienda advierto que el sol sigue en el cenit. Estoy empapada de sudor; dentro de la tienda habrá al menos cincuenta grados. Pero no me apetece salir. Me apetece permanecer inmóvil y disfrutar de esta sensación. Como si cualquier movimiento pudiera volatilizar el placer que siento en cada centímetro de mi piel.

Bajo ligeramente los ojos y veo a lo lejos la punta de mi pie. La veo y la siento. Siento también el tobillo, la pantorrilla, la rodilla. Presto atención a todas mis sensaciones, más o menos como en esos ejercicios de meditación en los que te dicen que te concentres en cada una de las partes de tu cuerpo. Eso es justo lo que estoy haciendo, solo que sin proponérmelo. Cada parte de mi cuerpo me reclama y es una sensación extraña y un poco ridícula. Ahora percibo cosas hasta en los lóbulos de las orejas o en las uñas de las manos.

En un momento dado, las sensaciones se desvanecen y la mente se instala en lo que acaba de pasar, mientras una felicidad mucho más terrenal llena todas mis reflexiones.

En todos estos días que hemos pasado juntos nunca había pensado que podía pasar esto. Mejor dicho, sí había pensado que podía pasar, pero apenas me planteaba la idea de forma teórica y tampoco quería precipitar las cosas. En realidad, antes que con él solo había estado con Luca, así que sobre el tema me sentía todo menos segura. Pero ha pasado, y me alegro de que haya sido con él, de esta manera.

Mis cavilaciones se ven interrumpidas cuando oigo un suspiro más profundo a mi lado, el suspiro de alguien que acaba de despertarse. Me vuelvo hacia él y lo abrazo; él busca mi cara con los ojos todavía cerrados y me da un beso.

—Me he quedado dormido.

—Yo también.

—Me muero de calor.

—Yo también.

—¿Nos damos un baño?

—¿Y el hurón?

—Viene con nosotros.

—Pero ¿los hurones saben nadar?

Nos ponemos el bañador y en un instante estamos fuera de la tienda, empapados de sudor, yo con el pelo pegado a la frente, él con las rastas de punta. Miramos alrededor despistados, los ojos entornados por la luz.

Él me mira y me da por reír.

—¿Por qué te ríes?

—Porque estoy contenta.

—Yo también.

Y sé que estas cosas son difíciles de explicar, pues todo lo hermoso, dulce y romántico se vuelve inevitablemente patético al tratar de explicarlo. Y a mí todo lo patético, siempre y de forma automática, me deprime. Soy de esas espectadoras que al ver escenas muy empalagosas en la televisión sienten apuro por los actores. Comienzo a pensar que la intimidad resulta necesariamente ridícula a ojos de un espectador externo, y que por eso cuando se cuentan estas cosas siempre se quieren conocer los detalles divertidos.

Cuando llegamos al chiringuito, cogidos de la mano, sentada a una mesa está la última persona a la que esperaba ver.

64

—¡Por fin te encuentro!

Ver a Luca, sentado a una mesa del chiringuito, me parece una alucinación. A mis ojos aún les cuesta acostumbrarse a la luz, y los contornos de mi amigo a contraluz están un poco borrosos.

Sea como sea, Luca ha llegado. Luca ha venido a verme. Corro a abrazarlo.

—Pero… ¿qué haces tú aquí?

—Anoche te lo dije, he dormido en Lecce y luego pensé en venir a verte. ¿He hecho mal?

—No, has hecho requetebién; pero dime la verdad, tú no estabas en Lecce, ¿a que no?

—Por supuesto que sí. Estaba harto de dar vueltas por el mundo.

Daniele me mira con gesto interrogante. Sin embargo, resulta difícil explicarle en pocas palabras que mi amigo no da vueltas por el mundo y que esa es una de las historias que me cuenta por el Messenger desde principios de las vacaciones. Como también es complicado explicar que, cuando me dijo que estaba en Lecce, yo estaba convencida de que se trataba de una de sus tantas bromas. Ahora que lo pienso, la situación podría malinterpretarse: ¿quién es este chico con el que evidentemente tengo tanta confianza y que me da una sorpresa en vacaciones?

—Y ahora, ¿dónde te quedas?

—Lo he intentado en tu camping, pero no hay sitio, así que me quedo en el que está justo aquí detrás.

—Ah… vale.

En ese momento llega Mary, que se nos acerca alegre y se coloca entre Luca y yo. Mary ha venido con otra chica, a la que no había visto nunca.

—¡Vaya, los dos desaparecidos! ¡Por fin os habéis despertado! Hummm, alguien se lo ha pasado bien —dice con voz maliciosa—. Mejillas rojas, cara hinchada; sí, sí, devinitivamente, alguien se lo ha pasado en grande.

Mary rompe a reír y se sienta a una mesa al lado de Luca. La otra chica la mira risueña.

Llega Martina.

—Hola, Ali.

—Hola.

—Pareces un poco flipada, ¿ha pasado algo?

—Hola —dice Luca.

Bien, ya empezamos.

—Luca, Martina. Martina, Luca.

—Encantada. ¿Quieres beber algo?

Luca se queda mirándola embobado. La presencia de Martina, que por añadidura está en bañador, consigue enmudecer durante unos segundos al mismísimo Luca.

—La tierra llamando a Luca —digo para espabilarlo—, te ha preguntado si quieres beber algo.

—Ah, claro. Trabajas aquí, es verdad…

—¿Y…?

—Y… una Coca-Cola. Por favor.

Mary repara entonces en el recién llegado.

—Yo soy Mary.

—Y yo Luca.

—¿Eres amigo de Alice?

—Sí, vamos al mismo instituto.

—¿Acabas de llegar?

—Ahora mismo, todavía tengo que montar la tienda.

Parece una charla entre dos niños que se han conocido en la cola del tobogán.

—Entonces, ¿estás en este camping?

—Sí, aquí detrás.

—¿Te quedas un tiempo?

Así las cosas, Martina interviene:

—Mary, ¿piensas también preguntarle de qué signo es y cuál es su sabor preferido de helado?

—Virgo —dice Luca— y coco.

Martina sonríe, y Mary la mira con cara ofendida.

—Pero ¿es Luca?, ¿tu amigo? —me pregunta Daniele en voz baja.

—Sí.

—¿El Luca que dice que Ligabue es el mayor filósofo de nuestros tiempos? —pregunta un poco más alto, lo bastante para que también lo oiga Luca.

—Sí, sí, el mismo.

Se estrechan la mano. Bien, se han hecho las presentaciones. Probablemente son las peores presentaciones de la historia de las presentaciones, y además la chica que ha llegado con Mary ha quedado excluida. ¿Y ahora? ¿Qué se hace?

Me parece que todos están esperando que Luca pronuncie un breve discurso para explicar cómo se integrará en nuestras vacaciones y, sobre todo, durante cuánto tiempo. O puede que yo sea la única que se lo está exigiendo. Lo cierto es que, aunque me alegra mogollón su llegada, a la vez estoy preocupada. En fin, ahora salgo con Daniele, paso casi todo mi tiempo con él. En Milán, en cambio, no salía con nadie y pasaba casi todo mi tiempo con Luca.

Mientras medito si subirme a la mesa para pronunciar el discurso, llega Roby. Se para al lado de Mary con los brazos en jarras. Acto seguido nos cuenta, señalándonos de uno en uno con un dedo.

—Uno, dos, tres, cuatro, cinco, seis. Chavales, tenemos dos intrusos. Para mí que son el tipo de las rastas y la milanesa. Eh, vosotros dos, que os den.

—Roby, él es Luca, un amigo mío de Milán.

—Y ella es Rosa, mi prima —dice Mary.

—Ah, vaya, eso lo explica todo, perdona, Daniele. Hola, Luca, hola, Rosa.

—Encantado —dice Luca, y le estrecha la mano.

—¿Sois novios?

—¡Que no! —exclama Mary—. Luca es amigo de Alice, y Rosa es mi prima, no tienen nada que ver.

—Ah. ¿Cuánto tiempo estarás con nosotros, Luca?

—Todavía no lo sé.

—¿Dónde te quedas?

—En el camping de aquí.

—Bien. Montarás la tienda al lado de las nuestras.

65

Elegid dieciséis cosas que os llevaríais a la Luna y anotadlas en un folio, en una columna.

No tienen por qué ser cosas materiales. Se puede escribir de todo: mi perro, la amistad, el mar, una nave espacial, Brad Pitt, todos mis amigos, la colección completa de los episodios de los Simpson.

Releed las cosas que habéis escrito y ponedlas de dos en dos. Por ejemplo: mi perro + la amistad. De ahí hay que sacar una palabra que sintetice ambas cosas o bien hay que elegir una de las dos. Y seguid así hasta que solo quede una palabra.

Esa palabra describe el estado de ánimo que tienes en ese momento.

Puede hacerse infinitas veces, pues saber la solución no varía el resultado.

La primera vez que Luca me hizo ese test, me salió «huida». No soy muy original, lo sé. Tengo curiosidad por saber qué saldrá en los tests de Martina y de Mary.

Cuando las chicas terminan sus respectivos tests (a Martina le ha salido «isla desierta» y a Mary «diversión»; a Rosa, no lo sé), nos vamos al agua.

Martina, Mary y su prima están entusiasmadas con el test de Luca y lo siguen comentando.

Nos sentamos en el escollo de siempre, mientras el sol se pone rápidamente en el horizonte.

Solo cuando estamos en el mar, Mary me presenta como es debido a la recién llegada, Rosa, su prima, quien, ni que decir tiene, es de Milán, donde está en primero de carrera. Nos estrechamos la mano al tiempo que flotamos en el agua, una operación más complicada de lo que me habría imaginado nunca, y cruzamos dos frases sobre Milán.

Entretanto, mi cabeza se halla en otro lugar. Estoy considerando las perspectivas de la noche y, en general, los nuevos equilibrios de las vacaciones, ahora que además está Luca.

Mientras estoy absorta en mis reflexiones, advierto que Luca está charlando animadamente con la prima de Mary, que es una copia de Mary en versión «apta para menores». Está interpretando su típico papel de filósofo cínico-absurdo, y ella le ríe mogollón las gracias.

—Pero ¿qué es un blog?

—Es como una página.

—Entonces, ¿por qué se llama blog?

—Porque no es exactamente lo mismo, en un blog también pueden escribir los visitantes, y además un blog pueden llevarlo varias personas.

Mi madre me mira con perplejidad. Esto del blog es incapaz de entenderlo.

—¿Y tú qué escribes en el blog? —pregunta a Luca.

—Pues, depende del blog, tengo más de uno.

—Alice, ¿tú los has visto?

—Sí, claro, tú también puedes verlos, en el camping hay internet.

Mi madre me mira como si acabase de soltar un disparate: ¿ver un blog en un camping? ¡Anda ya! Lo cierto es que, como madre, está bastante al día, usa el correo electrónico, navega por las páginas que le interesan. Pero aún no tiene claros ciertos mecanismos, como que el correo puedes revisarlo en cualquier parte del mundo y que no está en tu ordenador, sino en la red.

Fede mira a Luca con creciente admiración.

—¿Yo también puedo hacerme un blog?

—Claro, se tarda muy poco, es facilísimo. Luego te enseño.

—Qué pasada...

—¿Puedo colgar dibujos?

—Por supuesto, solo necesitas un escáner, o sacas fotografías de los dibujos con una cámara digital y los pasas directamente con un cable USB.

Para mi madre ya es demasiado. Tras lo de «cable USB», ha dado muestras de rendirse. Mi abuela nos mira intrigada, mientras que creo que mi abuelo no tiene la más remota idea de lo que estamos hablando.

Al final le he dicho a Luca que viniera a cenar al camping, pero no me imaginaba que justo esa noche mi madre ya había invitado a más gente. Están también Clara y sus padres. Es preferible que sea así. En situaciones como esta, cuanto más jaleo hay, mejor.

Luca ya conoce a mi familia, así que no he tenido que ayudarlo a integrarse; de todas formas, a juzgar por cómo han ido las cosas en el chiringuito, sin duda no puede decirse que le cueste integrarse.

Una vez que terminamos de cenar, y tras el *limoncello* de rigor, Luca se levanta y dice que debe volver al camping, pues está muy cansado por el viaje.

—¡Ven con nosotros a la playa mañana! —exclama mi hermano.

—Claro que sí —interviene mi madre—. Ya lo ha dicho Fede, vente con nosotros mañana.

Por la noche, antes de irme a dormir, hago el test de Luca.

Resulta curioso que el resultado de mi test, hecho unas horas después, sea el mismo que el de Martina: «isla desierta».

Me duermo pensando en una isla desierta en la que no tengo que pensar en nada. Pero mientras mi imaginación pasea tranquila por la playa de la isla, detrás de una improbable palmera repleta de cocos, aparecen todos, Daniele, Luca, Mary, Martina, Roby, mi familia, Chiara... No falta nadie. Caminan por la playa en una especie de formación. Vienen hacia mí. Sin embargo, cuando se cruzan conmigo, nadie me ve, siguen andando y yo vuelvo a encontrarme sola en la playa.

66

El día ha empezado como el culo. Creo que cuando el próximo año vaya a Oxford con Martina tendré que corregir mi vocabulario, pero de momento puedo decir cómo están las cosas.

Me he despertado a las seis de la madrugada por culpa de una pesadilla, diría que una pesadilla de las que podríamos clasificar como de repertorio: estaba en el instituto, pero en pijama. Además, había vuelto al curso anterior. O sea que, por el cate tenía que empezar todo desde el principio. En el sueño salía mi profesor de Religión, que me decía: «Mejor así, lo vuelves a hacer todo desde el principio y puedes establecer un nuevo calendario».

A las diez he llamado a Daniele para explicarle que mis padres habían invitado a Luca a la playa y que por eso no podíamos quedar. Él ha respondido con un neutro «Vale». Cuando luego le he dicho que más tarde, a eso de las seis, iría al chiringuito; me ha dicho que sí, que nos veríamos allí, claro, si, total, también Luca tenía que regresar al camping, ¿o no?

Lo he notado molesto. Entonces me ha asaltado un temor, el miedo a que la llegada de Luca pudiera estropear las cosas entre Daniele y yo y, más en general, interferir con mi verano.

Las vacaciones acababan de empezar a ir bien y ahora, con la llegada de Luca, es como si el año pasado, con el cate y todo lo demás, hubiese vuelto a visitarme.

Y además está el asunto del calendario y del profesor de Religión.

Mi profesor de Religión es uno de los raros ejemplos de teólogo ilustrado, y está convencido de que en el instituto hay que estudiar *las* religiones, no *la* religión.

En una de las primeras clases, nos explicó que los hombres establecen su propio calendario en función de un hecho que consideran único y prioritario. Así, los católicos cuentan los años a partir del nacimiento de Jesucristo, mientras que los paganos usaban las Olimpíadas. Entre otras cosas, porque los dioses paganos no tenían un año de nacimiento ni una manifestación terrenal. Al terminar la clase, nos pidió que cada uno escribiéramos un calendario en función de otro parámetro importante para la sociedad.

Salieron calendarios de todo tipo.

Las mejores fechas elegidas para el año cero fueron: la invención de la pizza margarita, la primera liga ganada por el Inter de Milán y la primera edición de *Gran Hermano,* pero tampoco faltaron la aparición de internet, la revolución cubana y el nacimiento de la República Italiana.

El sentido del ejercicio era el siguiente: la decisión del año cero se toma siempre a posteriori, una vez que la historia ha demostrado la importancia de ese acontecimiento. Y condiciona la manera de ver los acontecimientos futuros.

Unos meses después de la clase, hice por primera vez el amor con Luca, y al día siguiente me acordé de aquel argumento y pensé que aquel hecho venía a representar para mí el año cero. Me reí de mí misma y de la idea. La verdad es que no pensé que iba a perseguirme durante los años siguientes.

Tengo ganas de cambiar mi calendario, tengo ganas de dejar de lado a Luca. Pero me doy cuenta de que no es nada fácil, y el hecho de que Luca esté aquí conmigo en la playa sin duda no facilita las cosas.

—Ali, ¿todo bien?

—Sí, sí, lo único que pasa es que he dormido mal, he tenido una pesadilla.

—¿Con qué has soñado?

—Uf, es un cacao. Estaba en el instituto en pijama y tenía que volver a hacer todo el bachillerato desde el principio. Ya, seguro que es la típica pesadilla de cateada.

Luca me mira y pone cara seria, pero se nota demasiado que tiene ganas de reír.

—¿Qué tiene de gracioso?

—Nada, nada, Ali, volvamos a pensar en Salento, que es mejor. Por ejemplo, tus amigos de aquí son simpáticos, ¿no?

—Sí, es verdad, estoy a gusto.

—También el rasta.

—Sí.

—De todos modos, tú estás rara, Ali.

—No, ¿por qué lo dices?

—Porque no me miras a los ojos desde esta mañana.

—¿Qué dices? No es verdad.

—Sí que es verdad.

—Es porque estoy un poco pensativa.

—¿En qué piensas?

—Verás, ya me había olvidado de Milán y del año pasado. Y ahora que estás tú…

—Me he traído ambas cosas conmigo en el tren, ¿verdad?

—No, a ver, no quiero decir que sea culpa tuya, pero… me has devuelto un poco a la realidad.

—¿Quieres que me marche?

—Que no, anda, no seas tonto. A ver… yo qué sé, empezaba a construirme nuevos equilibrios y, tú… yo qué sé, me lías.

—¿Que yo te lío?

—No te lo tomes a mal, no tengo nada contra ti, lo que pasa es que me había acostumbrado a tenerte como asesor externo y que estés aquí me resulta raro.

Lo del asesor externo no parece entusiasmarlo y, efectivamente, ha sido demasiado crudo. Procuro rectificar.

—Pero me alegra que estés aquí.

—¿Es por Daniele?

—No, o sea, no lo sé, a lo mejor también es por él.

—¿Él sabe que… bueno, que hemos salido?

—No, no se lo he dicho; además, eso qué más da, no tengo por qué contárselo todo.

—Pero ¿se ha cabreado?

—No, pero… En fin, si tú estás aquí la consecuencia es que lo veo menos, y además estás en su mismo camping, al lado de su tienda. Él sabe que eres amigo mío, y también es normal que se lo haya tomado un poco mal.

—¿Me estás diciendo que hay algo que no le gusta?

—No, no lo sé, es lo que yo pienso, puede que no sean más que películas mías.

—Anoche me parecía tranquilo, también conmigo.

—¿Anoche? ¿Cuándo? —pregunto, con un tono de Gestapo que me sale sin querer.

—Anoche, cuando volví al camping. Él estaba con Martina, Roby y esa tía, la prima de la pullesa.

—Ah.

—Y nos quedamos un rato charlando y él estuvo simpático conmigo, no me parecía enfadado, después nos quedamos solos y…

—¿Y qué?

—Y nada, nos quedamos solos, y ya está, únicamente quería decirte que estaba tranquilo.

—Vale.

—Oye, ¿te ha pasado algo con él?

—No, no, va todo bien. Venga, dejémoslo, me he hecho el típico paquete de paranoias.

—Paquete tamaño familiar, diría.

—Tres por dos, con un veinte por ciento gratis.

—Y con cincuenta puntos de regalo.

—Sí, vale —digo riendo—, tema zanjado.

67

La presencia de Luca marca un cambio decisivo del eje hacia el chiringuito. Ahora veo a mis padres solo en el desayuno, y no siempre, y en la cena, cuando regreso. Ellos me dejan hacer. Noto que no están contentos, pero creo que la presencia de Luca los tranquiliza.

Como con Daniele en el camping, a veces ni comemos y nos quedamos en la tienda haciendo el amor. Por la tarde vamos a la playa, pero nunca antes de las cinco, y nos quedamos con los demás, en el escollo de siempre, donde Luca pasa gran parte del día. Solo regresa al camping por la noche, para dormir, y por la mañana, según Daniele, nunca está. Martina se muestra especialmente tranquila, charla mucho con Luca y se divierte con sus tonterías. Rosa también habla mucho con Luca y tengo la impresión de que está intentando ligárselo. Todos se divierten escuchando sus tonterías y las teorías que prodiga de la mañana a la noche. De vez en cuando pienso en el año que me espera, en la vuelta al instituto, a una clase nueva, en lo que me dirán los profesores, pero procuro siempre ahuyentar ese pensamiento, aunque empiezo a sentir que se aproxima el final de las vacaciones.

Mary y su prima están tumbadas tomando el sol, totalmente embadurnadas de aceite. Los demás charlan de filosofía rasta, el tema que Daniele saca siempre que puede. En eso, Martina se me acerca.

—¿Nos damos un baño?

Estoy pensando en el primer día de instituto, en una clase nueva, en mis nuevos compañeros, que seguramente, por lo menos al principio, se referirán a mí como a «Alice-qué-Alcice-la-repetidora». Por eso la propuesta de Martina queda muy en la cola de mis reflexiones.

—Ali, ¿estás ahí?

—Sí, sí, perdona. ¿Quieres ir al baño?

Martina se echa a reír.

—Te he preguntado si nos dábamos un baño.

—Ah, vale, por supuesto.

Martina se lanza desde el borde del escollo, mientras que yo, prudente, me siento y entro despacio en el agua.

Nadamos hacia el fondo, o mejor dicho, yo sigo a Martina, que nada hacia el fondo. Mi cabeza sigue perdida en el año que viene. ¿Y si me vuelve a ir mal? ¿Si vuelvo a repetir? Hasta hace una semana, la idea de repetir curso la había relegado a los Pensamientos Apocalípticos Antes de Acostarme, y en cambio ahora parece que quiere acompañarme todo el día.

Llegamos a un pequeño escollo que sobresale del mar, a unos cien metros de la orilla. Martina se incorpora en un punto donde las olas cubren la roca. Es probable que desde lejos parezca que camina sobre el agua.

—Venga, sube —dice, y me tiende una mano.

Dejo que me ayude y me pongo de pie a su lado.

—Me gusta mogollón este escollo. Es como una islita.

—Sí, es bonito.

—Ali, ¿qué pasa? Es como si estuvieras en otro planeta.

—Pues sí. Estoy en el planeta Próximo Año.

—¿No me digas?

—No sé por qué estoy así. En parte es porque las vacaciones ya se terminan, y en parte…

No consigo terminar la frase, pues estaba llegando a una conclusión que no había previsto.

—¿Y en parte?

—No lo sé.

—Al final ha salido mejor de lo que podías esperarte, ¿no? Al menos vas a tener unas vacaciones decentes. Ahora, por añadidura, ha llegado el famoso Luca. A ver, no quiero decir que el cate haya dejado de ser un problema, pero diría que hace una semana ya no pensabas en eso.

—Sí, es verdad.

—¿Entonces? ¿Qué ha cambiado?

La respuesta vuelve a cobrar forma en mi cabeza, pero es más una coincidencia cronológica que una explicación real. ¿Qué pasó hace una semana? Que llegó Luca. Martina parece leer mis pensamientos.

—¿Luca tiene algo que ver?

—Sí… sí. A ver, no es culpa suya, pero él es mi vida en Milán. Si no os hubiese conocido a vosotros, su llegada me habría encantado, pero así… no sé, es como si tuviera que elegir siempre.

—Pero no tienes por qué elegir. Puedes tener a Luca y también tenernos a nosotros.

—No es lo mismo. No soy la misma persona con Luca y con vosotros.

Martina me mira con expresión perpleja. Ya estamos completamente secas, y el sol empieza a notarse. A lo lejos, en un escollo, distingo a Daniele y a Luca, que están charlando.

—¿No es lo mismo por Daniele o por nosotros?

—No, no es por Daniele. Es que… bueno, con Luca tengo una relación muy especial. Es la persona que siempre me escucha cuando me como el tarro, y ahora…

—Y ahora no te comes el tarro.

—Sí… a ver, no, ahí sigue lo del cate, y en estos días no hago más que darle vueltas, pero ahora salgo con Daniele. En fin, no lo esperaba, estaba segura de que no vendría. Le pedí que viniera a verme y él me respondió que nunca vendría. Y aquí lo tienes.

—A vosotros dos no os termino de entender.

—¿A Luca y a mí?

—Sí, a ver, salíais juntos y ahora sois amigos, y él no parece enamorado ni nada. No sé, si incluso ha hecho amistad con Daniele.

—Sí, es verdad, y también me choca un poco verlos charlando.

—Ali, pero ¿por qué rompisteis?

—No lo sé, sencillamente rompimos.

—Ya, pero tuvo que haber un motivo.

—Fue la persona adecuada en el momento equivocado. Nos conocimos demasiado pronto. Si nos hubiésemos conocido ahora, las cosas habrían sido distintas. Yo estaba enamorada, y él también. Pero ya sabes que todo cambia, y cuando se acaba no quieres pensar que estabas realmente enamorada, pues eso significaría que has perdido a la persona a la que amabas.

Martina me mira en silencio. No estoy segura de que entienda lo que estoy diciendo.

—Todo era especial. Nos entendíamos a la perfección y seguimos haciéndolo, pero cuando salíamos era diferente; a ver, es estupendo salir con un tío con el que te entiendes y compartes ideas y ganas de hacer las mismas cosas. Aunque también es complicado.

—¿Daniele y tú no os entendéis?

—Con Daniele es distinto. Él no es como yo, es diferente, y todo es más sencillo. No tengo que exponerme, no más de la cuenta.

—Tú sigues queriendo mucho a Luca.

—Sí, pero no como novio, más como compañero de viaje.

—¿En qué sentido?

—Cuando lo dejamos, Luca me escribió una carta. Al final decía: «Dos buenos compañeros de viaje no deben dejarse nunca, aunque elijan barcos diferentes, siempre serán dos marineros…».

—De Gregori.

—¿Cómo?

—Es una canción de De Gregori. Adoro esa canción.

—No lo sabía.

Luca citando una canción de De Gregori. No doy crédito.

—Bueno, de todas formas, ese es el sentido. Yo sé que siempre tendrá un lugar en mi vida, aunque…

La idea que trato de expresar se convierte en un doble sentido tremendamente previsible y me da por reír.

—¿Aunque?

—Aunque se embarque con otra.

Martina ríe, y temo que al pobre De Gregori le estén pitando los oídos.

—Oye, no pasa nada. Que si es por eso, me embarco yo.

—No, tú no.

Mi reacción debe de haber sido demasiado brusca, porque Martina echa hacia atrás la cabeza y me mira atónita.

—A ver, tú no puedes. Si tiene que hacerlo, debe ser lejos de mí, no podemos embarcarnos si sale contigo; si no, la canción no funciona.

—Así que ¿ahora tú y yo estamos en el mismo barco?

—Bueno, yo diría que sí.

Martina me mira con una sonrisa feliz.

—Sí, yo creo lo mismo. Dejaré en paz a tu compañero de viaje. Me interesa más una buena amiga con la que pueda hablar cuando haya tormenta.

—Uau, nos lucimos con las metáforas…

—Has empezado tú.

—Es verdad.

—¿Quedamos entonces en que a ti no te parecerá mal que Luca encuentre por ahí una sirena?

68

Chiringuito, Pulla, Italia, año 1 D.P.V.C.L., pues así es como están las cosas. Es evidente que sigo contando mi tiempo Desde la Primera Vez que hice el amor Con Luca. Tengo la impresión de que lo que me ha pasado con Daniele no va a hacer que este verano se convierta en el principio de una nueva era.

Están todos, Martina, Roby, Mary, Daniele y Rosa, quien ya es evidente que sigue ligoteando con Luca. Tal y como están las cosas, es completamente lógico que yo sienta la necesidad de defender mi calendario. Por Mary he descubierto que su prima estudia Filosofía en la universidad pública, y Luca detesta a los que estudian Filosofía.

—Así que ¿estás en Filosofía? —pregunto, interrumpiendo teatralmente su charla con Luca.

—Sí, se lo estaba contando.

—¿Y te gusta?

—Sí, sí, creo que estaré en paro de por vida, pero me gusta. Luca me contaba su teoría sobre Ligabue… el mayor filósofo de nuestros días.

Todos se giran hacia Luca con gesto divertido y él cuenta su chiste sobre Ligabue, suscitando las risas de todos los contertulios.

Uno a cero a favor de la filosofía.

—¿Y tú qué haces?

—Estoy en bachillerato… y todavía tengo que seguir un tiempo.

—¿Qué quieres decir?

—Repito curso.

—Lo siento.

Dos a cero a favor de la filosofía y final del partido.

Seguimos charlando y bebiendo cerveza. Les he dicho a mis padres que cenaría en el camping con Luca. Daniele está de excelente humor, conversa, ríe y efectivamente habla sin problemas con Luca. Todos hablan encantados con Luca.

Mi temor ha cobrado una nueva forma: tengo miedo de que Luca me relegue a un segundo plano. Me imagino lo que pueden decir Martina y Mary en mi ausencia.

—El amigo de Alice se enrolla muy bien.

—Pues sí, es simpático. No como Alice.

—Ya, dejemos de verla.

—Sí. ¡Que Alice se vaya a hacer puñetas!

Vale, me estoy pasando. Seguramente podría ver las cosas de manera más positiva: tengo un amigo muy simpático al que he traído aquí. Madre mía, a veces a veces me doy lástima.

Entretanto, he apurado mi vaso de cerveza. Lo relleno y bebo un trago. A decir verdad, nunca me ha gustado la cerveza, aunque sí esa sensación de ligero mareo que me da después de dos o tres vasos. Bebo, pues, y también lo hacen los demás, y al rato empiezo a sentirme más tranquila, con la cabeza más ligera.

A las ocho casi todos los clientes del chiringuito se han marchado. Nosotros todavía tenemos los vasos llenos y varias botellas vacías sobre la mesa. Me vuelvo hacia Daniele y sonrío.

—¿Qué tal?

—Bien. ¿Y tú?

—Bien.

—Entonces todos estamos bien —dice él con acento napolitano.

Río.

—¿Y tu amigo Luca?

—Se ha integrado, ¿verdad?

—Yo diría que sí. Creo que la prima de Mary le ha echado el ojo…

—¿Te parece que le está tirando los tejos?

—Compruébalo tú misma.

Me giro hacia Luca y veo que Rosa le está hablando a menos de un palmo de la cara. No para de reír, con una mano posada en su hombro.

—Sí, diría que tienes razón.

Daniele me pone una mano sobre la rodilla, se acerca y me da un beso. Yo le correspondo con más ardor, con la complicidad de la oscuridad.

En un momento dado, Mary se aproxima y me rodea los hombros con los brazos.

—Ali —me susurra a un oído.

—¿Qué pasa?

—Acompáñame a hacer pis.

—¿Adónde?

—A los setos, ahora ya no hay nadie.

Me levanto arrastrando ruidosamente la silla hacia atrás, y en eso noto la cabeza pesada. He bebido más de la cuenta, con el estómago vacío, pero no me encuentro mal. Solo tengo algún problema de estabilidad. Doy unos pasos tambaleándome antes de recuperar el equilibrio. Y me doy cuenta de que yo también tengo que ir al lavabo con urgencia.

—Nos vamos al lavabo —digo en voz alta, demasiado alta, a la mesa.

Todos estallan en una risotada, y Roby me imita, versión borrachín en las últimas. Yo también me río, pero en ese instante Mary me saca de ahí de la mano.

No bien pasamos una pequeña duna, Mary se pone en cuclillas.

—Ali —empieza, mientras hacemos pis—, ¿puedo decirte algo?

—Claro, lo que quieras, pero si te has enamorado de mí, olvídalo, no soy lesbiana.

Que estoy borracha, ¿vale?

—Guapa, si me hubiese enamorado de ti, tú te desvivirías por corresponderme.

Rompemos a reír y yo siento que el alcohol se me sube a la cabeza.

Ella se incorpora y se coloca la falda.

—Verás, es un asunto serio —dice, procurando ponerse seria, pero su frase no hace más que provocar un nuevo estallido de risa.

—Cuenta, ya estoy seria.

—Vale, tienes que decirme qué hago.

—¿Que yo tengo que decirte lo que tienes que hacer?

—Sí, porque si quieres la paro, porque la puedo parar, pero si no tienes nada en contra, la dejo.

—No entiendo.

—¡Venga, Ali! Estoy hablando de mi prima, que está ligando con Luca. Yo no sé de qué va este Luca, aunque me parece que él y tú tenéis algo especial, pero ahora tú estás saliendo con Daniele, ¿a que sí?

—Pues sí.

—Oye, dime qué quieres que haga, si quieres que la pare, ella para, o sea, ella misma me lo ha dicho.

—¿Ella te ha pedido que me preguntes esto?

—Sí, sí, ya sabes que es un poco filósofa, son las cosas que estudia, pero aparte de filósofa también es un poco mendruga, así que…

Nos echamos a reír de nuevo, porque la ebriedad gana en esta historia.

La verdad es que no me había dado cuenta de que las cosas entre Luca y Rosa habían llegado tan lejos. Pienso en las palabras de Martina. Me parece que Luca ha encontrado una sirena.

—¡Pues dejemos que se diviertan! —exclamo alzando el vaso de cerveza, que (solo entonces me percato) había traído conmigo.

69

—Yo viviría en un barco. Cada día en un puerto distinto. Cuando hace frío te vas al sur, en verano te vas al norte.

Daniele está entusiasmado con el barco de Mary. Su padre nos ha invitado a pasar el día y ella nos ha asegurado que su padre es simpatiquísimo. Martina no está tan convencida de los proyectos despreocupados de su amigo.

—¿No me digas? ¿Y de qué vivirías?

—De la pesca. Tienes todo el pescado que quieras.

—¿Y el combustible, el amarre en los puertos? Además, tampoco puedes alimentarte a base de pescado.

—Bueno, pero tendría un curro guay, que puedo hacer en el barco.

—¿Como cuál?

—Podría hacer documentales. Viajas todo el año, cuentas lo que haces y te pagan mogollón de dinero. Ali, ¿te apuntas?

Daniele se levanta y se me acerca.

Me besa y me mira emocionado.

—Por supuesto, el barco tendría conexión a internet vía satélite —añade.

—Entonces me apunto, siempre que me dejes usar el Messenger. Pero ya mismo, así no tendré que volver al instituto.

—Claro, después de todo, ¿de qué coño te sirve el instituto? Es más, mejor que no lo acabes, así serás un poco más excéntrica.

—¿Se necesita ser excéntrico para ir en el barco?

—Bueno, yo ya tengo rastas; Boby, tatuajes...

—Y yo seré la que se ha quedado en primero de bachillerato...

De pronto, el rostro de Martina se ilumina.

—¡Podríamos abrir un local itinerante!

—¡Fenomenal! Entonces, ¿te apuntas?

—¿Hay locales itinerantes?

Daniel y yo nos miramos. Ninguno de los dos ha oído hablar jamás de locales de ese tipo.

—Iremos de un puerto a otro, haremos un calendario con las fechas.

—¡Y yo pondré la música! —exclama Daniele.

—¿Y yo qué haré? —pregunto riendo.

—Tú te encargarás de la oficina de prensa —continúa Daniele—. Creo que se te dan bien esas cosas.

—¿«Esas cosas»?

—Entablas contacto con los puertos, publicas artículos en los diarios... Serías como la periodista del grupo.

—La periodista con primero de bachillerato.

—Es perfecto. Sí, decidido, tú eres la periodista.

El *Gin Tonic III* (así se llama el barco del padre de Mary) es realmente grande. Esto es todo lo que sé decir, dado que nunca he estado en un barco, si se excluye un paseo que hice de pequeña en una barquita de plástico, para ver unas grutas o algo semejante. Para mí los barcos se dividen en «grandes» y «pequeños», clasificación sofisticada donde las haya, sin duda. El *Gin Tonic III* es grande y no tiene vela, solo motor.

Tras una horita de viaje, en el cual descubro que me mareo en el mar, aunque no vomito, atracamos en una ensenada, donde ya hay un par de barcos de vela «pequeños».

Durante la travesía, Luca, ni que decir tiene, charla todo el rato con el padre de Mary, un gordinflón simpático y bigotudo que parece efectivamente muy a gusto con los amigos de su hija.

—¡Luca! ¿Nos untas aceite en la espalda?

Rosa ha ligoteado con Luca durante toda el trayecto, pero, a la vista de nuestro anterior enfrentamiento (dos a cero…), he preferido no entrometerme. Además, bien mirado, ella misma le ha pedido a Mary que me pregunte si podía tirarle los trastos. Desde luego que no me esperaba un ataque tan directo.

Luca empieza a untar aceite en la espalda de la prima de Mary, y yo sigo proyectando mi futuro en el barco-local itinerante con Daniele, sin quitar ojo al progreso de la situación Luca-prima.

—He visto tu blog —dice Rosa—, ¡es una pasada! Te he escrito.

—Hoy todavía no lo he mirado. ¿Qué has escrito?

—He anotado los sitios de Lecce a los que puedes ir cuando haces novillos. ¡De todos modos, has tenido una idea genial!

—Si quieres, te incluyo entre los autores, así tú también podrás escribir los posts.

—Sí, venga, pero tendrás que explicarme cómo se hace, porque no tengo ni idea.

—Cuando quieras, es facilísimo.

—Por qué no vienes a mi casa mañana, tenemos red inalámbrica en toda la casa.

—Sí, claro.

Vaya, estoy segura de que a mis padres les costaría captar el sentido de esta conversación, pero se trata de una versión actualizada de la clásica invitación a «ver la colección de cromos».

Daniele y Martina siguen proyectando el barco-local itinerante, al tiempo que yo llego dando tumbos con el culo por el banco hasta el grupito pullés + Luca.

—Yo también tengo un blog —digo—, está enlazado con el de Luca.

—Ah, ¿sí?, no lo he visto —contesta Rosa, con la voz distorsionada por la mano de Luca, que le presiona en la espalda: mitad suspiro y mitad gemido de placer.

—Es verdad, Ali, ¿cómo llevas tu blog? —pregunta Luca.

Seré sincera, mi blog no lo llevo. Lo hice con Luca en un cibercafé, un día que habíamos hecho novillos, pero creo que como mucho habré escrito en él tres o cuatro veces.

—Muy guay, he escrito mogollón, ¿te acuerdas de cuando lo hicimos? Luego apareció ese etíope que nos contó toda su vida. Nos lo pasamos bomba.

—Sí, es verdad —dice Luca.

Daniele y Martina han dejado de hablar, atraídos por nuestra conversación.

—Lo convencimos de que contara su historia en la webcam —explica Luca—, y la puse en el blog. Él estaba emocionado.

—No sabía que tuvieras un blog —me dice Daniele.

—Sí, lo hice con Luca —respondo y luego, mirando a Luca—: ¿Sigue estando ese vídeo?

—Sí, claro.

—Me lo tienes que enseñar —dice Daniele.

—Está en su blog.

—No, me refería a tu blog, me gustaría verlo. ¿Yo también podría escribir?

—Sí, sí, uno de estos días te lo enseño.

—Entonces, ¿quedamos? —pregunta Rosa—. Mañana vienes a mi casa y me haces mi blog.

—Luca, todavía tienes que explicarme cómo se suben los vídeos —intervengo—, a ver, sé subir las fotos, pero no los vídeos, como los de YouTube.

Mi pedido cae en el vacío.

Rosa se pone de pie, en un acceso de entusiasmo.

—¿Y yo podría llamar a mi blog como quiera, digamos «Sexy Girl»? ¿Y podría hacerlo de color rosa y poner los consejos que da mi revista favorita de moda sobre compras y ropa?

Mary, que hasta ese momento se ha mantenido al margen de la conversación, levanta la cabeza.

—No sé qué cuernos es ese blog, pero si lo vais a llamar «Sexy Girl», tenéis que poner mi foto.

—Podéis poner la foto de las dos. Venga, mañana os doy una clase.

—¡Mañana me das una clase a mí! —salta Rosa—. La idea ha sido mía.

—Luca, ¿te acuerdas de la vez que hicimos sonar el himno de Italia en el taller de informática?

Un día Luca y yo estábamos conectados a su blog en el aula de informática y él puso el vídeo con el himno de Italia del mundial.

Los chillidos de Rosa silencian mi pregunta.

—¡Ay, ay, qué pasada! ¡Para mañana estás reservado!

—Después nos enlazamos todos —interviene Daniele, imponiéndose a los gritos de Rosa.

Me da a mí que a Daniele esto de los blogs ni le va ni le viene. Lo único que pretende es participar en la conversación.

—¿Qué pasa, tú también tienes un blog? —pregunto con tono incrédulo.

—No, pero visto lo visto, me lo abriré. Ya que lo hacen todos...

—Ya, claro... —digo, y me sale una voz de pito desagradable, como si alguien me hubiese dado un pellizco en mitad de la palabra.

—Oye, ¿acaso no me lo puedo abrir? —pregunta Daniele, visiblemente ofendido.

—Sí, sí, pero ¿de qué vas? No porque se lo abran todos lo tienes que hacer tú.

De nuevo la voz de pito, a la que se ha sumado un matiz de enfado.

—¿Qué?

Ahora su tono es casi molesto, y me parece una reacción desproporcionada.

—No, nada, perdona... —corto en seco.

Al volverme otra vez hacia Luca, mi mirada se cruza con la de Martina. En sus ojos hay un atisbo de perplejidad, que podría tomarse por un reproche.

—Oye, Luca, si te escribo, ¿yo también podría ser autora en tu blog?

Pero Luca se ha marchado. Me vuelvo alrededor y solo encuentro la mirada de Mary.

—Han bajado por bebida —dice y ladea la cabeza.

Entonces Martina se levanta, suspirando.

—¿Nos damos un baño?

—Sí —contesta secamente Daniele.

—Yo me apunto —dice Mary.

—Sí, pero ¿y los otros? —pregunto, como si pudiera haber más «otros» que Luca y Rosa.

—Sobrevivirán —rebate Martina, justo antes de lanzarse al agua.

70

Martina saca un cigarrillo de una cajita de plástico que lleva colgada del bañador y lo enciende.

—¿Tienes una pitillera de playa? —pregunto, pero ella no responde.

Mi voz debe de tener un virus que impide que los seres humanos me oigan. Hemos llegado a nado a la playa y nos hemos tumbado al sol. Tras unas pocas brazadas, Mary ha dicho que volvía al barco. Así que ahora solo estamos Daniele, Martina y yo. Daniele se encuentra sumido en un raro mutismo.

—Creo que Luca y tú haríais una buena pareja —dice de golpe, sin apartar la vista del mar.

—¿Yo? —pregunta Martina, y expulsa una nube de humo.

—No, no, Alice.

—Pero ¿qué dices? ¿Por qué? —pregunto.

—Es solamente una idea, os lleváis bien.

Las palabras de Daniele dan lugar a una pausa gélida.

—Además, con esto de los blogs…

—Anda, no digas bobadas.

No sé qué escenita pretende montar Daniele ni adónde quiere ir a parar. Aunque me imagino que se ha ofendido por el tono de mi respuesta cuando estábamos en el barco. Por otra parte, Daniele no sabe que Luca y yo hemos sido novios y puede que, de haberlo sabido, no hubiese reaccionado así.

—Luca y yo somos amigos. Hemos…

Quisiera decir algo más, pero no encuentro las palabras para aplacar el enfado en la voz de Daniele. Busco entonces la mirada de Martina. Ella me mira unos segundos, los suficientes para que repare en el reproche que hay en sus ojos. A continuación se levanta.

—Yo vuelvo con las sirenitas.

Al día siguiente, Daniele pasa a recogerme temprano en su scooter y salimos a dar una vuelta. Recorremos de nuevo los caminos de tierra que atraviesan viñedos y olivares, y me abrazo a él en busca de aquella sensación de seguridad y paz que experimenté la primera vez. Volvemos a la ensenada, pero hay un par de familias con niños acampadas en el pinar. Aun así nos damos un baño y vamos a la gruta, donde, como la primera vez, Daniele me besa.

De vuelta en el camping, Daniele quiere que hagamos el amor. Me dejo llevar, pese a que estoy un poco confundida. Tengo la impresión de haber vivido una pobre repetición de nuestra anterior excursión en scooter. Como un largo *déjà vu* que ha durado todo el día. Solo que ahora el *déjà vu* ha terminado, y yo estoy cansada y pensativa.

—¿Qué pasa? —me pregunta mientras seguimos desnudos en la tienda.

—Nada.

—Pasa algo entre nosotros, y no lo entiendo…

—Porque no hay nada que entender… A ver, soy yo quien no entiende, ¿dime cuál es el problema?

Se le ve indeciso, debe de haber pensado mucho en lo que me quiere decir, y me temo que tampoco se le da muy bien plantear este tipo de cosas, hablar de los Problemas.

—El problema es que tengo la sensación de que ha cambiado algo. Vale, hoy lo hemos pasado bien, la vuelta en scooter, la gruta, luego hemos hecho el amor, aunque… en fin, hay algo diferente. Además, cuando estamos con los demás, tú estás distinta, no sé, es como si cambiaras…

—Bueno, eso es normal… —intento replicar, pero caigo en la cuenta de que es una respuesta automática y de que en realidad no sé qué decir.

—Ali, detesto hablar de esto. O sea, yo no soy así, no quiero montar numeritos ni nada parecido. Estás conmigo, pero distante, me he dado cuenta, y cuando están los demás a veces parece que me evitas… casi tengo la sensación de que te pongo nerviosa.

—¿Por qué ibas a ponerme nerviosa? Y tampoco es verdad que te evite. Lo que pasa es que cuando estamos con otros no me parece bonito besuquearnos todo el rato.

—No creo que estemos todo el rato besuqueándonos. No tenemos que estar siempre pegados, pero… Bah…

Daniele deja en el aire la frase y se queda mirándome con gesto interrogante, a la espera de una respuesta que neutralice sus miedos.

—Daniele, venga, ¿qué quieres que diga? Yo estoy bien, me parece que los dos estamos bien.

En ese instante me acerco y lo beso. Él no reacciona inmediatamente. Permanece quieto. Luego me pone una mano en la cintura y me devuelve el beso.

—Perdona —dice.

—No tienes que disculparte. Bueno, si crees que algo falla…

—No, no, para. No quiero hablar más, es una chorrada. A ti te sigue apeteciendo salir conmigo, ¿verdad?

—Sí, pero ¿te estás citando? —pregunto, pensando en la primera vez que me hizo la misma pregunta.

—Bueno, yo lo vivo así, si a ti te sigue apeteciendo salir conmigo, todo lo demás no importa.

—A mí me sigue apeteciendo salir contigo —digo con gesto teatral—, estamos bien juntos; diría que el administrador de comunidad de vecinos estaría orgulloso de ti.

—¿Me tomas el pelo? —replica riendo.

La sonrisa en medio de la melena de rastas disuelve la tensión. Sin embargo, cuando tras dos semanas de relación ya se empieza a hablar de «algo que falla», no cabe duda de que algo tiene que estar fallando.

Durante unos días solo nos vemos en compañía de los demás. No nos quedamos solos en el camping, no salimos a dar paseos en scooter y evitamos enfrentamientos directos. No estamos cabreados, o al menos yo no estoy cabreada. Lo que me ha dicho Daniele me ha forzado a reflexionar un poco, pero no quiero sacar las cosas de quicio. En el fondo, él quiere seguir saliendo conmigo y yo con él, y aparentemente esto tendría que ser suficiente.

71

Nuevo post:

Queridos amigos:

Aunque había decidido dar a este blog una semana de vacaciones, me veo obligado a publicar un nuevo post para comunicar el nacimiento del blog de una reciente afiliada a nuestra comunidad de estudiantes poco-convencidos-ocasionalmente-disciplinados-con-tendencia-al-exilio. El blog está administrado por dos pimpollos salentinos extraordinarios, una de las cuales se trasladará a Milán el próximo año, mientras que la otra, que se encuentra ahora mismo a mi lado, ya reside allí. Tiendas, locales, restaurantes, fiestas, con notas, comentarios, fotos y vídeos. Todo ello pasado por el tamiz de los dos pimpollos. No os lo perdáis.

Yo me quedaré unos días más en Salento, aunque temo que ya está llegando el día del regreso. Próxima meta: Nueva Delhi, India. Objetivo del viaje: averiguar por qué los indios dicen que son vegetarianos, cuando su plato principal es el pollo.

—¡Solo sé hacer esto, pero lo hago muy bien, así que dejadme en paz!

Mary está montando nata con la minipimer. Lleva puesto un delantal con el dibujo de una mujer desnuda que se ha traído de casa. Dice que si no se lo pone no se inspira, y además necesita música, de lo contrario no es lo mismo. Así que llevamos una hora escuchando cantos regionales de Salento. Ella sigue el ritmo con la cabeza mientras cocina.

—Y hay que preparar un buen café, no esa basura que bebéis en el norte.

Según parece, el tiramisú de Mary es lo único que la reconcilia con sus orígenes y lo que le hace preferir Lecce a Milán.

Estamos todos en casa de Martina, todos menos Roby, que se ha quedado currando en el chiringuito. Se nos unirá más tarde, para el aperitivo. Luca, Martina y Rosa se están bañando en la piscina, mientras que Daniele y yo estamos con Mary en la cocina.

—Tú, en vez de estar de brazos cruzados, cógeme el mascarpone, y tú pásame los huevos.

Mary resopla y sigue batiendo la nata. Una vez bien densa y compacta, Mary nos echa de la cocina diciendo que el resto de la preparación es un secreto.

Son las cinco y sigue haciendo mucho calor. Así que también salimos a bañarnos. Rosa está haciendo el pino en el centro de la piscina. «Cada cual tiene sus juegos», pienso. El de Martina era «el cadáver en la piscina». La prima de Mary prefiere el pino, más inocuo.

—¿Cómo van los preparativos? —pregunta Luca cuando nos ve llegar.

—Mary nos ha echado para que no descubramos su secreto.

—Ah, así que tiene una receta secreta...

—Eso parece.

—Es lo único que sabe hacer —interviene Martina—; si le pides que haga dos huevos, no puede.

—Así que ¿tú vas a preparar la cena? —pregunta Luca a Daniele.

—Sí, sí, yo me encargo de todo.

Por lo que parece, Daniele, al contrario que Martina, es un gran cocinero. Lo de la cena, que en un principio íbamos a hacer en el camping, ha sido idea suya. Después la madre de Martina se ha marchado con su novio y entonces ella ha propuesto hacerla en su casa. Nos metemos también nosotros en el agua y luego nos quedamos tomando el sol en las tumbonas y leyendo las revistas de Mary. «Esto es la hostia», pienso. Sé que no es un pensamiento muy profundo, pero es lo único que se me ocurre. Una casa chulísima, con piscina y jardín, cena fuera, y mañana alguien lo recogerá todo. Pues sí, es la hostia.

A las siete y media llega Roby con una bandeja repleta de mojitos. Es recibido con un coro de ovaciones. El chiringuito no queda muy lejos de la casa de Martina, pero de todos modos no es un camino fácil con ocho mojitos en la mano.

Martina enciende la música en el salón y vuelve los altavoces hacia la ventana. Cada uno coge un vaso y damos por inaugurada oficialmente la velada.

Tras el primer mojito con el estómago vacío, estamos todos ya bastante alegres. Roby, por motivos misteriosos, se lanza a una discusión con Luca sobre la existencia de los alienígenas; parece algo de lo que ya han hablado, porque en un momento dado repiten al unísono la frase de Morgan, cantante de los Bluvertigo: «Es casi evidente que hay otras formas de vida».

Martina se ofrece a preparar gintonics para todos, de modo que nos quedamos solas Rosa, Mary y yo, que ha cedido su puesto en la cocina a Daniele. Le había propuesto a Daniele hacerle compañía, pero me ha dicho que no me preocupara, que me quedara con los demás, que quería hacerlo todo solo. Sin embargo, su respuesta tendría que haber sido: «Claro, coge dos vasos y descorcha una botella, que nos tomaremos el aperitivo cocinando juntos».

—Así que las vacaciones ya tocan a su fin… —dice Mary, que de vez en cuando me recuerda a la Abuela Pato.

—Pues sí —respondo con un suspiro.

—¡Digamos nuestros propósitos para este año! —exclama Rosa de sopetón, como presa de una fulguración divina.

Lógicamente, a Mary le encanta la idea. Se palmea las rodillas y da saltitos, lo que constituye más o menos su máxima expresión de entusiasmo, suya y de las Winx.

—Empiezo yo: matricularme en un gimnasio superpijo de Milán.

—¿Eso es todo? —pregunto. No quiero parecer una pequeña esnob intelectual, pero el «gimnasio superpijo» como único propósito me suscita un serio dilema moral. No es que me proponga salvar el mundo, aunque…

—No, ahora me toca a mí, uno por cabeza. Echarme un novio antes de que acabe septiembre —dice Rosa, que a mi entender lleva camino de cumplir su propósito antes de que se terminen las vacaciones.

—No repetir curso… —digo yo encogiéndome de hombros—; ese debe ser el primero, necesariamente.

Entretanto, Martina llega con los gintonics y al momento se ve forzada a sumarse al juego.

—Pues… —dice con aire pensativo— marcharme de casa, diría.

—¡Uf, qué plastas! —prorrumpe Mary—. Con vosotras dos no es divertido.

Se refiere a Martina y a mí, claramente.

Nuestros propósitos, frente a su gimnasio superpijo en Milán, son efectivamente menos divertidos.

—¡Vamos, hagamos otra ronda! —exclama, pero ahora ya no se le ocurre nada.

—Perder tres kilos —comienza Rosa.

—¡No! ¡Ese era mío! ¡Me lo has robado, yo también quiero perder tres kilos!

A veces me pregunto cuándo Mary está de broma y cuándo se le va un poco la olla.

—Encontrar a un hombre que no solo quiera acostarse conmigo, no. Encontrar el verdadero amor —dice Martina.

Mary la mira con desaprobación.

—¡Ojalá tuviese un hombre que solo quiera acostarse conmigo!

Rompemos a reír, y esta vez estoy segura de que Mary está bromeando. Por su postura, por su frase graciosa pero un poco previsible, y porque naturalmente no me parece una chica a la que le cueste llevarse a la cama a un hombre.

—Alice, te toca a ti.

—Pues os copio —digo, manteniendo el tono bromista que ha tomado la conversación—, encontrar también el verdadero amor, pero antes de mediados de septiembre.

En ese momento Daniele aparece en la puerta del salón con una fuente humeante.

—¡Ya estoy aquí! —grita y enseguida vuelve al interior.

Mary y Rosa se echan a reír, porque la efectista entrada de Daniele ha enlazado perfectamente con mis palabras.

Martina también se ríe, pero sin entusiasmo.

Me temo que se ha dado cuenta de que no pretendía hacer gracia, sino que he sufrido un tremendo patinazo.

Por fin podemos conocer el menú del chef rasta. No es un menú propiamente dicho, sino una especie de bufet. Martina ha sacado tres botellas, que a juzgar por su aspecto deben de haber costado un ojo de la cara.

La mesa está repleta de platos y cuencos con mogollón de cosas.

—Ensalada de hinojo, naranjas y nueces —explica Daniele señalando un plato—, trigo con aguacate, zanahorias y gambas, cuscús con verduras al curry…

Danielle nos ilustra sobre cada uno de los platos que ha preparado, y he de admitir que estoy francamente impresionada. No me esperaba que supiera cocinar. Me parecía más de esos a los que mamá les prepara todo, una especie de rasta mimado, aunque esto, lo comprendo, no sea pensar bien de él. Pero era la idea que me había formado.

Comenzamos a cenar cuando el sol ya se ha puesto en el horizonte.

La conversación sobre los alienígenas se reanuda, y esta vez participamos todos. Daniele está sentado a mi lado, y ahora me siento orgullosa de sus dotes de chef, porque además no paran de elogiarlo.

Sin embargo, Daniele cree que todo lo que se dice sobre los alienígenas no son más que chorradas.

—Todos los reportajes, los vídeos, todo eso, son simples efectos especiales.

—Pero yo no hablo de esos vídeos —replica Roby—, yo creo que existen más allá de todas esas pruebas. O sea, es probable, casi evidente; Morgan tiene razón. Existen, puede que ya estén aquí, o puede que tengan una forma de vida que para nosotros es incomprensible, por eso no los vemos, pero ellos ya viven en la Tierra.

—Yo no creo en todas esas chorradas sobre complots —insiste Daniele. Da la impresión de que no ha escuchado ni una palabra.

—Que sí, yo tampoco, ya te lo he dicho; hablo en general.

—Vale, en general puedes hablar de todo; en ese caso todos somos alienígenas.

Roby no responde, pero su expresión manifiesta con bastante claridad su enfado. Miro a Daniele y noto su aire escéptico. Su comportamiento me resulta un tanto irritante. No se trataba de creer o no en los alienígenas, sino de seguir el juego y respetar las reglas de una conversación, que además había empezado otro.

—Hay una novela que narra una historia así —interviene Luca—, es la historia de una civilización cada vez más compleja, como la nuestra, pero está contada con una perspectiva que no entiendes hasta el final, es decir, en un momento dado comprendes que los ordenadores son los alienígenas, esto es, formas de vida que ya estaban en la Tierra en formas elementales y que han evolucionado con tiempos diferentes a los nuestros, interactuando con nosotros.

La prima de Mary asiente mirando a Luca y ahora es ella la más orgullosa de la mesa. Tres a cero a su favor, o cuatro a uno, he perdido la cuenta de la puntuación.

Daniele, por algún motivo misterioso, no atiende a razones.

Para él, los alienígenas no existen. Los ordenadores, los marcianos, E. T., son todo chorradas. No quiere ni oír hablar del asunto.

Parece una de esas situaciones en las que al final se descubre que justo quien no quería hablar en realidad sabía algo.

¿Acaso Daniele es un alienígena?

Vale, la idea del rasta-alienígena me confirma lo que ya barajaba desde hace unos minutos: estoy borracha, ya estoy borracha y solo estamos a mitad de la cena.

Es la tercera vez en la última semana que me emborracho; sin consecuencias, eso sí, aparte de que al día siguiente la cabeza me retumba como un tambor. Pero tampoco es que mole. Aunque no puedo negar que, si he bebido un poco y me lo paso bien, después estoy más relajada con Daniele. No es que vaya a alcoholizarme, aborrezco el alcohol, pero si estoy metida en la corriente de una velada y bebo un par de cócteles, me siento más cerca de él, no pienso en los problemas. O sea, resulta más fácil vivir el presente si estás un poco borracha. Sé que esta reflexión no es gran cosa, pero es verdad.

Ahora que a lo mejor conviene que esta noche afloje…

Terminamos de cenar y nos levantamos de la mesa. Yo no he tocado el vaso hasta el final y me encuentro algo mejor, aunque siento la cabeza un poco pesada. Todos los demás están levemente borrachos, y Mary y Rosa no tardan en ponerse a bailar en el borde de la piscina. Casi enseguida arrastran también a Roby, mientras que les cuesta un poco más convencer a Luca. Entretanto, Martina ha preparado los cubalibres, de modo que mi buen propósito (para la velada) de no beber más se va al carajo.

Bebo, todos bebemos, y yo también me encuentro bailando entre Roby y Mary. Roby hace el tonto, se arrodilla delante de Mary, y ella finge darle latigazos. Todos ríen y yo también me suelto. Daniele da saltos sin ganas, porque además no estamos escuchando su música, sino un remix machacón anticuado. No pienso en nada, me siento ligera, sigo riendo y bailo provocativa. Ahora estoy al lado de Luca, que a su vez está desmelenado. Se ha quitado la camiseta y la está agitando como si estuviera en un rodeo. Cuando me ve se corta un poco, pero enseguida se le pasa porque Roby, con las manos en la cabeza, lo embiste como si fuera un toro.

Comienzo a percibir los sonidos y las imágenes aglutinados en una sola sensación. Mi cuerpo se mueve solo, y siento que mi pensamiento retrocede hacia una zona remota del cerebro y que corre libre por otros caminos. Así, atraviesa por mi cabeza la imagen del instituto, de Chiara y de mis amigas en Cerdeña, de Luca sentado al ordenador en su cuarto escribiendo que acaba de irse a Las Vegas, de mi madre tomándose un *limoncello* conmigo en el bar del camping, y pienso que esta vez no le hablaré, no le contaré mis noches, y pienso que puede que Luca no vuelva a escribirme sus tonterías por el Messenger, y todo lo siento lejano mientras un vacío enorme me roe por dentro. Un extraño hormigueo me sube de los pies al cuello y empiezo a sentir que la cabeza me da vueltas. Dejo de bailar, pero eso no hace sino empeorar las cosas, pues ahora todo gira a mi alrededor, todo sigue dando vueltas. Veo a Daniele. Está hablando con Martina. Se encuentran sentados a la mesa en la que yo he hablado con los dos. De nuevo me siento postergada, de nuevo la chica que va a lo suyo y que no gusta a nadie. De repente experimento una especie de vértigo, todo se mueve en torno a mí y tengo la sensación de dar una especie de voltereta interminable hacia atrás, pese a que no me muevo. Sacudo la cabeza para ahuyentar esta sensación, pero no para. Entreveo a Martina, que se me acerca y dice algo como: «¿Te encuentras mal?». Y luego: «Ven dentro conmigo». Después la oscuridad.

72

Cuando me despierto, creo que estoy muerta. A mi alrededor todo es blanco, y me encuentro tumbada en una cama grande con dosel, cubierta con velos. Dos ojitos amarillos me miran fijamente desde mi barriga, y por un instante creo que estoy en la tienda con Daniele, como la primera vez que hicimos el amor, cuando el hurón vino a despertarme. La luz entra en la habitación por una ventana grande y cae a los pies de la cama. Un par de *flashbacks* de anoche (Roby como un toro, que coge carrerilla y se lanza a la piscina, yo bailando con Luca) empiezan a alumbrarme sobre el posible desarrollo de los acontecimientos, y decido salir de la habitación (que ya ha dejado de ser la antesala del Infierno) para ver qué ha pasado.

El espectáculo que se me presenta en el salón y en la piscina me lo aclara todo. Mejor dicho, el hecho de descubrir que he dormido en la casa de Martina es más que revelador. Recuerdo que había empezado a beber (demasiado, evidentemente) y que de pronto me mareé. No recuerdo haber vomitado ni tampoco haber comido ratas muertas y putrefactas, pese a que el sabor que tengo en la boca dé por cierta una de estas dos posibilidades.

En un sofá están Roby y Martina medio abrazados, en otro está Mary, sola, Daniele duerme en una de las tumbonas de la piscina. Hay botellas por todas partes, platos sucios, cacerolas y una peste atroz a humo, a pesar de que la ventana del salón está abierta. Me da que si el administrador de la comunidad de vecinos de Daniele apareciera en este momento, no estaría muy contento.

No veo a Luca ni a Rosa, y mi fantasía vuela libre por la senda allanada de esta coincidencia. A estas alturas ya he decidido que:

1. Luca y Rosa se quedaron despiertos charlando;
2. cuando todos se fueron a dormir, se besaron y luego se bañaron desnudos (o viceversa, depende);
3. luego se fueron al pueblo a desayunar y Rosa le preguntó a Luca: «¿Le pasa a menudo?

«¿Cómo dices?», preguntó a su vez Luca.

«¿Tu amiga tiene algún problema con el alcohol o…?

Salgo de la casa y rodeo la piscina, mientras otras imágenes de la noche se encienden como bombillas defectuosas en mi cerebro: yo besando a Daniele, Mary riendo, Luca hablando, y también está Martina, que me habla en voz baja, casi se diría que con expresión de reproche. Y entonces lo veo. Luca está echado en una tumbona, tapado con una manta, pero solo. Luego oigo pasos detrás de mí y durante un instante me digo que va a ser cierto lo del administrador de la comunidad de vecinos. Sin embargo, en eso aparecen la carota operada de la madre de Martina y la bronceada de su novio.

Y yo ya no soy Alice. Soy Martina, aunque no sé decir exactamente cómo ha ocurrido.

Cuando llego al camping todavía es temprano y, por lo que parece, nadie se ha levantado. ¿Será posible que nadie se haya percatado de mi ausencia? Me meto en la tienda y me acuesto. Las sienes me laten, aún sigo un poco aturdida. No creo que consiga dormir, así que permanezco atenta. Pasados unos minutos, oigo ruidos procedentes de la caravana, luego pasos y la puerta que se abre. Ahora tengo que pensar en una salida estratégica. Si en efecto no se han percatado de mi ausencia, mejor será perfeccionar la farsa y fingir un despertar en toda regla. Me quito, pues, la ropa, que apesta a humo y alcohol, y me pongo el chándal que uso para dormir. Por lo que atañe al aspecto, creo que estoy bastante bien, pero por seguridad me miro en el espejito de maquillaje, descubriendo, entre otras cosas, que en una noche debo de haber perdido todo el bronceado de las vacaciones.

Voy a la puerta de la caravana y me siento a la mesa, desperezándome.

Mi padre sale poco después.

—Buenos días —digo, y la voz, esto no lo había previsto, es la de un travesti.

—Buenos días. Hoy estás madrugadora.

—Quería ir pronto a la playa… —contesto sin pensar.

—Entonces, ¿vienes con nosotros? —pregunta él, con una amabilidad inesperada.

En ese momento llega mi madre, que ni me saluda. Solo me dirige una mirada severa.

Ya lo sabe todo. Está claro.

Pues sí, he vuelto a decepcionarla. Había confiado en mí y yo me he aprovechado. Por otra parte, lo sabía. Sabía que aquella frase, «Confío en ti», se volvería contra mí. Si eliges ser amigo de tus padres, después tienes que serlo siempre. Y tal vez yo no estaba preparada aún. O quizá la vida no sea como en las películas americanas, en las que madres e hijas se lo cuentan todo y resuelven los conflictos con una charla.

—Buenos días —digo.

—Ah, hola —responde ella con esfuerzo.

—Le estaba diciendo a Alice que venga con nosotros a la playa.

—Sí, si le apetece, si no está cansada —responde mi madre con frialdad.

—Que sí, ya está levantada, es el primer día que se despierta tan temprano.

—Ya, por qué será... Y además con una cara tan descansada...

Fede sale en ese momento de la caravana, capta ambiente y se va al baño.

Mi padre mira alrededor despistado. No entiende lo que está pasando.

—¿Entonces? —pregunta.

—Pues que nos vamos todos a la playa —respondo rápidamente, para evitar una nueva pullita de mi madre.

Fede regresa del baño y se sienta. Tiene el aire alucinado de siempre, pero también parece extrañamente apagado.

Mi padre se coloca justo detrás de él y me mira con gesto cómplice. Más allá de las escasas dotes interpretativas de mi padre, he de decir que la situación resulta muy evidente. Todo ha acabado entre Clara y mi hermano. Ahora comprendo también el tono especialmente amable de mi padre (el hartazgo de mi madre tenía una explicación clara). Por algún motivo que aún desconozco, mi padre había aceptado bien eso del hijo con novia, y verlo ahora así debe de haberlo ablandado, ojalá que durante bastante tiempo. Puede que haya caído en la cuenta de que mi presencia podría resultar útil, aunque no me atrevo a lanzar ideas que le pegan más a mi madre, mejor dicho, a mi madre antes de que descubriera (no sé cómo ni cuándo) que no he venido a dormir, que le he mentido descaradamente a mi padre y que ahora estoy interpretando el papel de la buena hija, cuando ella (arrepintiéndose, probablemente) había decidido encubrirme.

73

«Hola, Alice, espero que hoy te encuentres mejor. Besos, Daniele.»

No respondo al mensaje telegráfico de Daniele, pero le envío un mensaje a Martina, para decirle que estoy bien y pedirle disculpas por el follón (el recuerdo de la noche sigue siendo confuso) que haya podido montar.

Necesito una pausa. Necesito parar, dejar quieta unos días la cabeza, pasar un tiempo en un mundo sin esos Danieles, Lucas ni Martinas que me remueven tantas cosas. Quiero regresar a un estado infantil, volver a la vida que tenía antes del amor. Como cuando tenía diez años. A los diez años ya tienes amigos, te diviertes, te gustan unas cosas y otras no, pero tu corazón está en paz y también todo el resto del cuerpo. El virus llega después. Visto desde fuera, todo eso del amor y del sexo debe de parecer bastante ridículo. En cualquier caso, me apetece olvidarme de eso unos días. Puede que mi hermano, en cambio, haya decidido olvidarlo para siempre.

—Fede, ¿cómo estás?

Ninguna reacción.

—Fede, ¿estás triste?

—No estoy triste.

—Qué pena, yo estoy tristísima. Podríamos emborracharnos juntos.

—Yo no puedo beber.

Vaya, no hay manera de bromear.

—Pero ¿quieres contarme qué ha pasado?

—Es una capulla.

—¿Qué ha hecho?

—Nada.

—Pero es una capulla.

—Sí.

—Pues véngate, hombre.

Ya, no es un buen consejo de hermana mayor, pero necesito llamar su atención. Y además ya tengo más o menos trazado un plan.

—Con tal de que haya un buen motivo para vengarse —añado.

—¡Lo hay, lo hay!

—Pues, en estos casos, considerando que Clara todavía es inexperta, puedes recurrir al viejo truco del mensaje equivocado.

—¿Qué es eso?

—Escribes un mensaje que le envías a ella fingiendo que no era para ella y en el que hablas de ella.

—No entiendo.

Me temo que para el granuja napolitano la adolescencia es como la kriptonita para Superman.

—Por ejemplo: «Hola, Alessandra, no veo la hora de volver a Milán para verte. Te quiero, Fede». Y se lo envías a Clara.

Fede medita mi propuesta de venganza. Me mira con curiosidad.

—Hermana, eres una auténtica gilipollas —contesta, francamente asombrado.

—¿No te gusta?

—Sí, me gusta, me gusta, pero...

—Si no, está el mensaje surrealista, pero este solo lo puedes usar si se ha portado realmente mal.

—¿Por qué?

—Porque es una manera de volverla un poco loca. Le escribes, por ejemplo: «Hola, Clara, el helado ya se ha terminado, pasa a buscarme dentro... Hasta luego, Fede».

—¿Qué significa?

—Nada, y ella no lo entenderá, pero si le envías uno al día la sacarás de quicio.

Ahora mi hermano me mira casi preocupado, pero estoy segura de que le he quitado la tristeza al menos durante unos segundos.

—Oye, Ali, ¿ha pasado algo?

—No, ¿por qué?

—Pues porque en vez de irte con tus amigos has venido con nosotros a la playa.

—Bueno, también estoy de vacaciones con vosotros.

—Ya, envido.

—¿Por qué dices eso?

—Porque te has echado un farol, ¿a que sí?

—Tú tampoco me has contado lo que te ha pasado con Clara.

—A ti no te lo puedo contar.

—¿Y a quién se lo puedes contar?

—A Luca.

—¿Qué pinta Luca?

—¿Lo invitas a venir a la playa con nosotros?

74

Hola, Luca, ¿qué haces en el Messenger?

¡Ali! Hola. ¿Dónde te habías metido? Llevas tres días desaparecida.

Estoy de retiro. ¿Tú cómo estás?

Yo bien. ¿Y tú?

Regulín.

¿Por qué no vienes al chiringuito mañana?

A lo mejor voy. ¿Cómo están los demás?

Bien. Mary y Roby, como siempre. Daniele un poco decaído. Oye, ¿ha pasado algo?

No, no.

¿Habéis discutido?

No, me estoy tomando unos días de descanso. Oye, ¿dónde estás?

En casa de Rosa.

Ah, no quiero molestarte.

No digas bobadas. Estamos haciendo el blog.

Fede y Clara lo han dejado.

¿Cómo que lo han dejado? ¿Qué ha pasado?

No lo sé, no me lo quiere contar. Me ha dicho que solo se lo contará a un hombre.

¿Y a quién?

Quiere hablar contigo, me ha pedido que te diga que vengas a la playa con nosotros un día de estos.

Vale, claro. Pero mañana no puedo.

¿Pasado mañana?

Hecho.

Cuando salgo de la Sala Chateo ya es de noche. Los días han empezado a acortarse, señal de que las vacaciones se están terminando. No quiero regresar a la caravana, porque además el ambiente sigue tenso. Mi madre está cabreadísima, y mi hermano, deprimido. El único tranquilo es mi padre.

Así que decido ir al bar. No me apetece beber nada. Simplemente me sentaré a una mesa, para esperar allí la hora de la cena.

—¡Alice, hola!

—Ah… hola.

El Animador. Con una mochila grande al hombro.

—¿Te marchas?

—Sí, me marcho.

Tiene una voz extraña. Seria, demasiado seria.

—¿Y adónde vas?

—A Santiago de Compostela, voy a hacer el Camino.

—No lo sabía, no me lo habías dicho.

—Bueno, me evitas como a la peste, ¿o me equivoco?

Pues sí, decididamente hay algo raro en él. Y este exceso de franqueza lo demuestra claramente.

—Anda, no es verdad. Lo que pasa es que he estado poco en el camping.

—Sí, por supuesto. Así son las cosas. Bueno, he ahorrado un poco, debería tener suficiente.

—Pues que tengas mucha suerte.

—He comprendido que no puedo seguir así. Algo tiene que cambiar.

Madre mía, ahora empieza la Confesión del Animador. En cualquier otro momento lo habría evitado «como a la peste», por usar sus mismas palabras, pero como solo estoy haciendo tiempo hasta la hora de cenar, pues como que no me siento con valor para darle esquinazo.

—Brindemos por tu partida.

Las palabras me salen solas de la boca y no sé quién de los dos está más sorprendido. Sea como sea, Gianmaria acepta la invitación y se sienta.

—Puedes salir tanto de Francia como del norte de España, y vas andando hasta Santiago de Compostela. Por el camino hay como pequeñas pensiones para los peregrinos, a veces son solo habitaciones grandes con camas. Se paga poco o nada. Un montón de gente hace el Camino.

—No sabía que fueras tan creyente.

—No lo soy, no hay que ser creyente necesariamente. A ver, creo un poco en Dios, pero no se trata de eso. Se trata de andar, lo demás viene solo.

—Lo demás… ¿la fe?

—No, o a lo mejor sí. Lo que tiene que pasar pasa. Alice, yo necesito un proyecto, seguir un camino, cualquiera. Y lo he encontrado. Es el camino de Santiago, por el momento. Hay que empezar por algún sitio, ¿no?

No consigo reconocer en la persona que tengo delante al tío que hace poco me propuso que hiciéramos juntos películas pornográficas. Tampoco al que chilla como un niño cuando ve un hurón. Tengo delante a un hombre decidido, serio, firme, dispuesto a encarar su destino y a descubrir qué le tiene reservado. No es Gianmaria el Animador.

—¿Y qué harás después?

—Uf, depende. Pensaba buscar trabajo en Cabo Verde, en fin, en los lugares en los que la temporada turística es más larga. Algo de experiencia como animador tengo. Si no, puedo trabajar de camarero.

—¿No piensas volver a tu casa?

—¿Por qué iba a volver? No hay nada.

Se me escapa una risa. Mejor dicho, casi una carcajada. Río porque me digo que de un hombre así sí que podría enamorarme.

—¿Qué pasa?

—Has cambiado. Me hace gracia. El año pasado no eras así.

—Tampoco era así este año.

75

—¡Ali! —Mi hermano se me acerca corriendo.

Me acabo de despedir de Gianmaria, y mi cerebro sigue tratando de poner en orden las reflexiones relacionadas con él. Marcharse, cambiar. Si hasta alguien como él es capaz de dar un giro a su vida, puede que de verdad sea una posibilidad para todo el mundo.

—Ali, está el rasta. Ha venido a verte.

—¿Quién, Daniele?

—Está en la caravana, hablando con papá.

—¿Y de qué hablan?

—¡De nada! Ha llegado buscándote. Y papá le ha dicho que se quede a cenar.

—¿Y mamá?

—Me ha dicho que viniera a llamarte.

Cuando llego a la caravana, Daniele está sentado a la mesa frente a mi padre. Ambos tienen un vaso de vino en la mano y charlan tranquilamente, como dos amigos.

No nos vemos desde hace cuatro días.

—¿Y bien?

—¿Y bien qué?

—No he vuelto a saber de ti.

La cena ha transcurrido con bastante normalidad, una pequeña farsa en la que cada cual ha hecho lo que ha podido: mi madre ha procurado dejar de lado su cabreo conmigo para charlar un poco, y creo que en el fondo Daniele le cae bien. Mi padre también ha conversado amablemente, y casi podría jurar que estaba contento de entablar amistad con el que podría ser el novio de su hija, especialmente ahora que su hijo varón ha recibido el primer palo sentimental de su vida. Fede es el que ha permanecido sumido en su mutismo. Él quería ver a Luca, no a Daniele. Y yo he seguido el juego, pese a que habría preferido hablar a solas con Daniele antes que estar sentada a la mesa con él y mi familia.

—Necesitaba estar un tiempo sola.

—Sí, me había dado cuenta. Pero podrías habérmelo dicho.

—Sí, tienes razón, perdona.

—Ali, así no funciona.

—Lo sé.

—Has cambiado, y ya hace tiempo.

—Tú también.

—No, yo no he cambiado. Yo sigo siendo el mismo, si estamos en esta situación no es por mí, y lo sabes.

—¿En qué situación estamos?

—Estás fría, y no es de ahora. Estás fría desde hace un tiempo. Lo he pensado, creo que estás diferente desde que llegó Luca.

—¿Qué pinta Luca en esto?

—Dímelo tú. No sé nada de ti desde hace cuatro días, así que dime tú qué pinta.

—Pues que las vacaciones están terminando y que yo tengo que volver a Milán, tengo que repetir curso y no me apetece regresar, no me apetece comenzar de nuevo. No estoy contenta, y no sé qué pintas tú. Te he involucrado en estos follones y lo siento, pero debes tratar de entenderlo.

—Oye, ¿qué debo entender? Yo siempre he estado ahí. ¿Acaso no te he escuchado? ¿He sido egoísta? Si querías contarme algo, te habría escuchado. Ese no es el problema. No te catearon hace una semana. La primera semana que nos conocimos ya te habían cateado, y sin embargo todo iba bien. ¿Qué es lo que ha cambiado? ¿Qué ha pasado?

—No ha pasado nada.

—Pues algo tiene que haber.

—No hay nada.

—Entonces puedo irme. Había venido a hablar contigo, a tratar de entender, de una manera u otra. En estos días te he enviado mensajes, pero no quería ser pesado. Querías estar sola y me he mantenido al margen. Pero ahora ya no tiene sentido seguir.

—¿Quieres que lo dejemos aquí?

—¡Ali, vete a la mierda! ¿Qué daño te he hecho? ¿Qué he hecho para que me trates así? Yo he estado siempre ahí, me he hecho el tonto cuando te interponías entre Luca y Rosa porque, ahora te lo digo, estabas celosa. No me he ofendido cuando me has ninguneado ni por el mogollón de veces que te has puesto nerviosa conmigo, ¿y ahora me preguntas si lo dejamos aquí?

—¿Qué tendría que decir? ¿Qué quieres que diga?

—¿Qué coño quieres de mí? ¿Qué coño quieres de Luca? ¡Eso es lo que me tienes que decir!

—Luca y yo salíamos juntos.

—¿Cómo?

—Pues eso, Luca y yo hemos salido.

—¿Y por qué no me lo habías contado?

—¿Por qué tendría que habértelo contado?

—¡Porque yo era tu novio, joder, y estaba de vacaciones contigo, y si llega un ex novio tuyo que monta la tienda delante de la mía me lo tienes que contar!

—¡Daniele, no quiero hablar más, no tengo nada que decir, déjame sola, vete!

—¡No, no me voy! ¿Por qué te has comportado así? ¿No eras feliz conmigo? Hemos pasado días preciosos juntos. No es que haya pensado que por eso fuéramos a salir también en Milán ni nada parecido, pero confiaba en poder conservar al menos un bonito recuerdo, y ahora por una historia de mierda me tengo que amargar la sangre.

—¿Por qué?

—¿Por qué? Ni siquiera me estás escuchando. Solo piensas en ti misma. Eres como Martina, igualita, las personas te interesan solo mientras te son útiles.

—¿Qué pinta en esto Martina?

—También pinta, es como tú. Es una egoísta, por eso.

—Vale, de acuerdo, piensa lo que quieras.

—Había venido para hablar contigo, para escucharte, pero evidentemente te había sobrevalorado. Alice, vete a la mierda.

76

No puedo ni llorar. Esta playa me ha visto llorar demasiadas veces. Estoy sentada en un bote volcado cerca de la orilla y miro el mar. Pero ni un solo pensamiento se enciende en mi cabeza, ni una sola emoción, tampoco el miedo. Solo siento el vacío.

A lo lejos veo una fogata ardiendo en la playa y recuerdo mi primer encuentro con Martina y sus palabras cuando vio a un grupito de chicos alrededor de un fuego.

«Mira, dos están abrazados, dos se están besando, los otros cantan, y más allá podrías encontrar a otros dos escondidos en algún sitio. Todo parece maravilloso visto desde fuera, pero no es real, no es fachada.»

¿Es así? ¿Es verdad? ¿Todo es una farsa? Un día todo es alegría y haces el amor con tu chico, al día siguiente las cosas se complican y os mandáis a la mierda. ¿Qué había de cierto, entonces? Nada. No tienen nada que ver dos personas que hacen el amor y dos que se mandan a la mierda. Es una farsa, Martina tiene razón. Y eso que lo he intentado. He tenido amigos nuevos, vacaciones a tope, un chico rasta, pero ahora me doy cuenta de que nada era cierto.

Una mano me toca un hombro y lanzo un grito.

—Alice, Alice, soy yo, perdóname, te he asustado.

—Abuela, hola.

—¿Cómo estás?

—Bien… No, estoy fatal. Pero ¿tú qué haces aquí?

—Quería estar un rato con mi nieta. ¿Qué ha pasado?

—He discutido con mi chico.

—¿Por qué?

—No lo sé, puede que me haya comportado como una tonta. He liado una gorda.

—Bueno, díselo, dile que lo sientes.

—No es tan fácil.

—Las cosas importantes nunca son fáciles, Alice. A lo mejor tienes que poner un poco de orden en esa cabecita tuya, aclararte las ideas, y si crees que te has equivocado, díselo, se alegrará.

—No lo sé, nos hemos dicho cosas feas.

A mi abuela la verdad es que no puedo decirle que nos hemos mandado a la mierda.

—¿Y qué pasa por eso? ¿Sabes la de cosas que se dicen cuando uno está enfadado? Es normal, no las pensamos de verdad. Cuando tu abuelo y yo discutimos, o mejor dicho cuando discutíamos, ahora ya somos demasiado viejos para discutir en serio, nos decíamos de todo. Sin embargo, seguimos aquí, y todavía nos queremos. Discutir es normal.

—¿Y si luego la historia no sigue?

—Si tiene que terminar, terminará. Preocúpate de una cosa después de otra, ¿no?

¡Caray! Mi abuela tiene razón. Y aunque sus conclusiones existenciales son demasiado optimistas para mi gusto, sus palabras me reconfortan. ¿Por qué nadie me había dicho que hablara con mi abuela?

—Verás, yo siempre llevo en el bolso un poema. Un poema que leí un día, porque tu abuelo me lo regaló. Es de una escritora brasileña, Martha Medeiros, se titula *Muere lentamente,* no es un poema triste, aunque lo parezca por el título.

—¿Lo tienes aquí?

—Toma, te lo regalo, yo ya no lo necesito, porque me lo sé de memoria. Léelo esta noche antes de acostarte.

Muere lentamente
quien evita una pasión,
quien prefiere el negro sobre blanco
y los puntos sobre las íes a un remolino de emociones,
justamente las que rescatan el brillo de los ojos,
sonrisas de los bostezos,
corazones a los tropiezos y sentimientos.
Muere lentamente
quien no tira la mesa cuando
está infeliz en el trabajo,
quien no arriesga lo cierto por lo incierto
para ir detrás de un sueño,
quien no se permite, por lo menos
una vez en la vida,
huir de los consejos sensatos.
Muere lentamente
quien no viaja,
quien no lee, quien no escucha música,
quien no encuentra gracia en sí mismo.

77

—Así que ya no os veis.

—No.

—Pero ¿qué ha pasado?

—Es una capulla.

—Pero ¿qué ha hecho?

—Ha besado a uno.

Luca y yo nos quedamos unos segundos en silencio, confundidos por la ingenua confesión de mi hermano. Fede busca entonces los ojos de Luca, y luego los dos me miran. Fenomenal, ha llegado el momento de dejarlos solos. Eran las condiciones que había impuesto mi hermano.

Mientras Luca y mi hermano hablan en secreto, yo voy a darme un baño.

Los observo desde la playa. En realidad, ahora el que habla es Luca, parece que le está dando una larga explicación a mi hermano, que se limita a asentir con cara seria. No quiero que adviertan que los estoy espiando, así que me meto en el agua.

En un momento dado, Fede sonríe. Luego ríe y le pregunta algo a Luca. Luca responde con pocas palabras y esta vez Fede ya no ríe, parece que asiente, como quien está convencido de algo.

Acto seguido se levantan y vienen a bañarse.

—¿Cómo lo has conseguido? —le pregunto a Luca, una vez que nos quedamos solos en el agua.

—Le he contado ciertas cosas.

—¿Qué cosas?

—Cosas de hombres, no pueden explicarse…

—Estás de broma, ¿verdad?

—No, no, lo digo en serio, no puedo revelarte nuestros trucos, si no, ya no funcionarían.

—Ya, pero a mí puedes decírmelos. Además, se trata de mi hermano.

—Sí, pero también se trata de mí.

—¿Y desde cuándo no puedes contarme algo que tiene que ver contigo?

—Tocado.

—¿Cómo dices?

—Te he instruido muy bien en el arte de la retórica, tu pregunta directa me ha desarmado.

—¿Entonces?

—Entonces te respondo: le he hablado de ti.

—¡¿De mí?!

—Sí, y se ha recuperado.

—¿De qué manera?

—Es un secreto.

En ese instante mi madre nos llama desde la playa para decirnos que es hora de comer. Luca aprovecha la ocasión para salir del agua y se encamina hacia la sombrilla sin esperarme.

Mi madre no me dirige la palabra, pero con Luca es amable.

—Bueno, ¿te ha gustado Salento? —le pregunta.

—Sí, se está bien, y ahora que ya había entrado en el ritmo de las vacaciones, será traumático volver a casa.

—¿Cuándo vuelves?

—Aún no lo he decidido, pero es cosa de días. Mi madre tiene que reincorporarse al trabajo, y mientras no empiecen las clases alguien tiene que cuidar de mi hermana, y ese alguien es un servidor.

Mi madre asiente con gesto compungido.

—En fin, son los últimos días, celebraré mi despedida mañana.

«¿Celebraré mi despedida mañana?» Me he perdido algo.

—¿Haces una fiesta de despedida? —le pregunta mi madre, intrigada.

—No, yo no, a mí no me gustan las fiestas, pero una chica cumple dieciocho años, así que iré como agasajado de tapadillo.

Mi madre sonríe, luego me mira. Yo no sé cómo responder a su mirada, porque además no sé de qué fiesta están hablando.

Claramente se da por descontado que estoy informada, ya que yo soy la amiga de Luca. Sin embargo, él no me ha dicho nada, ni de la fiesta ni de su inminente marcha. No puedo replicar en ese momento, así que sigo comiendo en silencio. Fede parece muy aliviado tras su conversación con Luca.

Por la noche cenamos en el camping, con la familia al completo y con Luca. Mi hermano ha reclamado nuevamente su presencia y él ha accedido.

Mi madre está silenciosa, pero el resto de la familia no sospecha que entre nosotras pasa algo. La novedad de la presencia de Luca ha desplazado la atención sobre él y también, indirectamente, sobre Fede, que está sentado a su lado.

Tras retirarse mis abuelos, Luca me pregunta si me apetece que tomemos una cerveza.

Desde que ha llegado a Pulla, no nos hemos ido a tomar algo solos ni una sola vez. Me acuerdo de aquella noche en Milán, frente al instituto, cuando se presentó con dos cervezas y nos las bebimos allí, en la calle. Recuerdo que aquella noche también estaba Martina, una Martina a la que entonces no conocía y que, por lo que sabía, no tenía nada que ver con la persona a la que descubriría más tarde.

Así pues, vamos al bar del camping. Luca pide dos cervezas, pero dice que no las abran.

—No vamos a beberlas aquí.

—¿Y dónde quieres que las bebamos?

—Frente al mar.

—No sabía nada de la fiesta de Mary —digo, en cuanto estamos en la playa.

—¿Cómo que no? ¿No te lo ha dicho Daniele?

—No.

—Oye, ¿ha pasado algo?

—Estamos medio peleados, no nos hablamos desde anteayer.

—Lo siento… Ayer lo vi un poco nervioso.

—¿Estaba cabreado?

—Eso es, más que nervioso estaba cabreado. Se fumó una ración doble de porros y después desapareció no se sabe dónde.

—¿Cómo que no se sabe dónde?

—Yo estaba allí con Martina y Roby, y él dijo que iba a dar una vuelta. Pero no volvió a dormir y esta mañana no estaba.

—Ah.

—En fin, que la fiesta es en casa de Mary va a ser una cosa a lo grande; por lo que parece, vienen mogollón de amigos suyos de Lecce; lo va a celebrar por todo lo alto.

—¿Y tú cuándo has decidido marcharte?

—Yo me marcho dentro de unos días, no sé cuándo exactamente. Además de por mi madre, he pensado que ya era hora de levantar el campamento.

—Pero ¿te quedas para la fiesta?

—Por narices, es mañana por la noche.

Caminamos en la penumbra a pocos pasos de la orilla. En un momento dado reconozco el sitio donde Martina y yo nos encontramos de noche, al principio de las vacaciones, y le propongo a Luca que paremos allí, en el mismo escollo.

—Aquí, en este mismo escollo, estuve con Martina la primera vez, después de verla en el chiringuito —le explico cuando nos sentamos—. La encontré aquí, estaba llorando y yo también lloré, así empezamos a hablar.

—La verdad es que tiene demasiadas paranoias, y eso que es simpática e inteligente, pero está pasada de rosca.

—Le he contado lo del hechizo de Harry Potter contra las paranoias, ridiculus, estaba entusiasmada.

—Ah, por eso en estos días la he visto mejor, eso lo explica todo.

Luca abre las dos cervezas con el mechero y me tiende una. Procura ser simpático, se esmera para mantener la conversación en tono jocoso. Sin embargo, el tono de mi voz no debe de serle de gran ayuda.

—Chinchín —dice—, como en los viejos tiempos.

—Chinchín —repito mecánicamente, antes de que la melancolía me acometa como un camión tras esas cinco palabras: «como en los viejos tiempos».

Noto los ojos vidriosos y un nudo en la garganta, y me siento lejana. Evoco el sueño que tuve con todos mis amigos y familiares pasando a mi lado sin reparar en mí. Y me siento igual que en aquel sueño, las cosas y las personas me rozan y yo las pierdo. Se me escapa un sollozo, que trato de disimular con un acceso de tos.

—Ali… ¿todo bien?

—Sí… No.

—¿Cuál es la respuesta buena?

—¿Tú qué crees?

—La tercera es la buena.

Y en ese instante rompo a llorar, demostrando que muy probablemente ni Martina ni yo tenemos ningún problema y que todo es culpa de este jodido escollo. Echo de menos las tonterías de Luca (pues ya sé que esto de la tercera respuesta es una de sus teorías), echo de menos esas tonterías que eran solo para mí. Y echo de menos Milán, mi vida y todo cuanto soy, incluidas mis movidas. Porque aquí estoy bien, mejor dicho, he estado bien, pero empiezo a perderme, hay muy poco de mí en las cosas y necesito que las cosas hablen de mí y de mis movidas.

Así que lloro.

Luca me pone una mano en la espalda.

—Eh, ¿qué pasa?

—Estoy cansada.

—¿Me lo quieres explicar?

—No —contesto, secándome las lágrimas—, quiero saber cuál es la tercera respuesta.

—Es la buena, casi siempre, aunque no siempre. ¿De verdad quieres que te la explique ahora?

—Sí.

—Vale, tú lo has querido. Casi siempre razonamos en términos de elección entre dos posibilidades: sí y no, derecha e izquierda. Incluso cuando hay varias cosas en juego, si nos fijamos, la elección siempre oscila entre dos opciones. Si te preguntas si eres feliz, la respuesta que se te ocurre automáticamente es un sí o un no, porque la forma de la pregunta pide esa respuesta. Lo mismo pasa si tienes que elegir un país al que trasladarte. Lo pensarás un buen rato, pero intentarás llegar lo antes posible a elegir entre dos opciones. El cerebro es el que funciona así, no le gusta barajar demasiadas posibilidades. Dime si te estoy aburriendo; si quieres, paro.

—No, no, sigue.

—Pues bien, yo te pregunto si va todo bien, y la respuesta no puede ser sí, porque has sollozado fingiendo que tosías… y tampoco puede ser no.

—¿Por qué?

—Porque te acostumbras a pensar que todo está bien cuando eres feliz, cuando sonríes, cuando te estás divirtiendo, y todo lo demás es una desviación, si lloras es una desviación, si estás triste, si amas y no eres correspondido… Sin embargo, no puede ser así…

—¿Y tú como crees que es?

—No lo sé. Yo tampoco sé cómo es…

Las palabras se disipan en el silencio y de pronto nos quedamos así, el uno al lado del otro, con el rumor de las olas como fondo cada vez más sonoro.

No, no era una de sus típicas teorías.

O puede que sí al principio, pero el argumento ha tomado otra dirección, y comienzo a preguntarme si he comprendido el sentido de sus palabras. Si tienen un sentido. Pues todo lo que ha dicho es cierto, mejor dicho, estoy de acuerdo, me gusta su manera de pensar, pero al mismo tiempo todo está equivocado. Palabras, siempre palabras, explicaciones y justificaciones, y funcionan de maravilla para mil cosas, pero evidentemente no para todo, o, en cualquier caso, ahora no.

—Ali, sé que mi visita ha sido rara.

—Sí, ha sido rara.

—Aun así, me alegra haber venido, aunque al final hemos estado poco juntos.

—Sí, es verdad.

—Tú de novia con el rasta.

—Y tú ligando con la filósofa.

Luca baja la cabeza y sonríe.

—Vale, no te pido nada. Pero te advierto que cuando estemos de vuelta en Milán quiero tener de nuevo un tutor, y el puesto es tuyo.

—Ahí estaré…

78

Muere lentamente
quien abandona un proyecto antes de empezarlo,
quien no pregunta sobre los temas que ignora,
quien no responde
cuando le preguntan por algo que conoce.

Duermo como un tronco, como no dormía desde el principio de las vacaciones, y cuando me despierto me siento bien, increíblemente bien. Sin embargo, nada ha cambiado. No he hablado con mi madre, no he sabido nada de Daniele, pero me siento más fuerte y lúcida.

Hace tiempo vi un reportaje en un informativo, en el que explicaban que para ciertos pacientes con problemas psicológicos graves un remedio posible es la cura del sueño. O sea, te mantienen dormido mogollón de tiempo, no recuerdo cuánto, pero mucho, con el fin de que el cerebro descanse. Es como resetearlo todo y recomenzar desde el principio. Pues eso, me siento un poco así esta mañana, tengo la sensación de que he dormido una semana entera y estoy lista para recomenzar desde el principio, me siento con energías para afrontar este día. Puede que el sueño no se valore como es debido, puede que a veces todo consista en dormir a pierna suelta un montón de horas seguidas.

La mesa de delante de la caravana está llena de papeles. Mi abuelo y mi hermano están sentados, uno al lado del otro. Cuando Fede me ve, me mira con el ceño fruncido y los ojos entornados.

—Fede, ¿estás bien?

No me responde. Se vuelve hacia mi abuelo.

—Tienes que entornarlos, no cerrarlos, tienes que hacer que las pestañas de arriba se toquen con las de abajo.

—Pero lo veo todo borroso.

—Pues así es como debes ver.

Me sirvo el café que queda en la cafetera y me siento a la mesa. Mi hermano sigue mirando alrededor con los ojos entornados.

—¿Qué hacéis?

—El abuelo me está enseñando a mirar.

—Bueno, diría que ya era hora de que aprendieras.

—Que no, no a mirar simplemente, a mirar para dibujar.

A mi hermano aún le cuesta un poco distinguir la ironía matinal.

—¿Qué diferencia hay?

—Para dibujar las cosas tienes que mirar con los ojos cerrados, así las ves mal, pero es mejor.

Miro a mi abuelo con gesto interrogante.

—Es más o menos así —explica mi abuelo—, prueba tú también.

Mi abuelo entorna los ojos y yo lo imito.

—Ahora mira alrededor.

Empiezo a mirar alrededor como me ha dicho y veo la caravana empañada y temblorosa. Las manchas de luz que se filtran por las ramas resaltan al fondo. Los contornos son mucho más marcados, pero muchos detalles se pierden.

En ese momento llega mi padre y nos mira.

—¿Os habéis vuelto locos?

—¡Papá, inténtalo tú también! Tienes que mirar las cosas con los ojos entornados.

Mi padre se pone a mirar alrededor entrecerrando los ojos.

La escena es cada vez más absurda.

Mi padre abandona casi enseguida, mientras que yo comienzo a cogerle gusto.

—Pero ¿para qué sirve?

—Para ver —responde mi abuelo mientras se pone las gafas.

—¿Cómo?

—Para ver, he dicho. Es la única manera de ver con claridad. Cuando hay algo lejano, ¿qué haces para ver mejor? Entornas los ojos. Así enfocas. Mientras que para ver bien las cosas de cerca tienes que hacer lo contrario, desenfocar, puede que pierdas algún detalle, pero en realidad ves mucho mejor lo que hay que ver.

Entonces llega mi madre con una enorme cacerola en la mano.

—Alice, ¿puedes venir conmigo?

Bien, ha llegado el momento.

No nos vamos lejos. Bordeamos la caravana y nos alejamos unos diez metros. Quizá solo pretenda darme un cacerolazo en la cabeza.

—¿Sabes por qué estoy enfadada?

—Sí, lo sé.

—¿Y qué tienes que decir?

—No lo sé, he metido la pata.

—No le he dicho nada a tu padre, pero no lo he hecho por ti, sino por nosotros, porque se habría liado un gran follón, y quiero acabar estas vacaciones en paz.

—Tienes razón, es todo lo que te puedo decir.

—Te he apoyado y defendido desde el principio de las vacaciones, aunque nos habías dicho que ibas a estudiar y no has hecho nada; confié en ti; cuando hablamos y me hablaste de tus amigos, creí que eso era bueno, decidí respaldarte plenamente. Y me equivoqué.

—Mamá, no te equivocaste, hice una tontería, es verdad, tendría que haberte avisado, pero…

—¿Pero?

—Fue un momento, pero… ¿qué puedo hacer ahora? No vine a dormir, es cierto, porque bebí más de la cuenta y me quedé dormida, y sé que está mal, pero eso ya pasó, ¿no podemos pasar página?

Solo después de haber hablado comprendo que quizá no hacía falta confesarlo todo.

—¿Que bebiste más de la cuenta y te quedaste dormida? —pregunta mi madre, con la cara de quien no da crédito a sus oídos.

—Sí.

—¿Y qué debo pensar?

—Debes pensar que metí la pata y que traicioné tu confianza. Cometí un error y lo siento. Y comprendo que ahora estés enfadada. Me equivoqué.

La expresión de mi madre cambia radicalmente, pasa de la rabia a la tristeza, esbozando media sonrisa melancólica.

—La abuela te ha dado a leer su poema. Me lo ha dicho.

—Me lo ha regalado.

—Muere lentamente quien no se permite equivocarse.

—Más o menos.

—¿Hacemos las paces?

79

¡Luca!

Aquí estoy.

¿Sigues en casa de Rosa?

Estoy en el ordenador del camping. No sois los únicos que disponéis de este artilugio.

¿Qué haces?

Leía el periódico.

¿Buenas noticias?

Depende del punto de vista. Ha caído el gobierno.

¿Estás de guasa?

No, no, lo digo en serio.

¿Y ahora?

Ahora nombrarán un gobierno provisional, luego convocarán elecciones y ganará la derecha.

¿Lees el futuro?

No, leo la prensa.

¿Y dice que va a pasar eso?

Sí, porque es lo que tenemos, en Italia existe el porcentaje más elevado de electores oscilantes, los que cambian de voto en cada elección.

¿Tú a quién vas a votar?

Yo no voy a votar, me acabo de hacer un blog para congregar a la gente que quiera huir al extranjero. Échale una ojeada, yomeexilio.blogspot.it

(cara risueña) ¿Nos vemos esta noche?

¿Nos vemos allí?

No lo sé...

Martina, Roby y yo hemos quedado en el chiringuito a las siete y media, luego iremos todos juntos; he oído que Daniele llegará un poco antes porque tiene que pinchar, ¿tú no vas con él?

No, nos vemos luego.

Pues ven con nosotros.

La casa de Mary es un superchalet con jardín y vistas al mar. Desde la verja, un camino de grava salpicado de velas conduce hasta la casa. Todo ha sido organizado a la perfección. Hay mesas fuera llenas de viandas, dos toldos blancos por si llueve y una multitud de camareros que van de un lado a otro con los vasos.

—Un simple guateque entre amigos —dice Roby, a la vez que coge tres vasos de vino blanco de la bandeja de un camarero.

Ya hay mucha gente, la mayoría muy bien vestida, los hombres con chaqueta y corbata, y las mujeres con traje largo. Martina y yo acabamos de darnos cuenta de que nuestra vestimenta quizá sea algo inapropiada.

Ambas llevamos vaqueros, yo con sandalias y una blusa chula. Martina, con zapatos de tacón, un top cruzado a la espalda y un escote llamativo.

Yo estoy maquillada, Martina no. Pero ella tiene tetas, así que no necesita maquillarse.

También Luca lleva vaqueros, pero con una camisa blanca y una chaqueta negra, sin corbata, por supuesto. Nunca lo he visto tan bien vestido.

—¡Marti, Ali!

Mary viene a nuestro encuentro exultante, con los brazos levantados.

—¿Os gusta?

Viste un traje largo de raso rojo tornasolado. El escote le llega casi hasta las tetas, mientras que la espalda está completamente desnuda hasta el trasero. Tiene un collar de perlas blancas que acaba justo encima del trasero, en una especie de medallón deslumbrante.

—Te has puesto lo primero que has encontrado... —dice Roby alzando el vaso como para brindar.

—¡Algo cómodo, para bailar!

—Claro, o eso o un albornoz.

—¡Memo! Bueno, hemos contratado un catering cojonudo, hay de todo y todo es *finger food* y bebida a tutiplén, ¡así que no os cortéis ni un pelo!

Este es justo el tipo de entusiasmo que me hunde en el más profundo desasosiego. Como esos que dicen «venga, que nos divertiremos mogollón», o semejantes frases de ánimo. Pero Mary es así y estoy dispuesta a perdonarla. En cambio, Roby no puede con su genio.

—¡Anda! ¡Sí! ¡Qué pasada! —grita en falsete, pero Mary ya se ha ido arrastrada por alguien y ahora está haciendo la misma escenita con un grupito de chicas que parecen recién salidas de las manos de un peluquero borracho, entrado en coma en los años ochenta y despertado esta mañana.

Las mesas están efectivamente llenas de todo tipo de comida y, como bien ha dicho Mary, todo es *finger food*, es decir: mini porciones en mini vasitos monodosis con cucharita. Tanto Martina como yo sujetamos un vasito recubierto de bolitas rojas. Roby ya se ha comido cuatro y se ha quedado con los vasitos vacíos en la mano.

—Ricas —dice Luca.

—¿Qué son? —pregunta Martina con cara de asco.

—Las verdes no lo sé, pero las bolitas rojas son huevas de salmón.

—¿No es caviar?

—No, las del caviar son huevas de esturión; de todos modos, están ricas; vale, a ver, estamos cometiendo un genocidio y cargaremos con la muerte de decenas de pececillos sobre nuestras conciencias, pero están ricas.

Martina deja el vasito en la mesa y señala una más modesta fuente de cortes de pizza, mientras yo me aventuro y los pruebo. Vamos de mesa en mesa probando un poco de todo, al tiempo que seguimos bebiendo el vino blanco que Roby va trayendo de las bandejas en cuanto nos quedamos con los vasos vacíos. Hay realmente de todo, pero pasada una hora la impresión es la de no haber comido nada, mientras que el vino comienza a hacerse notar. La *finger food* debe de haberla inventado un grupo de cocineros borrachines y malintencionados.

En un momento dado aparece Rosa, que se nos acerca risueña y se arroja sin más a los brazos de Luca, estampándole dos sonoros besos en las mejillas.

Es la primera chica bien vestida que veo, y bien vestida no quiere decir elegante. Lleva una minifalda con cinturón, nada absurdo, por lo menos evita el modelo prostituta rica, que aquí predomina.

—¿Habéis conseguido comer algo?

—Sí, pero ahora mismo íbamos a hacernos unos espaguetis —responde Roby—. ¿Te apuntas?

Rosa entiende la broma y sonríe (Mary se habría indignado).

—¿Habéis visto a Daniele? —pregunta, pero me mira solamente a mí.

—No, aún no lo he visto, ¿por qué?

—No, por nada, es que tiene que pinchar, y Mary me ha pedido que lo llame.

Durante un instante tengo la impresión de que está buscando mi mirada, no entiendo por qué.

—¿Me acompañas a por algo de beber? —le pregunta a Luca, y desaparecen entre el gentío, pero antes de irse me mira de nuevo y yo, sin saber qué hacer, le sonrío.

En ese momento llega Daniele.

—Hola.

—Hola.

—Oye, ¿tú no tendrías que estar pinchando? —le pregunta Roby.

—Sí, sí, como me pille Mary me mata, cojo algo de comer y me largo. ¿Tú luego me reemplazas?

—Sí, como habíamos quedado, a las diez y media estaré ahí.

—Vale, pues me voy pitando, nos vemos más tarde.

—Espera, voy contigo —dice Roby—, así veo cómo es el equipo.

Martina y yo nos quedamos solas.

—Oye, ¿habéis discutido? —me pregunta enseguida Martina, a quien no se le ha escapado la frialdad de nuestro saludo.

—Sí, bah, a lo bestia, pero yo qué sé…

No me apetece hablar ni pensar en el tema, aunque tampoco consigo olvidarlo.

—¿Ali?

—¿Qué pasa?

Martina coge de la mesa dos cócteles empezados y me pone uno en la mano.

—¿Que se joda Daniele? —dice riendo y alzando el vaso.

—Que se joda Daniele.

Bebo un trago aguado del cubalibre que me ha dado y ella apura su cóctel.

—Ahora vamos a por bebida y a bailar.

Empieza la fiesta.

Unos minutos después, estamos en una de las carpas, entre mogollón de gente que baila. No conocemos a casi nadie, de vez en cuando alguien se detiene y saluda a Martina, probablemente clientes del chiringuito, pero permanecemos solas casi todo el rato. Bailamos, con el vaso siempre lleno en la mano. El dj pone ininterrumpidamente los éxitos del verano y la gente baila contenta. Daniele pincha en el otro toldo, en el lado opuesto de la casa. Se ha creado así una separación antropológica en función de los gustos musicales.

Bailo. Me divierto. Daniele me da igual. Únicamente quiero estar en una fiesta y pasármelo bien.

De tanto en tanto, Martina cruza mi mirada y me sonríe, pero por lo demás parece perdida en un mundo solo suyo. Como era de prever, pasado un rato nos rodean los típicos chicos que bailan a un metro de distancia, esperando que caigas en sus brazos. Pienso en la noche en que Martina se emborrachó, en la escema, idéntica a esta, que terminó con la breve trifulca. Y no consigo no pensar en Daniele y en mí, cuando nos besamos al amanecer en casa de Martina. Es un recuerdo bonito. Vienen a mi mente las tardes en la tienda haciendo el amor, los paseos en scooter y la primera vez que lo vi en el camping, cuando me preguntó si tenía cinta adhesiva y acabamos comiendo delante de mi caravana. Tengo la impresión de que todo eso pasó hace un año. Luego pienso en nuestro último encuentro, que ha acabado en la pelea. Y recuerdo lo que me ha dicho mi abuela. Es normal pelearse y decirse de todo, pero después puedes reconciliarte. La vida funciona así, por lo que parece.

Quiero hablar con Daniele. Ahora mismo.

Me dirijo hacia el otro toldo. Allí hay otro montón de gente bailando, pero también mucha sentada en el jardín, bebiendo y fumando. Me abro paso entre los cuerpos sudados y llego a los altavoces, pero solamente está Roby.

—¿Dónde está Daniele?

—¡Lo he reemplazado! —grita.

—¿Y adónde ha ido?

Mi cara no debe de ser un poema, pues Roby frunce ligeramente la frente, antes de responder que no tiene ni idea.

En ese momento alguien me pone una mano en un hombro. Me giro pensando que es Daniele, pero es Rosa, sola. Tiene una expresión rara, parece preocupada.

—¡Ven un segundo! —me grita al oído.

La sigo.

No hemos salido del toldo, cuando se detiene.

—Alice, tengo que decirte algo.

Ya, quiere hablarme de Luca.

—No hace falta que me digas nada —me adelanto—, no pasa nada, Luca no me pertenece.

Mi frase pretendía ser casi simpática y he hecho un esfuerzo, dadas las circunstancias, pero su expresión me da a entender que voy desencaminada.

—No es eso.

—¿De qué se trata, entonces?

—Oye, a lo mejor no es asunto mío, pero de todos modos quiero decírtelo, en la fiesta está la ex de Daniele, lleva aquí unos días. Por la tarde estaba en casa, en los preparativos, y ha estado tonteando todo el rato con él.

—Ah.

Ahora ya sé con quién estaba Daniele cuando no regresó a dormir al camping. El Daniele que había venido para hablar conmigo, para arreglar las cosas «de una manera u otra», no ha tardado mucho en reemplazarme. Mi primer instinto reconciliador pugna de repente con el deseo de partirle la cara. Las palabras de mi abuela pierden todo significado frente a la posibilidad de que Daniele esté con otra.

Quiero ver a Daniele cara a cara, saber qué tiene que decir.

—¿Dónde está?

—No lo sé, antes estaba en la casa, pero ahora no lo sé.

Voy hacia la casa sin mirar a nadie, tropiezo con un par de personas a las que les tiro los vasos, me gritan algo pero yo no me detengo. Entro en la casa.

¿Por qué Martina no me ha dicho nada? ¿Es posible que nadie supiera nada?

En la casa la música también está alta. Cruzo un amplio salón lleno de gente en los sofás, que han sido arrinconados contra las paredes. Llego a una cocina, en la que hay gente sentada a una mesa, delante de la nevera abierta. Pero Daniele no está. En ese instante me abandona el sentido de la dignidad y pregunto a los que están sentados si han visto a un rasta, el que ponía la música. Me miran como si fuera una loca, a lo mejor son amigos de la ex, a lo mejor saben perfectamente dónde está Daniele.

Regreso al salón y subo a la segunda planta. Llego a un largo pasillo con muchas puertas, en el que hay un par de parejas besándose contra las paredes. Lo recorro dispuesta a abrir las puertas de una en una. Pero tengo suerte. Lo pillo a la primera. Está tumbado en una cama, y entre él y el colchón hay una chica.

—Eres un capullo, ¿lo sabías?

—Alice.

—¡Calla! ¡Que os den a ti y a ese mierda de administrador de comunidad de vecinos que tienes!

Un minuto después estoy doblada sobre la taza del water. Estoy borracha, tengo náuseas. Me meto dos dedos en la garganta y vomito, por Daniele, por esta fiesta, por todo. Y me sigo metiendo los dedos en la garganta hasta que no me queda nada. Luego me incorporo, me miro en el espejo. Me enjuago la boca con un poco de dentífrico y me lavo la cara y las manos con jabón. A continuación salgo, ahora sé con quién tengo que hablar y también quién puede escucharme, aunque tal vez tendría que haberlo sabido hace tiempo.

Vuelvo al pasillo, bajo al salón.

Pero cuando me dispongo a salir reparo en el mar.

Por una puerta vidriera abierta veo una franja de mar iluminada por la luna. Hay una terraza grande, y parece que no hay casi nadie. Quizá sea mejor que me quede sola. Salgo por la puerta vidriera y me acomete un aire templado y húmedo. El olor del mar me entra en la nariz y aspiro con fuerza. Cerca de la barandilla que da al mar entreveo el perfil de Luca, su pelo alborotado, el cuello blanco que asoma medio torcido de la chaqueta.

Ahora lo necesito a él, pienso, necesito sus palabras.

Me acerco lentamente, pero en ese instante advierto que no está solo. Justo a su lado hay alguien. Luca se vuelve y me da la espalda, mientras veo que dos brazos empiezan a rodearlo. La cabeza de Luca se ladea ligeramente y los brazos lo estrechan. Vale, me digo, al menos él está disfrutando de la noche. Y pienso en la prima de Mary, sonrío al recordar que quería mi permiso para ligar con Luca. Y además ha sido ella quien me ha contado lo de la ex de Daniele. Y me digo que me encantaría ser amiga de alguien así. Entre otras cosas porque ahora solo me interesa la amistad. Entonces me doy la vuelta, decidida a marcharme a casa, a pie o como sea. Y en ese momento la veo. La prima de Mary está ahí, de pie, al lado de la puerta vidriera, delante de mí.

—Alice, ¿lo has encontrado? —pregunta no bien me ve, pero no estoy escuchando.

Me giro. Alguien más ha oído el nombre «Alice».

80

Echo a correr, pero no lo hago como siempre, sino como una velocista. Me impulso con todas mis fuerzas y casi me parece que vuelo, por el jardín que hay delante de la casa de Mary, al otro lado de la verja, directamente hacia el mar. Ahí quiero llegar, cuanto antes. Detrás de mí una voz sigue gritando mi nombre, pero no quiero escucharla. Paro, agacho la cabeza y lloro las que, espero, serán las últimas lágrimas de las vacaciones.

—Ali, deja que te explique —dice la voz—, no es lo que piensas.

—¿Qué es lo que pienso? —pregunto. Si alguien sabe lo que pienso, seguramente habrá llegado el momento de averiguarlo.

—Tú piensas que te he traicionado, pero no es así.

—Yo no pienso nada, y tú eres libre de hacer lo que quieras y, sobre todo, con quien quieras, y me alegro por ti, en Milán te dará muchos puntos.

—Ali, esto no seguirá en Milán, termina aquí, era el momento…

—Primero había ido a buscar a Daniele, lo he encontrado en una habitación con su ex… Estaba un poco trastornada, no es para menos. Entonces me he dicho, vamos a ver a Luca. Vaya patinazo… y encima se lo había dicho a Martina, que no me importaba que ligaras, pero no con ella, no con ella. Creía que era mi amiga. Creía que podía confiar en ella. Y también creía que podía confiar en ti.

—¿Qué quieres decir? ¿Yo qué pinto? ¡Yo no he traicionado tu confianza!

Luca me observa con gesto serio, la mirada fija.

—Ali, coño, ¿por qué crees que he venido a buscarte? ¿Por qué he venido a verte? Esperaba pasar las vacaciones contigo, y en cambio tú estás saliendo con el rasta, y yo trago, aguanto, hago mis planes, luego cuando te hago falta recurres a mí y yo estoy ahí, no te fallo, y ahora me vienes con que he traicionado tu confianza. Sí, vale, a lo mejor podía besarme con Mary, con su prima, con Roby o con cualquier otro, pero la cosa sencillamente no ha salido así, el caso es que sigo aquí. Soy un auténtico gilipollas.

Se da media vuelta y se va.

—Espera, Luca.

Mil pensamientos bullen en mi cabeza y me cuesta hablar. Luca se vuelve, da un paso hacia mí, se detiene.

—Ali, yo estoy enamorado. De ti.

Esta vez se marcha de verdad y me quedo sola, con mis pensamientos, mis respuestas y mis preguntas. No tengo fuerzas para correr tras él, para decirle que se detenga, para explicarme. Y además tampoco hay nada que explicar. Luca ha sido terriblemente claro, como lo ha sido desde el principio, al venir aquí. Me atraviesa la cabeza como un rayo la frase que me dijo antes de mi partida: «Ali, no iré nunca».

Me pongo a andar, ya que no sé qué otra cosa hacer, y tras unos pasos estoy en la playa. Me quito las sandalias y voy hacia el mar. No paro hasta que la primera ola me moja los tobillos.

Me siento, y de pronto me convierto en la gaviota muerta. Algo se ha roto en mí, y no sé cuánto tiempo tendré que estar agonizando en la arena antes de que me arrastre la corriente.

—Ali, no te encontraba, escúchame.

No levanto la mirada del suelo. No quiero saber nada más.

Me giro hacia el mar.

—Lo siento.

—Ya he hablado con Luca, ya me lo ha explicado, ahora vete, por favor, déjame sola.

—Yo no quería que pasara, pero ha sido culpa mía, estaba borracha, me he lanzado yo.

—¿No me digas? ¿Estabas borracha, en serio? De todos modos, no me sirven de nada las explicaciones. De alguna manera hemos sido amigas un tiempo, y ahora las vacaciones han terminado, y todo ha vuelto a la normalidad: tú has sumado un ligue a tu colección, yo he perdido un amigo. Bebe, haz lo que quieras, pero no me enredes, por favor.

—Ali, por lo que más quieras, no seas así.

—Oye, dime cómo crees tú que debería sentirme. Daniele se está enrollando con su ex en una habitación, tú te enrollas con Luca en la terraza, y yo…

—Coño, Ali…

—¿Qué?

—De verdad, no te das cuenta de nada.

Sus palabras me descolocan.

Su tono ha cambiado, y ya no tiene cara de pedir disculpas.

—Tú cortaste hace tiempo con Daniele, y todo el mundo lo sabía menos tú. Cuando llegó Luca cambiaste, seguiste saliendo con Daniele, pero ya no era lo mismo, se notaba. Pero querías tenerlo y querías que también Luca estuviese a tus pies, dispuesto para cualquier contingencia. Y en un momento dado Daniele se hartó, mientras que Luca…

—¿Mientras que Luca qué? ¿Mientras que Luca se ha enrollado contigo para vengarse de mí?

—No, no es eso, y lo sabes, porque ha estado aquí hablando contigo. Ya sé que lo sabes, pues antes de decírtelo a ti me lo ha dicho a mí.

—¿Qué te ha dicho?

—Que te quiere. En todos estos días Luca y yo hemos hablado mil veces de ti, él te quiere mogollón. Cree que eres inteligente, simpática, brillante. Y le gusta cómo ves las cosas, cómo pasas de los convencionalismos, de las reglas, de lo que piensan los demás. Y le gusta tu manera de acercarte a la gente, de dejarte conquistar por su encanto para conocer y descubrir a cada cual por lo que da de sí, mientras que tú siempre te mantienes al margen, como inaccesible…

—Pero ¿por qué, por qué has tenido que enrollarte con él?

—Luca me estaba diciendo todo esto y luego me ha dicho que te quería y te he envidiado, he envidiado todo el amor que él sentía por ti, todo eso que yo no he tenido jamás, una persona que me quiera, que me ame, y entonces lo he hecho, lo he besado, para tener un poco de ese amor aunque no fuese mío.

—Pero si tú puedes tener a todos los tíos que quieras, ¿por qué tenías que enrollarte precisamente con el mío?

—¡¿El tuyo?! Coño, Ali, las personas no son tuyas. Vale, yo he metido la pata, pero simplemente lo he besado, y si de verdad lo quieres tienes que ir ahí y decírselo, sabes de sobra que él solo está esperando eso. ¿Y por qué tú, precisamente tú, me sales ahora con que puedo tener a todos los tíos que quiera, y haces como que no me conoces, como que nunca has hablado conmigo?

—Porque estoy harta de tratar de entender a los demás y sus motivos, estoy harta de tener que ir detrás de la gente que es incapaz de hacer lo que quiere, porque yo tampoco aguanto más, yo también tengo que luchar y ni siquiera sé por qué, por demostrarme a mí misma que no soy una caca, que el año que viene no repetiré curso, que mis días tendrán más sentido. Que es lo que he sentido aquí, aunque durante poco tiempo. Y me siento una pringada, que ha corrido detrás de un rasta porque molaba, que se ha hecho amiga de la más guay del instituto, que ha ido a las fiestas y se ha emborrachado y todo era de lo más chachi, pero yo ya no estoy ahí, yo ya no soy esa.

—¿Por qué? ¿Qué quieres decir?

—Yo soy tímida, soy una pringada, no tengo tetas, voy mal en el instituto, además soy pobre, no tengo vuestros chalets.

—Y también eres tonta.

—Sí, también soy tonta.

Sonríe.

Y yo también esbozo una sonrisa. Una sonrisa de resignación.

—Llama a Luca y dile que vuelva.

—No, no, ahora no puedo, no tengo fuerzas.

—Él está enamorado de ti.

—Me lo ha dicho, pero tú te has enrollado con él…

—Venga, Ali…

—Oye, estoy demasiado cansada para cabrearme, eso es lo único que me impide darte un par de hostias.

—Vale, lo acepto.

—¿Todo eso sobre mí te lo ha dicho él?

—Sí, no me lo he inventado yo.

—Yo solo me siento una mierda.

—Pues creo que hasta eso le gustará.

—¿Qué?

—Saber que eres humana y que ahora te sientes como una mierda, porque es lo normal. Él te considera especial. Y ve algo que brilla en ti, algo que él no tiene y que necesita; contigo se siente completo, se divierte, se siente seguro.

—¿Luca?

—Sí, solo que no se atreve a decírtelo, a decirte cuánto le gustas, hasta qué punto se siente realmente más pequeño que tú y, a pesar de lo que aparenta, cree que tiene mucho que aprender de ti.

—¿Estamos hablando de la misma persona?

—Espera, escúchame —me detiene Martina con una sonrisa enigmática—, esto es lo que piensa Luca, pero también lo pienso yo.

—¿Tú?

Martina dibuja una sonrisa y baja la cabeza. Nos quedamos así, en silencio, porque yo no sé qué decir y quizá tendría que decir algo. Unos instantes después, ella vuelve a mirarme, con los ojos brillantes, esperando mi reacción. Pero debe de haberse producido una especie de cortocircuito en mi cerebro, pues sencillamente no sé qué decir, y aún menos qué pensar. Así que río, porque me da por reír.

—¿Te ríes? —pregunta ella.

—Perdona, no es por ti.

—Ah.

—¿De verdad piensas lo que has dicho?

—Sí, si no, no te lo habría dicho.

—Eso es imposible, si me estás viendo, no soy nadie, soy otra persona, soy… No lo sé, ya te lo he dicho, soy una pringada, y ahora me siento más pringada que nunca, con Daniele enrollándose con su ex en la casa, con Luca huido y… ¿cómo puedo gustarte?

—Sencillamente me gustas. Me gustas así.

Sus palabras encienden algo en mi corazón. «Así», la palabra retumba en mi cabeza, una palabra que he oído miles de veces y que ahora se llena de nuevos significados. «Así se hace», «está bien así», solo se me ocurren frases en las que con «así» se designa algo positivo. Pero «Me gustas así» es la mejor. Miro a Martina delante de mí, hemos discutido, ella se ha enrollado con Luca y ahora está aquí diciéndome que le gusto así, y es bonito, es una frase bonita que, te la diga quien te la diga, nos agrada oír de vez en cuando. Se me ha pasado el enfado, ya no estoy cabreada con ella por lo que ha ocurrido. Mañana lo repasaré todo, ahora quiero estar aquí, en este momento.

Cojo la mano de Martina y la estrecho. Tengo la mirada perdida en la oscuridad, en el mar.

De repente su cabeza me tapa rápidamente el horizonte y sus labios tocan los míos.

Unos segundos después aparto mis labios de los suyos. Permanecemos muy juntas, con la mirada fija en el mar. Pienso en lo que ha pasado y en su causa, y recuerdo la última teoría de Luca, la de la elección: para ahorrar energía, el cerebro elige siempre entre dos posibilidades, sí y no, bien y mal, mientras que en la mayoría de los casos la elección correcta es otra, que descartamos de antemano. No sé hasta qué punto me convence esta teoría ahora que me la repito en la cabeza. No me parece tan universal, pero lo que sé con seguridad es que esta noche, para mí, es válida, y que la tercera opción es la correcta.

Me giro hacia Martina, le cojo la cabeza con las dos manos y la beso, esta vez con fuerza. Aprieto mis labios contra los suyos. Al principio ella se queda inmóvil, luego sonríe, y la sensación de sus labios es extraña, de dos labios femeninos, que se extienden por mi rostro. Siento una vaharada de calor que me sube del estómago hacia la cara, tengo la sensación de incendiarme, de que las mejillas me arden como si tuviera fiebre. Ahora ella me estrecha entre sus brazos, pone sus manos en mi cadera y tira de mí. Como seguimos sentadas, una al lado de la otra, pierdo casi el equilibrio y acabo apoyada en ella. Noto su pecho contra el mío, la piel tersa de sus mejillas sobre las mías. Y mientras ella entorna la boca, yo ya la estoy besando con más ardor, mi lengua resbala por sus labios, buscando su lengua.

—Se me hace raro —digo en voz baja.

—A mí también, es mi primer beso.

—Es verdad, el primer beso.

Pienso que finalmente podré reemplazar el año cero de mi calendario por este momento, y vuelvo a besarla, en la boca, en las mejillas, es un beso torpe, como el de un chiquillo que no sabe bien cómo hacer o está demasiado emocionado, pero Martina, ahora, es más Martina. Se acoda en la arena y me lleva consigo en su abrazo. Ambas estamos tumbadas sobre la arena húmeda de la noche, la una al lado de la otra, cogidas de la mano, mirando al cielo.

—Estoy ardiendo —digo y me toco las mejillas.

—¿Nos damos un baño?

—¿Ahora?

—Sí.

Me da la risa, es una carcajada de felicidad y emoción, me levanto y echo a correr hacia el mar. Nos quitamos la ropa y nos zambullimos.

El agua está tibia, doy unas pocas brazadas y sumerjo la cabeza, luego me giro. Martina está nadando a braza a unos metros de mí. Con pocas brazadas la alcanzo y me pongo a nadar a su lado. De pronto para y se pone de pie. El agua le llega apenas a la cintura. No sé qué estoy haciendo, no sé por qué lo hago, pero me acerco y la abrazo y siento que su cuerpo se adhiere al mío.

La luz de la luna se refleja sobre nuestra piel mojada y en su abrazo encuentro cada centímetro de mi cuerpo, todas las partes de mí que había perdido, que ya no encontraba.

81

La scooter corre veloz por el camino, pero esta vez sé perfectamente adónde estoy yendo y también que debo darme prisa. El viento me despeina, y el sol abrasador me pega en la cabeza. Dos brazos me estrechan con fuerza la cintura. Sé adónde tengo que llegar, y esta vez la sensación es agradable.

A veces pienso que habría que dejar que todo pase solo, que las cosas ocurran, que el destino siga su curso para ver lo que te depara. Cuando pienso en estas cosas no suelo sentirme feliz, si no, no las pensaría, simplemente sería así, continuaría con mi vida sin darme cuenta. Otras veces pienso que tienes que luchar y procurar conseguir lo que quieres con todas tus fuerzas. Pero cuando miro hacia atrás, nunca sé reconstruir lo que realmente ha pasado, averiguar las causas o razones que me han llevado a comportarme de cierta manera. Entonces vuelvo a hacer planes de futuro y siempre son dos las voces que bullen en mi cerebro: una me dice que deje que las cosas pasen; la otra, que luche. Y al final no hago ni una cosa ni otra, sigo oscilando entre las dos.

Pero ahora he comprendido que eso es lo que vale, que así seré siempre, pues de no haberme comportado de ese modo, no me habría pasado todo lo que me ha pasado.

Cuando he llegado al camping Luca ya no estaba, y en la recepción me han dicho que había pagado esa mañana y que se había marchado. He salido del camping y me he encontrado con Daniele, que iba en la scooter. Ha parado titubeante, temiendo quizá que le montara un numerito, pero yo no estaba para pensar en eso.

—¿Me prestas la scooter?

—¿Qué?

—Que me prestes la scooter, solo esta mañana, ya puedes hacerme un favor después de la que has liado.

—Ali, mira que…

—No, no, no sigas, no me interesa, si puedes prestarme la scooter, fenomenal, si no, adiós.

Por eso ahora estoy corriendo entre los olivares y los viñedos repletos de uvas. Destino: Lecce. Martina ha venido conmigo porque conoce el camino, y no solo por eso. En cuanto llego a la estación, oigo el anuncio de la salida del tren que va a Roma. Es el suyo. Corro al andén y el tren sigue ahí.

Luca está de pie en los escalones y mira alrededor.

—¡Luca! —grito.

Me oye y me mira mientras voy corriendo hacia él.

—No te marches.

—¿Por qué?

—Porque no quiero, sencillamente baja, venga. Te necesito.

—¿Y la historia con Martina?

—Martina está ahí fuera, nos está esperando.

—¿Cómo?

—Pues sí, anoche yo también la besé, así estamos empatados.

—¿Hablas en serio?

—Totalmente, también nos hemos bañado desnudas.

—No es verdad.

—Es verdad, es verdad.

—¿Y eso? ¿De qué vais, ahora salís juntas?

—¡Vamos, no es para tanto! No habría venido a buscarte.

—¿Y por qué has venido a buscarme?

—Porque quiero estar contigo, aunque todavía no sé bien por qué…

—No me gusta mucho como perspectiva.

—Bueno, tú dame una oportunidad.

—¿Y Martina?

—Vivirá con nosotros, se ocupará de la casa y cuidará a nuestros hijos.

—Vale…

—Pero Martina ahora es lo de menos, ¡venga, baja del tren!

—No sé si debo bajar. ¿Has dejado a Daniele?

—No, él también está esperando fuera, se encargará de la limpieza y de sacar al perro… ¡Claro que lo he dejado!

—Ah, vale.

—¿Y bien?

—Te advierto que no pienso hacerme rastas y que este es el último verano que me ves bailar, ya me he humillado bastante.

—¿Algo más?

—No me gusta la cerveza negra.

—A mí tampoco. ¿Quieres que decidamos los nombres que pondremos a nuestros hijos?

—No, eso lo decido yo. Una cosa, Ali, tú me conoces, yo soy… en fin, ya lo sabes, no soy siempre fácil…

—No, pero vete a…

—Vale, ya sé que lo sabes, así que…

—Luca, no tenemos que casarnos, solo tienes que bajar de este puñetero tren. Me da igual qué música escuches, cómo te vistas, si bailas en las fiestas… Sencillamente me gustas tú, me gustas así.

Agradecimientos

Gracias a Fiammetta Giorgi por haber creído en este libro. A Marta Treves, que ha permitido que una idea se convirtiese en libro. A Alessandra Gnecchi, a la que debo mi debut en Mondadori.

A Silvia, mi chica, por la felicidad y el amor que me ha regalado en los últimos dos años (y por haber inventado a la Mary del libro). A Mario, a Miriam y a Emanuela, mi familia, por su apoyo y estímulo. A mi abuela, por los relatos sobre la guerra.

A toda la redacción de Mondadori Ragazzi. En especial, a Silvia y a Teresa (gracias a ellas nació, antes que el propio libro, la ficha de lectura del libro). A Alessandro, incomparable jefe de redacción. A Nando y a Eleonora por la portada.

Un agradecimiento especial a los amigos y a los muchos lectores del primer borrador del libro que participaron en la lluvia de ideas en mi terraza: Giulia y Mario, Giulia y Gabrio, Emilio y Laurel, Ema, Felipe, Pietro, Andrea, Guido, Barbara, Ludovica, Veronica, Melania, Cristina, Nina, Vero y Margherita.

También
en la
colección

ellas.